Allitera Verlag

edition monacensia
Herausgeber: Monacensia
Literaturarchiv und Bibliothek
Dr. Elisabeth Tworek

Oskar Maria Graf

Die Chronik von Flechting

Ein Dorfroman

Text der Erstausgabe von 1925

Mit einem Nachwort von Ulrich Dittmann

Herausgeber und Verlag danken Herrn Paul Heinemann (†), Starnberg,
für die freundliche Überlassung der Postkarte von Berg,
die der Umschlag dieser Ausgabe zeigt.

Weitere Informationen über den Verlag und sein Programm unter:
www.allitera.de

Bibliografische Information der Deutschen Nationalbibliothek:

Die Deutsche Nationalbibliothek verzeichnet diese Publikation
in der Deutschen Nationalbibliografie;
detaillierte bibliografische Daten sind im Internet
über http://dnb.d-nb.de abrufbar.

August 2009
Allitera Verlag
Ein Verlag der Buch&media GmbH, München
Copyright © Ullstein Buchverlage GmbH, Berlin
1925 erschienen im Drei Masken Verlag, München
Umschlaggestaltung: Kay Fretwurst, Freienbrink
© 2009 für diese Ausgabe: Landeshauptstadt München / Kulturreferat
Münchner Stadtbibliothek
Monacensia Literaturarchiv und Bibliothek
Leitung: Dr. Elisabeth Tworek
und Buch&media GmbH, München
Herstellung: Books on Demand GmbH, Norderstedt
Printed in Germany · ISBN 978-3-86906-006-4

Dem Andenken meines Vaters

Inhalt

Die Konstatierung 9
Der schwarze Peter 18
Der dunkle Punkt 25
Sturmzeichen 33
Gewesenes greift herein 41
Der Strich durch die Rechnung 50
Es fängt gut an 60
Ereignisse 67
Aufwärts 73
Die Mächte 81
Der erste Stoß 85
Verwehte Spuren 90
Nachwehen 97
Kriegslärm 100
Unerwartete Wendung 107
Andre Zeiten – andre Menschen 113
Aug' um Auge 120
Es stirbt wer … 128
»Unerforschlich sind des Schicksals Wege« 136
Zerfall 146
Der Anfang vom Ende 155
Die Bosheit Gottes 162
Der letzte Schnörkel 170
Nachwort 172
Editorische Notiz 179

Die Konstatierung

Am 24. Juli 1832 fand vor dem Schwurgericht in München eine merkwürdige Verhandlung statt. Vor den Richtern stand der ledige Gütler Joseph Abenthum, gebürtig aus Buchberg und zuletzt ansässig in Flechting, Bezirksamt Rauschenbach, wegen Brandstiftung und Mordversuchs. Die Beweggründe seiner Tat lassen sich, wie aus dem richterlichen Protokoll hervorgeht, wie folgt darstellen:

Joseph Abenthum erwarb laut Kaufbrief vom 15. Februar 1819 das Bäckerei-Anwesen des Georg Hirschvogl in Flechting, übte aber, da er das Gewerbe seines Vorgängers nicht erlernt hatte, dieses nicht aus, sondern betrieb neben einer kleinen Ökonomie Landwirtschaft. Er stand im achtunddreißigsten Lebensjahr, war gerade kein sonderlich vorwärtsstrebender Mensch und lebte gleichgültig von einem Tag auf den andern. Um sich's leichter zu machen und nicht in Schulden zu geraten, versuchte er einige Male eine Flechtingerin zu heiraten, aber jede schlug ab. Außer einigen gutgestellten Fischern, einem Müller und etlichen Häuslern, gab es zu damaliger Zeit in Flechting nur große Bauern und da kamen stets nur Verheiratungen in ebensolche oder noch größere Bauernhöfe zustande, nicht aber in Gütlerhäuser. Man war darauf bedacht, durch solche Verbindungen gute, nutzbringende Verwandtschaften zu gründen. –

Der Joseph Abenthum ließ denn auch bald ab von seinen erfolglosen Werbungen, ergab sich mehr und mehr dem Trunke und geriet somit vollends in Schulden.

Am 12. März 1831 verkaufte er sodann sein Anwesen dem verwitweten Stellmacher Andreas Farg aus Pfriembach, samt der – wie man das in jenen Zeiten zu bezeichnen pflegte – darauf ruhenden Bäcker-Gerechtsame und arbeitete von da ab bei den verschiedenen Bauern auf Taglohn.

Farg, der Schilderung nach ein rühriger und vorausblickender Mann, hatte bereits zwei erwachsene Söhne, von denen der ältere, Lorenz, den

Beruf seines Vaters ausübte und der jüngere, Jakob, das Bäckerhandwerk erlernt hatte. Für den Jakl erwirkte er nun von neuem das Recht zur Ausübung der Bäckerei und setzte diese wieder instand. Ein glücklicher Zufall war dem jungen Unternehmen günstig und so entwickelte es sich bald zu einer Einnahmequelle, die Vater und Söhne ernährte. Damals begann man nämlich in Flechting eben mit dem Bau des in Auftrag gegebenen Sommerschlößchens für den König und da in weitem Umkreis kein Bäcker war, bezog man das Brot von Farg.

Wenn nun die Flechtinger ihre Erntegeräte zum Ausbessern brachten oder neue bestellten, sagten sie nicht selten zum Stellmacher: »Du host dö feinst' Nosn ghabt, Rechamacher! ... Schöpfst jetz an Rahm sauba o ...« Und zum Abenthum, der auf dem Schloßbau arbeitete, sagten sie hinwiederum: »Der hot's g'spannt, daß dein Häusl a Goldgruabn is« und verspotteten ihn fort und fort.

Erbost darüber erschien daraufhin der Abenthum eines Tages beim Farg und machte diesem Vorwürfe, daß er ihn beim Hausankauf betrogen habe. Er habe ihm das Anwesen als Ökonomiegütl überlassen und die darauf ruhende Gerechtsame müsse, da sie im Kaufbrief nicht eigens erwähnt sei, gesondert entschädigt werden. Es kam zum Streit zwischen den beiden, und Abenthum stieß zuletzt wüste Drohungen aus. Er mußte aber dennoch das Haus unverrichteter Dinge verlassen, denn der Stellmacher ließ ihn ruhig zu Ende schimpfen und versprach, die ganze Angelegenheit nochmals dem Gericht zur Konstatierung seiner Rechte zu übergeben. Sollte sich – so drückte er sich aus – etwas Unreinliches dabei herausstellen, so wolle er nicht, daß wer zu Schaden komme und würde für alles gutstehen. –

Die Wochen verliefen, und die Flechtinger, neugierig wie jetzt alles auslaufen würde, fragten hin und her beim Farg und verspotteten den Abenthum, der durch sein großmannssüchtiges und aufgebrachtes Wesen höchst unbeliebt war, bei jeder Gelegenheit. Dessen Grimm wuchs zusehends und als endlich das Gericht zugunsten Fargs entschieden hatte, überfiel er den Jakl, der gerade im ehemaligen Hirschvogl-Gehölz Bäume fällte, und richtete ihn so zu, daß er wie tot liegen blieb. Gegen Anbruch der Nacht schlich er sodann in die Fargsche Scheune und legte Feuer an.

Der Brand zerstörte die angrenzende Bäckerei fast vollständig, und der Jakl blieb zeitlebens ein Krüppel.

Noch in derselben Nacht stellte sich Abenthum in der Gendarmerie

Rauschenbach und gestand seine Untat. Nach dem Grund befragt, der ihn dazu getrieben habe, antwortete er dem Amtsrichter: »Jetz bin i erst z'friedn! ... Jetz is mir ois gleich ...« – –

Dieser unglückliche Vorfall erschütterte die Gesundheit des alten Stellmachers so, daß er knapp ein Jahr darauf starb. –

Anfangs versuchten die beiden Söhne, die Bäckerei wieder aufzubauen, und der Lenz (Lorenz) hielt bei einigen Flechtingern um ein Darlehen an, aber jeder wich aus und riet ihm, doch wieder zur Stellmacherei zu greifen, das Bäckern sei eine unsichere Sache. Schon der Hirschvogl hätte seinerzeit mit knapper Not davon leben können und darum auch verkauft. Jeder Bauer backe selbst, und der Schloßbau höre auch bald wieder auf, und außerdem, der Jakl sei doch eigentlich Bäcker und jetzt ein Krüppel und könne nichts mehr tun. Wie sollte denn das alles zum Rechten führen.

Rechenmacher aber, meinten alle, die gäbe es weit und breit nicht und das bringe doch was ein in einer solchen Bauerngegend.

Der Lenz kam bedrückt nach Hause und erzählte dem Jakl seine Mißerfolge. Eine Weile saßen die beiden stumm nebeneinander.

»Noja, wos bleibt üns anderst's übrig! ... In Gott'snam, nachha müass' ma hoit wieda Recha macha,« sagte schließlich der Lenz und stand auf: »A bissl in d' Händ gehn konnst ja, wenn's sei muaß ... Es werd scho geh ...«

Der Jakl hörte kaum richtig hin. Nachdenklich schaute er ins Leere. »Der Maurerpalier von Schloßbau druntn hot g'moant, zum Bierholn waar i grod no recht,« murmelte er mit leiser Verdrossenheit.

»Hm,« machte Lenz und blickte auf seinen Bruder nieder. Er schwieg. – »Jaja, mir san hoit net vo Flechting und san hoit koane Baurn,« meinte der Jakl verhalten bitter.

Zwei gerade und einen schiefen Strich darüber, dann unter die geraden einen, der sozusagen das Ganze trug, zog er dabei mit seinem harten Fingernagel auf der eschernen Tischplatte. Wie eine Scheune oder eine Heuhütte sah es aus ...

Der Lenz drehte den Schleifstein und drückte das Schnitzmesser fest darauf. »Gor an Teifi kostert ja dös Aufbau'n aa net,« sagte jetzt der Jakl wieder. »Wenn dir koana s'Geld dazua gibt, konnst nix macha,« erwiderte sein Bruder dumpf. Noch bedrückter wurde Jakls Gesicht.

»Jaja, wenn ma hoit fremd is und net vo Flechting!« brummte er, und mühsam richtete er sich auf und ging zu Bett. – –

So gut es ging, flickten die zwei Brüder das Haus wieder zusammen. Der Farg-Lenz machte nun wieder hölzerne Heurechen, Sensenstiele und Gabeln für die Flechtinger und die Umgegend. Jakl ging ihm hin und wieder zur Hand, aber die meiste Zeit war er auf dem Schloßbau, holte für die Bauleute das Brotzeit-Bier vom Renkmair und machte sich sonstig nützlich. Er war ein Vielfrager und schien an allem, was da geschah, interessiert zu sein. Die Bauleute lachten viel über sein schlagfertiges Mundwerk. Sie hatten ihn gern und da und dort fielen ein paar Kreuzer für ihn ab. Mit scheuer Aufmerksamkeit verfolgte er den Baumeister und hielt sich meistens in seiner Nähe auf. Unauffällig hörte er sich die Anweisungen an und überblickte angestrengt die Pläne, wenn er sie zufällig zu Augen bekam.

An einem Tag stand der Baumeister mit den ausgebreiteten Papieren vor dem Gerüst, prüfte das Erstandene und unterhielt sich mit dem Palier. Der Jakl kam gerade mit dem Bier vorbei und blieb stehen.

»Möcht'st aa amoi a so a Schlössl baun, Jakl, ha?« fragte der Baumeister lachend und wandte sich ihm zu. Jakl nickte fast erschrocken. Erst das freundliche Gesicht des Paliers hellte seine Miene wieder auf.

»Wenn andre Leut' oan d' Arbat macha, is dös koa Kunst,« gab er zur Antwort und tappte weiter.

»Is net dumm, der Jakl, is a aufgweckter Bursch,« murmelte der Baumeister dem Palier zu und beide schauten dem Davongehenden mit einem gewissen Wohlwollen nach.

Die Zeit lief langsam hin, der Bau wuchs ins Hohe. Überall war der Jakl dabei. Den Zimmerleuten sah er zu, die Schlosser beobachtete er und kein Maurergriff entging ihm.

Eines Abends, als der Lorenz von der Schnitzbank aufstand und das Licht auslöschen wollte, sagte der Jakl hastig: »Loss's brenna!«

»Wos willst?« fragte sein Bruder.

»Dös is ja doch, bein Teifi nei, koa Kunststück, dö Bäckerei wieda aufz'baun!« erwiderte Jakl aufgeräumt und zeigte ihm die Pläne, die er gezeichnet hatte: »Dös muaß doch geh?«

Der Lenz schaute nur beiläufig auf die Papiere. Es sah aus, als höre er kaum auf Jakl's Gerede. Er ging seit einigen Wochen, an den Samstagen und Sonntagen, des Abends öfter über Land und kam manchmal erst spät in der Nacht heim.

Während Jakl mit zunehmender Eindringlichkeit ihm die Berechnungen auseinanderzusetzen versuchte, lächelte er, lächelte und schaute bloß verlegen seinem Bruder ins Gesicht.

»Was lachst, Lenz?« fragte Jakl verwundert.

»I will heirat'n, Jakl,« antwortete der Lenz zögernd.

»Wos denn für oane?« stieß der Jakl verblüfft heraus und ließ seine Papiere auf den Tisch fallen.

»D' Moderegger-Resl vo Pfriembach.«

Einige Augenblicke schaute der Jakl wie benommen in das gutmütig-hilflose Gesicht seines älteren Bruders und hielt den Atem an. Etliche Falten furchten sich schnell auf seiner Stirn und verflachten wieder.

»Soso, d' Resl?« brachte er endlich heraus: »Soso, … jaja, is a fleißigs Leut, jaja.« Er wurde nachdenklich.

»Bringt aa wos ins Haus, Jakl,« meinte der Lenz und setzte eilsam hinzu: »Is a ruahige Person.« Und da schien der Jakl plötzlich von einem weitausgreifenden Gedanken gefaßt zu sein. Seine Augen wurden belebt.

»Ja, Lenz,« rief er ermuntert: »Ja, guat! Mach's, heirat! Heirat schnell! Dös hilft üns wieda.« Und mit zitternder Hast nahm er die Pläne und Berechnungen wieder in die Hand und fuhr fort: »Schaug her. A Kindergspiel is's, dö Bauerei! I hob aa scho oan, der wo mir hilft. Der schwarz' Peta druntn vom Schloßbau hot g'sogt, gern hilft er mir, wenn's drauf o'kimmt!«

In eine Hitze hatte er sich hineingeredet. Der Lenz hörte ihm schweigend zu. Der schwarze Peter, von dem Jakl erzählte, war Steinträger auf dem Schloßbau, hatte noch anno 12 den russischen Feldzug mitgemacht unter Napoleon und war früher Bäcker gewesen.

Und alle seien der Ansicht, der Hof wenn komme, dann wachse sich die Bäckerei zu einer wahren Goldgrube aus.

Bis tief in die Nacht hinein redeten die zwei Brüder, und als sie zu Bett gingen, waren sie sich einig.

Sechs Wochen darauf gab's in Pfriembach beim Humplmair eine lustige Hochzeit, und am andern Tag fuhren die Brautleute in einem girlandengezierten Leiterwagen in scharfem Trab vor das Farghaus in Flechting. Ein paar Stunden später ächzte auch der schwerbepackte Küchenwagen durchs Dorf, eine fette Kuh hing hinten dran, und der Jakl hockte auf dem breiten, bemalten Kasten und lachte alert. – –

Die Resl brachte zweihundert Gulden ins Haus und war eine resolute Person. Am zweiten Tag schon putzte sie auf den Knien die ganzen Böden, und dann hingen die halbe Woche hinter der zerfallenen Bäckerei, im Hof, die Hemden der zwei Brüder, und die weißen Bettlaken und Überzüge flatterten lustig im leichten Wind.

Wenngleich in Flechting ein »Zugezogener« es schwer hatte, ließen sich die Dörfler jetzt öfters beim Farg sehen und spähten von der Werkstatt aus neugierig durch die offene Küchentür nach dem jungen Weib, das da flink herumhantierte. Der Farg-Lenz war ein fleißiger Mensch und redete nicht viel. Er hielt nicht inne von der Arbeit, wenn man sich mit ihm unterhielt, und sagte er was, gab er eine Antwort, so hatte alles eine Art von Beiläufigkeit.

Wenn beispielsweise der Bürgermeister oder der Gemeindediener mit einem Anliegen kamen, so schickte er sie in die Küche zur Resl. Der Müller-Silvan, der von der ganzen Gegend die Bauern und deren Verhältnisse und Herkünfte wußte, erzählte von ihr: »S'Modereggers? Dös san Weißkopferte! ... Dö san oiwai die Erstn in der Schoi (Schule) gwen ... Dös san Siebngscheite!« Und das sprach sich selbstredend herum. –

Der Jakl hatte es jetzt auch besser. Die Resl hielt was auf Reinlichkeit und flickte den Brüdern die zerrissenen Hosen und Joppen. Sie hatte zwar mit dem Jakl wenig Erfolg, denn dem war es gleich wie er herumlief, zerrissen oder ganz. Er ließ auch die Rüffler der Resl ruhig und gemächlich über sich ergehen. – –

Der Schloßbau neigte sich zusehends dem Ende zu. Die Bauleute wurden ausgestellt, nur die Zimmerer, Schreiner, Schlosser und Stuckateure waren noch da. Öfter kam der Jakl mit dem schwarzen Peter, und die Zwei gingen dann auf seine Kammer.

»Wos hot er denn jetz do für an schwarzn Pollak'n dabei?« erkundigte sich die Resl einmal beim Lenz, denn sie sah den Besuch gar nicht gern.

»Vom Schloßbau druntn is er,« gab ihr der Lenz Antwort.

»Wos will er denn damit?« forschte Resl weiter.

»Der mächt iahm d' Bäckerei aufbaun helfa.«

Die Resl schaute seltsam: »D' Bäckerei? ... Ja mit wos will er denn baun?«

»Er moanert hoit, i ... mir solltens iahm vorläufi gebn,« erwiderte der Lenz schüchtern und schaute sein Weib an.

Jetzt bekam die Resl auf einmal ein kaltes, hartes Gesicht.

»Mir …? … Dös geht doch net! … Dös kinn' ma doch net toa, mir braucha's doch selba!« sagte sie, und der Stellmacher nickte.

Gegen Feierabend am andern Tag trat der Jakl mit dem schwarzen Peter in die niedere Küche. Die Stellmacherleute saßen gerade um ihren Weigling Milch und löffelten die Brotbrocken daraus. Resl drehte sich halb herum und musterte die Zwei. Der Lenz sah seinen Bruder verlegen an. Für einen Augenblick trat eine peinliche Stille ein.

»Also Lenz, wos is's jetz?« nahm Jakl unvermittelt das Wort und blieb schon stecken. Der schwarze Peter stand plump und massig da wie ein Bär und schnaubte hörbar. Der Lenz sagte nichts. Die Resl drehte sich jetzt ganz herum und sagte endlich: »Sitzt's enk doch z'erscht amoi her, wenn'ds wos wui'ds (wollts) …« Jakl und der schwarze Peter taten es. Deutlich hörte man wie der Lenz aufatmete.

Und nun begann der Jakl alles, was er seinem Bruder schon so oft auseinandergesetzt hatte, noch einmal herzusagen, zog die Pläne heraus und blickte dabei fortwährend bald auf die Resl, dann wieder auf seinen Bruder.

Erst nachdem er schon über die Geldleih-Angelegenheit hinweg war, fand der Lenz das Wort. Man sah ihm den Druck an, der ihn quälte, als er endlich anfing. Ganz kleinlaut sagte er: »Wos willst mit a'ra Bäckerei jetzt, Jakl? … D' Bauleut gehnga weg und d' Baurn braucha ja doch koa Brot vo dir … Dö poor Hundert Guldn, dö wo d' Resl mitbrocht hot, g'langa aa net dazua … Und – und mir kinna aa net – –« Er stockte. Der Jakl blickte bloß auf die Resl, nicht auf ihn. Blaß war er.

»Also net?« fragte er alsdann scharf.

»Es geht net … es –« Wieder brach dem Lenz das Wort ab. Er hatte fast traurige Augen. Als ob er gar nicht zuhöre, hockte der schwarze Peter da und drehte immerzu den einen Daumen um den andern.

»Es geht also wirkli net? … Net?!« wiederholte der Jakl finster und musterte seinen Bruder bohrend. Und der schüttelte bloß noch den Kopf.

»Dös kinn ma doch net macha! … Wos teahna denn mir nachha?« sagte nunmehr auch die Resl mißmutig, und da schnellte der Jakl auf und auch der schwarze Peter. Die zwei Stellmacherleute blickten fast erschrocken auf sie. In einer gespannten Haltung verharrten die beiden etliche Sekunden lang.

»Bist also aa scho a Flechtinga wordn jetz, a richtiger Flechtinger!« stieß der Jakl nur noch verächtlich heraus, gab dem Peter einen Wink und beide gingen ohne ein weiteres Wort aus der Stube.

»Jetz is's aus mit iahm,« murmelte der Stellmacher, als die Tür ins Schloß gefallen war und nahm seinen Löffel wieder aus der Milch.

»Dös kinn ma aber doch net macha ... Dös geht doch ganz einfach net!« schnitt die Resl das Gespräch ab, und stumm aßen die beiden Eheleute weiter. –

Der Jakl und der Peter schritten entschlossen auf der Dorfstraße dahin und gingen zum Renkmair hinunter. Dort feierten die Arbeiter ihren Abschied. Die Bauleitung hatte zwei Faß Freibier gestiftet. Es ging hoch her in der Wirtsstube. Schon von weitem hörten die beiden das Lärmen und Lachen. Als Jakl die Tür öffnete, johlte alles betrunken auf.

»Peta! Jakl! ... Do geht's her! Sauft's! Sauft's!« schrie es aus jedem Tisch und emporgehobene Krüge streckten sich entgegen. Die Eingetretenen setzten sich irgendwohin. Gezwungen lächelte der Jakl. Der schwarze Peter hatte eine finstere Miene und trank wie in einer wilden Wut.

Vorne am Fenster, an einem weißgedeckten Tisch mit einem großen Blumenstrauß in der Mitte, saßen der Renkmair, der Palier, die Wirtin und der Baumeister.

»Jakl!« schrie ein Arbeiter gröhlend: »Jakl! Schod is's um di!« Und: »An Abenthum sollt ma in der Mitt o'grissen hobn!« brüllte ein anderer. Jakl nickte. Peter trank. Beide redeten nicht ein Sterbenswort.

»Wos tuast jetz, wenn mir nimmer do san, Jakl?« fragte abermals ein Arbeiter und neigte sich wankend in den Tisch.

»Bau'n mächt i wieder! Ofanga mit der Bäckerei, aba i hob koa Geld und der Lenz, der neidige Stier, gibt mir koans!« gab Jakl unwillkürlich zurück.

»Bau'n ...?«

»Ja.«

Die Arbeiter wurden interessierter. Vorne am Tisch hob der Renkmair den Kopf.

»Is ja a Goldgruabn, wenn der Hof herkimmt, dei Bäckerei, Jakl!« rief einer.

»Bong!« stieß der schwarze Peter heraus und nickte.

»Und do gibt er dir koa Geld dazua, dös Rindviehch?« fragte ein anderer Arbeiter sehr laut.

»Na.«

»Wirt? Wirt! Geh her do!« schrie auf einmal Jakls Nebenmann und winkte dem Renkmair und der stand auf und ging breitspurig auf den Tisch zu.

»Host a Geld? ... Gib iahm oans!« plärrte ein anderer auf. Verblüfft schaute der Jakl auf. Der Renkmair beugte sich zu ihm nieder. Still wurde es.

»Jakl? Wia is denn jetz dös? ... S'Häusl ghärt doch zur Hälfte dir?« erkundigte sich der Wirt. Jakl nickte. Alle waren aufmerksam geworden.

»Wiaviel brauchst denn, moanst, zu deiner Bäckerei?« fragte der Renkmair abermals.

Der Jakl sah unschlüssig auf den schwarzen Peter.

»Hundertfunfzig! ... Hundert ... Zweihundert Gu-ulden!« stotterte der lallend.

Der Renkmair schob die Herumstehenden und Sitzenden weg, riß sehr auffällig seinen prallen Zugbeutel heraus, ließ ihn auf dem Tisch tanzen, knöpfte ihn auf und zahlte die Summe auf die bierbesudelte Platte. Staunend und atemlos sahen's alle. Sprachlos starrte Jakl auf das Geld.

»Do host es! B'sinn di net so lang! Nimm's! Es kimmt mir auf a poor hundert Guldn net o! Und morgn gehng ma zon Notar Meilbeck num, do unterschreibst und basta!« sagte der Renkmair resolut und jetzt erst wurde alles wieder belebt.

»Friedland, Saragossa, Wagram, Borodino!« schrie der schwarze Peter als erster, und während der Jakl stumm das Geld vom Tisch strich, brach eine wilde Begeisterung los. Ein dröhnender Hochruf auf den Renkmair erscholl, dann einer auf den Jakl. Die ganze Stube wackelte schier. – –

Erst gegen zwei Uhr früh torkelten Jakl und der schwarze Peter den Berg herauf, heimwärts. So einen Rausch hatten sie, daß sie alle zwei vor der Haustür hinfielen und einschliefen.

Es gab einen wüsten Streit zwischen den beiden Brüdern und Resl hieß den schwarzen Peter, der dösig dastand und in einem fort in abgehacktem Baß:

»In Worms war ein Husar,
der fiel in Preußens Hä-ä-ände!«

sang, einen verkommenen Lumpen. Der aber rülpste und rülpste wieder und wieder und humpelte dann mit dem Jakl in den verfallenen Backraum.

Schon am andern Tag begannen die zwei mit den ersten Aufbauarbeiten und von da ab war im Farghaus Feindschaft. –

Der schwarze Peter

Johann Peter Reiserer, wie der schwarze Peter in Wirklichkeit hieß, war von Gestalt ein Hüne, hatte kohlschwarzes, buschiges Haupthaar und einen ebensolchen Vollbart. Eine breite Säbelscharte, die quer über die eingedrückte Nase lief, zerteilte sein fast rotbraunes, gedunsenes Gesicht. Widerwärtig häßlich warfen sich die gequollenen Lippen und hinter den robust auslaufenden Backenknochen saßen auffallend kleine, unruhige Augen. Die rechte Hand war ohne Daumen und vom linken Vorfuß, welcher breitgedrückt war, fehlte ein gutes Drittel, was zur Folge hatte, daß Peter sein Leben lang patschig und bärenhaft daherging. Diesen Fuß bekleidete er auch stets mit einem aus alten Filzhutstücken hergestellten Schuh. –

Aus etlichen durchschwitzten, fast unleserlichen Papieren, die Peter dem Jakl gelegentlich zeigte, ging hervor, daß er gebürtiger Oberpfälzer sei, in Kulmbach die Gesellenprüfung bestanden hatte und sich später im Badischen zur Rheinbundarmee anwerben ließ.

Von seinem Leben hat Peter wenig erzählt. Sein Reden war ein stoßweises Herausbrummen und die meiste Zeit lag auf seinem Gesicht ein schweigender Mißmut, der aber keineswegs bösartig zu sein schien, sondern viel eher etwas Gewohnheitsmäßiges hatte. Aus den sich oft wiederholenden Flüchen Peters, die ein seltsames Gemisch von allerhand Städtenamen und Schlachten, fremdländischen Ausdrücken und einheimischen Gotteslästerungen waren, konnte man immerhin den Schluß ziehen, daß er weit in der Welt herumgekommen war und manches erlebt hatte. Ab und zu kam es vor, daß er Jakl gegenüber einige Worte über seine Erlebnisse fallen ließ, aber es blieb immer nur bei verworrenen Andeutungen, die er plötzlich, wenn er bemerkte, daß der andere interessierter zuhörte, abbrach. Fragte man alsdann weiter, so verfinsterte der schwarze Peter sein Gesicht, schneuzte sich wie von einem Ekel erfaßt in die Finger und brummte vor sich hin.

Viel später, als er längst unter der Erde lag, sagte der Jakl einmal von ihm, er hätte als Krieger die halbe Welt gesehen, wäre aber weder in Italien, Spanien, noch in Rußland jemals zum Lachen gekommen. – –

Im Dorf wußte man nicht recht, warum Peter sich so innig an den Jakl anschloß und munkelte allerhand. Es fehlte nicht an verdächtigenden Mutmaßungen und die ganze Erscheinung Peters trug gewiß dazu bei. Wahr aber ist jedenfalls, daß der alte Mann sein Leben lang treu an Jakl hing und ein selten fleißiger Arbeiter war. Mit stoischer Geduld befolgte er die Anweisungen seines Brotgebers und ging wortlos auf dessen Schrullen ein. Breit und soldatisch stand er da, wenn Jakl ihm was auseinandersetzte, nickte endlich stumm und tat, was ihm angeschafft wurde. –

Monate strichen hin. Langsam erstand aus den zerfallenen Mauerresten eine Backstube, der Mehlraum, eine Schlafkammer und eine Holzschuppe. Jetzt kam der Ofen an die Reihe, vom frühen Morgen bis tief in die Nacht hinein arbeiteten die beiden. Die Nachbarn brummten, die Resl redete auf den Lenz ein, denn oft noch um Mitternacht rumorte und klopfte es im hinteren Teil des Hauses.

Vorne wirtschafteten die Stellmachersleute. Lenz hockte den ganzen Tag auf der Schnitzbank in seiner Werkstatt, und Resl arbeitete in der Küche oder im Stall. Das erste Kind schrie im Korb und ein zweites war auf dem Weg. –

Kein Wort wurde gewechselt zwischen den zwei feindlichen Parteien. Sie sahen sich selten. Sogar das Essen bereiteten sich der Jakl und der Peter selber und selbstredend ging's dabei oft karg her. Die Anschaffungen von Kies, Ziegelsteinen und Brettern hatten das meiste Geld verschlungen. Jakl ging abermals zum Renkmair und hielt um hundert Gulden an. Der Wirt zögerte erst, erkundigte sich genau nach dem Stand des Baus und gab endlich das Darlehen gegen die vollständige Verpfändung von Jakls Anrecht auf das Farganwesen. Der Lenz, der zur notariellen Abmachung vorgeladen worden war, saß verbissen da, sagte nur das Allernötigste und maß von Zeit zu Zeit den Wirt und den Jakl feindselig. Als dann die beiden Parteien das Amtsgebäude verließen, stellte sich der baumlange Stellmacher drohend vor seinen Bruder, mit wutrotem Gesicht und geballten Fäusten, und brüllte: »A Lump bleibst deiner Lebtog! Jetz fangst scho hinterrucks 's Verschachern o! Pfui Teifi!« Und eilsam ging er von dannen.

Der Renkmair schaute einen Augenblick benommen auf den hageren, gebückten Jakl.

»Es werd scho!« sagte der bloß, wie um den anderen zu ermutigen. Und auf seinem hohlwangigen Gesicht lag eine beharrliche, kalte Ruhe. –

Weiter ging das Bauen. Nach monatelanger Mühe war der Backofen instandgesetzt. Der Jakl zündete triumphierend das erste Feuer an. Der Zug war gut. Wild prasselten die Scheite. Plötzlich – mit einem furchtbaren Knall – stürzte das Gewölbe ein. Das ganze Haus erbebte. Glut und Ruß platzten aus dem Ofenloch und erfüllten wie eine undurchdringliche Wolke die Räume. Die Resl, die gerade aus dem Stall kam, schrie entsetzt auf und sank ohnmächtig hin. Sie gebar auf der Stelle, und das Kind ward ein Zwerg zeitlebens. Der Lenz stürzte in sinnloser Wut auf den Jakl. Da auf einmal packte ihn eine wuchtige, eisenharte Hand und stieß ihn weg, daß er torkelnd an die Wand fiel.

»Friedland! Saragossa, Wagram, Borodino! Verschwind' oder du bist hin!« brüllte der schwarze Peter aus dem Dampf und schwang furchtbar die Mörtelkelle. Mit einem jähen Satz jagte der Farglenz durch die Verbindungstür und schlug sie fluchend zu.

»Peta!« schrie der Jakl erschrocken und zitterte am ganzen Leib. Peter drehte sich mechanisch herum und blieb steif stehen, ganz so, als wenn er auf weitere Befehle warte. Jakl brachte kein Wort heraus.

»Tür durch! Barrikade! Verbaut!« hastete jetzt der schwarze Peter heraus, warf seinen mächtigen Körper plump gegen die Tür, stemmte, drückte mit aller Kraft, daß sie krachend durchbrach. Dann legte er in aller Schnelligkeit die Ziegelsteine aufeinander und vermörtelte den Durchgang. Ohne Einmischung ließ der Jakl es geschehen. Jetzt war die Trennung vollkommen.

Wieder, Tag für Tag, arbeiteten die beiden Bauleute am Ofen. Die Resl lag fast ein Vierteljahr auf Leben und Tod da. Neben dem Farghaus stand das Schmalzer-Gehöft. Die alte Schmalzerin hauste dort mit ihren zwei Söhnen, dem Wastl und dem Hans. Sie war ein bigottes Weib und wußte allerhand Wundermittel gegen Krankheiten. Fast jeden Tag kam sie zur Resl herüber und stand alsdann oft stundenlang in der Stellmacherwerkstätte.

Ob er vielleicht dem Peter seine Füße schon einmal richtig angeschaut hätte, der Lenz, meinte sie. Und: »Dö ganz' Nacht brennt im Jaklkammerl 's Liacht, und der Schwarz humplt wia a Geist drinn rum,« flüsterte sie geheimnisvoll gedämpft und setzte noch leiser hinzu: »Wenn ma 'n a so humpln siehcht, i sog dir Lenz, i will ja nix gsogt hobn ... i bet' bloß ... Dös is dös Recht' net ...«

Der Lenz schaute die Bäuerin einen Augenblick an.

»I moan, i red amoi mit 'n Hochwürn Herrn Pfarra, Lenz,« sagte die Schmalzerin gewichtig und trottete zur Tür hinaus.

In Flechting trug sich von da ab das Gerede herum, in der Jaklbäckerei ginge es nicht mit rechten Dingen zu. Nicht bloß dem Peter, auch dem Jakl wich man jetzt scheu aus. Ängstlich schier schlichen die Leute an dem »Schwarzen« vorbei und schlugen mitunter sogar das Kreuz.

Endlich stand die Bäckerei. Aus dem hohen Kamin quoll dicker Rauch und verbreitete weithin einen dampfigen Geruch. In den Brottellern beim Renkmair lagen nach langer Zeit wieder Semmeln und Kreuzerweckerln. Aber niemand rührte sie an.

Das neugebaute Schloß stand immer noch unbewohnt da. Der Hof – wie man König und Gefolgschaft hieß – ließ auf sich warten. Nur in Riemling, am Seeufer, standen etliche Herrschaftsvillen. Dort bot jetzt der Jakl Tag für Tag sein Brot an. Wenig brauchten die Leute. Kaum zwei Gulden brachte dieser Gang. Die Bauern lieferten mit der Milch auch das Brot an die Herrschaften. Beim Renkmair wurde das Brot alt. Der Wirt schnitt ein besorgtes Gesicht, bestellte jeden Tag weniger und zuletzt gar nichts mehr. Verdrossen kam Jakl gewöhnlich zu Hause an, setzte sich auf den zugedeckten Backtrog und verfiel in sein Grübeln. Peter lag meistens auf dem Boden und summte vor sich hin. Einmal aber, plötzlich, erhob er sich, humpelte in die Schlafkammer, blieb eine Zeitlang und ging dann fort. Er patschte eilig durchs Dorf, Riemling zu. Hinter jedem Fenster stand ein neugieriges Gesicht. Der Schmalzer-Hans erzählte, daß er den Schwarzen in der Hirlingerlende Blumen pflücken gesehen hätte.

Erst spät nachts kam der Peter wieder. Schweiß glänzte auf seinem Gesicht und plusternd atmete er. Der Jakl erschrak förmlich, als er so dastand, und sah ihn fragend an.

»Leg dich hin!« stieß der Peter plötzlich heraus und deutete auf den Boden. Dem Jakl fuhr der Schreck in die Glieder, und eine Totenblässe stieg in sein Gesicht. Rätselhaft steif stand der Peter immer noch. Ausweichen gab es da nicht mehr.

»Wos willst denn?« stotterte endlich der Jakl.

»Ambulanz!« sagte Peter jetzt gewichtig: »Wartn wir, sind wir verloren!«

Unbegreiflich war dem Jakl alles. Er wartete unschlüssig.

»Leg dich hin!« wiederholte der Peter mit der gleichen Strenge: »Deine Knochen grad! Dann eine Madam', das hilft!« Und dann erzählte er verworren was von »Rekognoszierung,« von einer »Schwarzen« in Riemling und schloß endlich: »Marketenderware! Geht leicht her! Sowas will scharf a-a-angepackt werden!« – –

Als der Jakl am andern Tag durch das Gartentürl der Major Hetzlingerschen Villa in Riemling ging, war seltsamerweise die Köchin schon am Fenster und lachte ihn merkwürdig verständnisinnig an. Auch er lachte und wurde rot.

»Schöne Semmeln habns,« sagte die Köchin, »da Herr Major lobt's jeden Tag.«

Der Jakl sagte nichts. Bloß seine Hände zitterten ein wenig, als er die Semmeln aufs Fensterbrett legte. Und die ganze Zeit war auf seinem Gesicht ein halb verlegenes, halb befriedigtes Lächeln. Nachdem er an der Gartentür stand, wandte er sich unwillkürlich wieder um und sah die Köchin immer noch am Fenster stehen, einen Blumenstrauß in den Händen und fast schelmisch zwinkern.

Diesmal empfing ihn der schwarze Peter gewichtig. Zwar sagte er nichts, aber es war doch, als beschäftige ihn was sehr angenehm. Seine ganzen Bewegungen hatten eine Geschäftigkeit, die zu denken gab. Sie waren behender als sonst und manchmal schnalzte er mit der Zunge. Auch der Jakl war aufgeräumter.

Ganz außer Rand und Band stürzte etliche Tage darauf die Schmalzerin zur Werkstattür herein und auf den Farglenz zu.

»Wohr is's! Wohr is's, wos i oiwai scho glaabt hob, Lenz!« belferte sie heraus: »Den Jakl hot er ... ganz und gor hot er 'n a der Gwalt!«

»Wos denn? Red' gscheit!« brummte der Rechenmacher mürrisch, weil ihm das ganze Herumreden denn doch schon zuwider wurde.

»I geh a's Bett, schaug zuafälligerweis wieder in d' Jaklkammer umi, und wos muaß i net sehng, Lenz? ... Wos muaß i sehng? ... Der Jakl liegt pudlnackert aufm Bodn und der Schwarz' walzt 'n hinum und herum, druckt, bazlt den arma Kärpa (Körper) umanand, daß direkt a Schand is! I schlog's Kreuz und bet, – steh auf und schaug wieder num – und – und wos siehch i? – – Dös Gleich'! ... Er druckt und werklt in oan furt an Jakl umanand ... Herrgott, erlös üns von den Übi, sog i und bet' in Gottsnam nu a poor Vaterunser ... Aba glaabst der Schwarz' härt auf? ... Net härt er auf, dö ganz' Nocht geht's a so ... Jaja, dös konn ja doch bein Teifi nei, dös Recht' nimma sei, Lenz?!« plusterte die alte Bäuerin heraus. Direkt angst und bang konnte einem werden, wenn man ihr zerfaltetes Gesicht anschaute. Und in einem fort schlug sie das Kreuz, mit zitternder Hand. Die Resl, die seit einigen Tagen wieder auf war, stand jetzt in der Tür und hatte böse Augen.

»Wos?« schrie sie den Lenz an: »Do host es! Naus muaß er, der schwarz Teifi! Ehnder is koa Ruah!« Ihre viereckige Stirn furchte sich. Die Schmalzerin aber war schon draußen, ging von Haus zu Haus und trug die merkwürdige Kunde herum.

Alsdann läuteten mitten am Nachmittag die Flechtinger Kirchenglöcklein, und Gruppen bildeten sich vor den Haustüren. Der Pfarrer Kosthammer von Auging mit zwei Ministranten kam in langen Schritten daher und schwang eigenhändig das scheppernde Rauchfaß. Geradewegs ging er durch die sich bekreuzigenden, händefaltenden, gaffenden Bauerngruppen, hinten in die Jaklbäckerei hinein. Die Kinder liefen hinter ihm her und blieben neugierig am Bäckertor stehen. Alles wartete gespannt auf die plötzliche Flamme, die da ganz gewiß aus irgendeinem Fenster oder aus dem Kamin herauspfeifen mußte. Die Schmalzerin hatte es kreuznotwendig, erzählte alle möglichen Geschichten von Teufelsaustreibungen und Bannflüchen und meinte, auf dem Haus gäbe es so schnell keine Ruhe mehr. Sie wisse einen Hof – und dabei schaute sie den Raffinger schief an – da hätte der ausgetriebene Teufel noch ein ganzes Jahr lang nachts die Gsottmaschine getrieben und schaurig hätten es die Schlafenden gehört und ihr Vaterunser gebetet.

In diesem Augenblick stoben die Kinder auseinander und ebenso schweigend wie er gekommen war, schritt der Pfarrer wieder durch die breite Dorfstraße. Alle besannen sich eine Zeitlang, dann sammelten sie sich, bildeten einen Zug und beteten einen Rosenkranz bis vors Dorf.

Das Schrecklichste aber kam erst noch. Als nämlich die Flechtinger heimwärts gingen, begegneten ihnen der Jakl und der schwarze Peter mit ganz sonderbar aufgegleimten Gesichtern und im Sonntagsgewand. Die zwei gingen Auging zu, dem Pfarrer nach. Fast entsetzt blieb die Dörflerschar stehen und sah ihnen kopfschüttelnd nach. »Jessmariandjosäff, er nimmt's a's Gebet! Soweit is's scho!« rief die Schmalzerin. Und stumm trottete die Schar ins Dorf zurück.

Am vierten Sonntag nach diesem Ereignis verkündete der Pfarrer von der Kanzel herab, daß sich der »ehrenwerte Jüngling Jakob Farg, Bäcker in Flechting, und die tugendhafte Jungfrau Anna Maria Reichmaretter, Köchin in Riemling, die Ehe versprochen hätten«.

Ganz Flechting war irr.

Der dunkle Punkt

Es war ein Verheiratetsein, das vom Fargjakl und der Anna Maria Reichmaretter, wie man es in der ganzen Umgegend von Flechting seit Jahr und Tag noch nie erlebt hatte. Zwar hielt man eine richtige Hochzeit beim Renkmair ab. Mit bitterwilligen Gesichtern saßen der Lenz und die Resl am Tisch der Brautleute, ließen auch das und das Wort fallen und gingen alsdann mit Glückwunsch und Handdruck weg. Der schwarze Peter war an dem Tag wie umgewandelt. Er lachte fast unausgesetzt und stieß zwischendurch fast singende Laute aus. Er, der Schmalzer-Hans und der Baurhammer-Christl tranken mannhaft und sanken sich zuletzt abwechselnd in die Arme.

Auch die Flechtinger Bauernschaft war anwesend, hockte mit lustigen Mienen in der Wirtsstube, trank und schmauste, als sei sie seit aller Zeit mit dem Jakl gut Freund.

Aber es gab keinen Küchenwagen, keine Ehekammer und kein Zusammenwohnen der zwei Neuverheirateten. Die zwei verbrachten die Brautnacht in einem Zimmer beim Renkmair und am andern Tag begleitete der Jakl die Anna Maria nach Riemling, ging wieder heim und buk sein Brot wie immer.

Was Wunder also, wenn die Flechtinger derenthalben allerhand redeten? – Freilich, hieß es, wo sollten sie denn auch hausen, die Eh'leute? War doch mit knapper Not Platz für den Schwarzen und den Jakl in der Bäckerei.

»Wias nu ming hot, d' Annamarie? ... In sowos 'neiheiratn? In 'ra solcherne Not, wo net amoi a Eh'kammerl für weniger wos ander's do is,« äußerte man sich und fand keine Erklärung.

»Is doch a Weibert's wia Milli und Bluat,« ließ der Bürgermeister Hirlinger verlauten: »Mächt' doch schlieaßli wos hobn bei der Nocht, h–hm–hmhm!«

Und der Baurhammer-Christl lachte verkniffen und meinte hinwiederum: »Is a städtische – – Bei dö kennt si' der Teifi aus! ... Dö hobn Muckn mehra wia Hoor auf'n Kopf! ... Do kimmst grod recht!«

Bei vielen tauchte aus irgendeinem Grund die schüchterne Hoffnung auf, daß nun wohl der Schwarze bald den Laufpaß bekomme.

Die alte Schmalzerin hingegen munkelte, mit dieser Verheiratung und überhaupt mit der ganzen Jakl-Eh', da habe es verschiedene Bewandtnisse. Sie sprach sich aber nicht näher darüber aus.

Vierzehn Tage nach der Hochzeit bezahlte der Jakl dem Renkmair die dreihundert Gulden samt Zinsen zurück. Der Wirt verlor fürs erste buchstäblich die Fassung und machte eine sichtlich abwehrende Miene. In einem fort beteuerte er, das Geld liege doch gut auf der Bäckerei, aber der Jakl sagte bloß: »Der Ordnung hoiba!« drückte dem Wirt die Hand und ging nach Rauschenbach zum Notar hinüber, verlangte dort die Protokolle.

»Das is net üblich,« sagte der Notar, händigte aber nach einigem Hin und Her die Papiere doch aus, nachdem er vorher durch jedes Blatt einen dicken roten Strich gezogen und »Am heutigen Tage für nichtig erklärt, Meilbeck, kgl. Notar« daruntergesetzt hatte.

Sonst kam der Jakl jedesmal durchs Schmalzergassl ins Dorf, aber diesmal ging er absichtlich auffallend durch die breite Dorfstraße, schritt geradewegs auf die Werkstattür vom Lenz zu, machte sie hastig auf, zog die Papiere heraus, riß sie in der Mitte durch und warf sie ohne ein Wort seinem Bruder vor die Füße. Erst nachdem er den Türgriff wieder in der Hand hielt, stieß er heraus: »So! Jetz brauchst also koa Angst nimma hobn, daß dir wos verschachert werd hinterrucks!« Und eilig verschwand er.

Der Stellmacher fand erst nach einer Weile zu sich zurück, hob die Papiere auf und überflog sie gedankenlos. Er las Wort für Wort, langsam, schwerfällig. Auf seiner Stirn krausten sich Falten, er starrte lang auf die Zahlen. Seltsam, wirklich seltsam! Er kannte sich absolut nicht aus. Er schob auf einmal hastig das Papier zu sich und begann schließlich wieder zu schnitzen ...

Mit der Zeit waren vier Kinder in seiner Stube. Es gab Arbeit. Eine einzige Kuh war da. Mager waren die beiden Stellmachersleute geworden, sehr mager. Und lachten nie. Dem Lenz sein Haar zeigte graue Stellen. Das viele Sitzen und Gekrümmt-Arbeiten hatten seine Gestalt nach vorn gebeugt. Wenig redete er ja von jeher, aber jetzt fast gar nichts mehr. Nach Feierabend saß er am Tisch und las immer-

fort seinen Lotteriekalender und manchmal kam es vor, daß er sagte: »Dös'moi konn's doch sei, daß 's hundert Guldn o'wirft. Ungrode Zahl? ... Numero 49 a'n Schluß is seltn.«
Resl sah vom Stricken auf und gab keine Antwort. –
Jakl buk jetzt die Woche zweimal. Er saß wieder viel in seiner Kammer oben und zeichnete Pläne, stellte neue Berechnungen an und ging nachdenklich auf und ab. Den schwarzen Peter sah man jetzt oft und oft beim Renkmair in der Stube, und fast jedesmal kam er von Riemling her, wenn er heimkehrte. Hin und wieder richtete er Grüße von der Annamarie aus und brachte für den Jakl geflickte Wäsche mit. Auch kam manchmal die Annamarie mit ihm mit und dann saß in den Mundwinkeln des Schwarzen ein leichtes, zufriedenes Lächeln. Außer seinem Dienstgeber nämlich war die Jaklin die einzige Person, mit der er überhaupt Worte wechselte. Sie stand im achtunddreißigsten Jahr, war drall gewachsen, hatte volles schwarzes Haar und war gesund rotbackig. Aufrecht ging sie. Eine robuste Breitfront bildete ihr vorderer Oberkörper. Adrett und städtisch war sie angezogen und hatte ein zufriedenes, einnehmendes Gesicht. Sie grüßte freundlich und lächelte dabei meistens verbindlich. Die Dörfler blieben verstohlen stehen und schauten ihr mit verschwiegenem Respekt nach.
»Eine Geschäftsfrau ala bonheur!« urteilte der schwarze Peter und »Einen Sieg auf der ganzen Linie« nannte er diese Heirat. –
Jakl war in der letzten Zeit wortkarger geworden. Verstimmt schaute er drein. An einem Tag, als er in die Kammer ging, sah er den schwarzen Peter über die Pläne gebeugt.
»Da Hof kimmt net,« brummte er entmutigt. Peter sah ihn merkwürdig an und blickte wiederum auf die Pläne. Jakl sah durchs Fenster und schwieg. Neben dem Hirlingerhof, quer gegenüber der Kammer, stand das Schäfflerhaus. Das hatte ein pensionierter Oberlehrer gekauft. Der Schäffler war ins Niederbayrische gezogen. Es war ewig so: Häusler konnten sich in Flechting nicht halten. Und wann brauchte einmal wer ein Wasserschaff? –
Durch die laubleeren Eschenäste stach das Rot der Ziegelsteine des ausgebesserten Häuschens. Die zwei Maurer warfen gemütlich den Mörtelputz auf ...
»Bau'n jetz! Bau'n,« murmelte der Jakl wie für sich.
Da geschah etwas recht sonderbares. Der Peter brummte auf einmal hinter ihm: »Alt ist er, der Major?« Unvermittelt sagte er es. Tonlos

27

hatte es geklungen. Aus einem unbestimmten Grund drehte sich der Jakl herum und heftete seine Augen bohrend an Peter.

»Wos denn?« fragte er hastig.

»Erste Patrouillen ... Kommt noch mehr,« raunte Peter und unheimlich schnell zwinkerten seine Augen.

»Wos tuast jedn Tog z'Riemling?« fragte Jakl gespannt, aber Peter gab keine Antwort. Seine Gestalt wölbte sich gleichsam drohend auf. Sein wulstiger Mund wurde noch roter und kräuselte sich ein wenig.

»N–n–nach–se–hn,« hauchte er gedämpft und suchte im Zimmer herum mit den Augen, als wittere er einen unsichtbaren Zuhörer.

»Wos denn?« wiederholte der Jakl, stockte jäh und wurde blaß.

»Hanau! ... Nicht vergess'n! ... Einzln fass'n, die Schurk'n!« schnaubte Peter rätselhaft und wartete düster. Es war gut, daß in dem Moment gerade die Annamarie in die Kammer eintrat. Fast gleichzeitig schnauften die zwei Männer auf. Der Peter ging.

»Wos host'd denn Jakl?« fragte die Annamarie besorgt, weil er gar so wehleidig dreinschaute.

»Der Hof kimmt net. ... Dö poor Semmln fressn Hoiz und bringa nix ei,« gab er zurück und langsam wurde wieder alles an ihm ruhig, aber mutlos.

»Wohr is's,« sagte die Annamarie: »Aber mei, wos willst do macha?«

»Bau'n jetz! ... Billi herbau'n und nachha, wenn er wirkli kimmt, der Hof, nachha wieda verkaafa ...«

»Dös kost't aa an Haufa Geld,« gab die Annamarie zur Antwort und setzte sich endlich. Die zwei saßen sich stumm gegenüber. Aug' in Aug'. Von unten herauf drangen die Axtschläge Peters, der in der Holzschuppe Scheite spaltete.

»Beinand sei mächt i gern mit dir, Annamarie?« brachte der Jakl nach einer Weile heraus, und eine Röte stieg in sein Gesicht. Sein Blick glitt über ihre runde Brust und senkte sich wieder. Tief atmete die Annamarie.

»An Major konn i's net o'trogn,« sagte sie und in den Worten lag eine leise Gedämpftheit: »Er will nix wissn davo.« Sie stockte: »Er hot scho lang oi's gmacht.«

»Gmacht?« fragte Jakl: »Wos denn?« Gespannt schaute er auf den Mund der Annamarie. Die rückte näher jetzt.

»Wenn er tot is, g'härt ois mir ... Er hot koane Verwandtn und koane Kinder ... Seinerzeit, wia er 's Testament geschriebn hot, hot er's mir gsogt ... Für dö guatn Dienst, hot er gsogt und für meine oitn (alten) Tog ... I soit nix red'n, hot er gsogt ...«

Jakls Augen wurden groß. Die Annamarie erschrak fast.

»Jakl ...? Wos is's denn?« fragte sie. Da erwachte er wieder. Deutlich sah man's der Annamarie an, daß ihr jetzt leichter war. Mit gewohnter Sachlichkeit legte sie einen Guldenbeutel auf den Tisch und sagte ruhig: »Der Dennerdollinger verkaaft sei Seewies'n ... Zwoahundert Guldn verlangt er. Kaaf's. Geh aba glei morgn naus und mach ois ...«

Jakl nahm mechanisch den Beutel. Dann gingen die beiden in die Backstube hinunter.

»Oit is er, der Major,« meinte Jakl auf der Stiege beiläufig.

»Ja, und arg tapsi in der letztn Zeit. I konn gor nimmer recht weggeh ... I muaß den ganzn Tog auf iahm aufpassn wia auf a Kind,« erzählte Annamarie und setzte hinzu: »A poor moi hot mir der Peter scho aufpaßt auf iahm ... Dö zwoa vertrogn si ganz guat ...«

Dann ging sie. Der Jakl blieb noch lange mitten in der Backstube stehen. Er schrak auf einmal auf, riß den Trogdeckel auf und besah das Dampf (Gärteig). – –

Es war Samstag.

Am nächsten Mittwoch brachte der schwarze Peter von Riemling die Botschaft, daß der Major über die Treppen heruntergerutscht sei und arg darniederliege. Die Teppichhalterschraube sei ausgebrochen gewesen und da wäre es passiert. Und der Jakl solle gleich nach Rauschenbach hinübergehen zum Hofrat Sauminger und ihn schicken. Ruhig, vollkommen klar berichtete Peter, ohne seine sonstigen Redeschnörkel. Nur in seiner gewöhnlichen soldatischen Haltung stand er da. –

Drei Wochen später verstarb der Major. Annamarie ließ ihn nach München überführen und dort begraben, wie es sein letzter Wille war. Von da ab trug sie Trauerkleider. Zirka zwei Wochen darauf wurde sie wieder nach München berufen zu einem Justizrat, der ihr das Testament eröffnete.

Aus einem nicht ersichtlichen Grund hatte sie gleich nach dem Ankauf der Seewiese den Jakl gedrängt, Ziegel und Kies zu bestellen für einen Hausbau auf diesem Grundstück. Bereits zwei Fuhren Steine lagen mitten auf der Wiesenfläche und der Dennerdollinger fuhr den ersten Kies dorthin. Es hieß: »Der Fargjakl vo Flechting baut si do a Eh'häusl her.«

Als allmählich bekannt wurde, daß der Major der Annamarie sein Haus und die ganze sonstige Hinterlassenschaft vererbt habe, sagte der Hirlinger: »So a Rindviehch, der Jakl! Hätt' er's jetz net derwartn kinna, bis der oit Major g'storbn gwen waar.«

Ein böses Maul aber ließ verlauten: »Wenn's scho so is! Um dö Hinterlassnschaft hot si doch sowos riskiern lossn ...« –

Jetzt ließ der Jakl den schwarzen Peter in der Flechtinger Bäckerei zurück und zog in die Majors-Villa nach Riemling. Es war der Annamarie erst nach hartnäckigem Zureden gelungen, ihn dazu zu bewegen. Trotzdem, daß er jetzt mit einemmal ein wohlhäbiger Mann geworden war, veränderte er sich nicht zu seinem Besten. Er alterte sichtlich. Seine Augen waren ständig beunruhigt, ja fast scheu. Es kam mitunter vor, daß er minutenlang starr dastand und plötzlich auffuhr wie aus einem widerwärtigen Traum, grell auflachte und etliche unverständliche Worte murmelte. Einige meinten, das komme bloß daher, weil er fast jede Nacht bis zum Morgengrauen Licht habe und weiß der Teufel was für Plänen nachginge. Andere wieder munkelten, im Grund genommen sei die Ehe mit der Annamarie eine Hölle. Das schaue bloß so schön her.

Nach allem aber, was beobachtende Augen und lauschende Ohren erhaschen konnten, sah es nicht darnach aus. Jakl lebte gut mit der Annamarie zusammen. – –

Es ereigneten sich nun allerhand merkwürdige Dinge.

Der Ziegelbrenner von Rauschenbach kam in die Hetzlinger-Villa und fragte, ob er noch weiter Bausteine liefern sollte. Jakl stieß ärgerlich heraus: »Wer sogt enk denn, daß i net bau? ... Nu weita! ... I werd's enk scho sogn, wenns g'langt.« Und die Fuhren kamen jeden Tag.

Der Dennerdollinger traf die Annamarie auf der Straße.

»Jetz braucht's doch koan Kies nimma, oder?«

»Geh zon Jakl selba ... I konns net sogn,« war die Antwort.

»Weita, sog i!« brummte der Jakl den Bauern an. Riemlinger und Flechtinger schüttelten die Köpfe. – –

Ins Frühjahr ging's hinein. Der schwarze Peter kam sehr oft in die Villa. Er schritt mit dem Jakl die Seewiese ab. Einmal brachte er ins Farghaus nach Flechting einen Brief für den Lenz. Der kam am andern Tag nach Riemling.

Der Jakl gab der Annamarie einen Wink, als sein Bruder in die Stube trat. Sie ging.

»Sitz di hi und loß redn mit dir,« wandte er sich alsdann an den Lenz und der tat's.
»Host mein Briaf verstandn?« fragte er abermals.
»Ja. Wos willst do mit den Überlossn?«
»Da Hof kimmt ja doch amoi, nachha is dö Bäckerei a guats Gschäft,« setzte ihm der Jakl auseinander: »Loß oan Buabn vo dir Beck werd'n ... Wenn mir amoi in d' Ewigkeit nummüassn, bleibts wenigstens in dö Farghänd', aba vorläuft g'härts mir ...«
Weiß Gott warum, der Stellmacher wurde darüber plötzlich zornig. Er maß seinen Bruder fast hämisch und sagte: »So? ... Jetz weilst an Geldhaufa drinn hockst, jetz aufamoi kimmern di meine Buam und mei Not? ... Solang i konn, pfeif i auf dei Hilf', daß d' ös woaßt ...«
Er war schon kritisch. Der Jakl hielt sich mit aller Mühe zurück und redete ruhig auf ihn ein. Aber es war nichts mehr zu machen mit ihm. Der Lorenz Farg war wie seine Rechenstiele, genau so dauerhaft und unnachgiebig. Einen bockstarren Kopf hatte er.
»I scheiß dir drauf!« wiederholte er und stand auf.
»Loß redn mit dir, Lenz!« sagte der Jakl beharrlich und die Eindringlichkeit, mit der er's sagte, zwang den Stellmacher vielleicht.
»Ünsa Vata selig ... du werst es wissn, der hot gsogt, d' Sach' sollt ma hoitn!« fing der Jakl abermals an: »Und gsogt hot er, es kunnt nu amoi wos kemma, aber er hot's üns net sogn kinna ... Es kunnt sei, daß's üns nu amoi o'gstritt'n werd, 's ganz' Haus, hot er üns seinerzeit gsogt ...«
»Wia dös?« fragte der Lenz unbeweglich.
»Der Renkmair fahrt in der letztn Zeit oft in d' Stodt. Er hot scho seinerzeit drauf spekuliert, daß er unser Bäckerei in d' Hand kriagt ... Es san oiahand dreckige Sach'n in Gang und unser Vata is aa grod kaa Heiliger gwen,« wollte der Jakl erzählen, brach aber mittendrinnen ab und fragte kurzerhand: »Ganz gleich ... Dös brauchst ja aa net weiter wissn! Dö Sach' loßt si regln ... An Maxl nimm i in d' Lehr, willst, red ...?!«
Der Lenz stand kreidebleich vor ihm. Wut und Verbissenheit zitterten auf seinem Gesicht. Vielleicht kam er sich wie ein Bettler vor, dem man vor dem Verhungern noch gnädiglich einen Brocken hinwirft, vielleicht bewegte ihn auch was anderes. Er war kein Mensch, bei dem der Zorn so schnell verrauchte. Er hätte auch ebensogut was anderes sagen können, es rutschte ganz einfach gerade dieses dumme Wort heraus.

Er stellte sich bissig vor den Jakl und sagte mit der ganzen herabwürdigenden Verletzlichkeit: »Du bischt a sauberner Konsort! Loßt' net amoi dö Totn in'n Grob drinn a Ruah! Pfui Teifi!«

Und da sprang der Jakl wütend auf.

»Guat, Dickkopf! ... Na bleibt ganz einfach der Peter drinn, solang ois i leb. 'Nauszoin kannst mi ja doch deiner Lebtog net, basta!« schrie er und schlug auf den Tisch.

Und: »Guat!« sagte sein Bruder ebenso und ging. – –

Sturmzeichen

Nach Flechting und in die umliegenden Dörfer drangen zur selbigen Zeit allerhand verworrene Nachrichten aus der Hauptstadt. Der Renkmair, der öfters hineinkam, erzählte, es gehe auf den Stadtstraßen zu wie anno 12 bei der Völkerschlacht. Man sähe beispielsweise Haufen wilder, bewaffneter Leute, die mit Fahnen vor die verschiedenen Fürstenhäuser und vor die Residenz zögen und bald »Pereat,« bald »Heil dem König« schrien. In der Wirtschaft, wo er seine Pferde einstelle und übernachte, berichtete er weiter, da sagt man, die Franzosen haben ihren König davongejagt, weil er soviel Staatsgelder für sich verbraucht hat.

»Zwoa Sponfackl hot er jedn Tog seine Hund gebn, der Rüappi, hobn d' Leit verzoit ... Und a Fettn hot er g'habt, daß'n schier dabatzt hot' ... Und 's Voik natürli, 's Voik hot Hungerleidn müassn, bis's hoit doch amoi narrisch wordn is,« verkündigte der Renkmair. Und jetzt sei Revolution. Räuberbanden zögen durch das ganze Frankreich und würden plündern, brandstiften und mordbrennen, was das Zeug hält. –

Der Renkmair war ein Wirt, wie man ihn brauchte. Er konnte unterhalten. Er verstand es, das Wichtige immer bis zuletzt aufzubehalten und machte meistens lange, aber keineswegs langweilige Einleitungen. Und wenn man ihn so sitzen sah, die massigen Schultern vorgerückt, den fetten Kopf dazwischen, die Gesichtsfalten nicht im geringsten bewegt, nur mit den listigen Tiroleraugen unvermerkt herumspähend, trocken und breit erzählend, so wußte man: Sein Sinn trachtete danach, aus den Zuhörenden alles mögliche herauszuholen, Erwiderungen, Meinungen, kurzum das Dafür und Dagegen, das eine Unterhaltung flüssig macht und die Gäste unvermerkt aufhält und Bier verbrauchen läßt. –

»Und jetz? ... Jetz? ... Ma red't ja net von dem! Räubern und Mordbrenna, dös ghärt si net! Aba bei üns is aa net ois sauba! ... No, ma will ja net vorgreifa, aba dös wos i gsehng hob, dös hob i gsehng,« hub er nun wieder an, und richtig hatte er gerechnet. Die Gesichter hoben sich. Das Interesse war am Siedepunkt. Er konnte loslegen.

»Werd's ös scho sehng! Bei üns geht's genau so o jetz!« fing er wieder an und berichtete, dem König sei man jetzt dahintergekommen. Lang genug sei's vertuscht worden, aber jetzt pfiffen es schon direkt die Spatzen auf dem Dach. Der König habe eine Liebschaft mit einer Zigeunerin, samt dem, daß er eine Frau hätte.

»A Mätreß! A Herglaafane!« rief der Renkmair und weiter ging's im Sturm seiner verhalten-entrüsteten Erzählung:

»A Luadamensch hot er aufgoblt und hängt ihra 's Geld o! Er tanzt wia dös Fraunzimmer pfeift und d' Staatsgschäftn loßt er d' Staatsgeschäftn sei ...«

»Na gehts also drinn z' Minka a scho wüati her?« erkundigte sich der Baurhammer-Christel.

»Dös loßt si denka,« gab der Schmalzer-Hans in seinem bierigen Baß zurück, und der ganze Tisch vergaß die frischgefüllten Krüge.

»Es daurt nimma lang!« nahm der Renkmair wieder das Wort: »Es daurt gor nimma lang, na laafa dö ganzn bessern Leut' aufs Land raus und kaafa Gründ' auf und bau'n si Häuser her! ... Denn wenn ma's gscheit oschaugt, dö Häufa Leut', dö wo do drinn umanander ziagn ... Wos san denn dös? ... Dös san ja doch dö reinstn Räubabandin! ... Richtige Räubabandin, dö wo nix in 'n Kopf hobn ois wia Mordn und Raubn ...«

Das letzte überhörten die Bauern. Das erste war ihnen viel wichtiger.

»Dös waar ja weiters net zwider, wenn dö bessern Leut' rauskemmertn,« meinte der Hirlinger in bezug auf das: »Aba wer gibt üns denn d' Gewißheit, obs net Räuba san? ... Dö Gschicht hot seine zwoa Seitn ... Dö Sach will überlegt sei!«

»Jaja, dös hob i mir aa grod denkt,« stimmte der Müller-Silvan zu, und alle nickten.

»Jetz dös kennt ma ja nachha do scho, wos a Räuba is und wos oana will,« wollte der Baurhammer-Christl besänftigen, aber da kam er nicht durch damit. Die Meinungen gingen stark auseinander. Und allerhand Vorsichtsmaßregeln schlug man vor. Erst als der Renkmair sagte: »An gscheitern is's, ös schickt's ös zu mir ... I kenn' dö Bagasch sofort,« beruhigte man sich. –

Tatsächlich kamen schon in den allernächsten Tagen fremde Leute, lauter besser angezogene Leute, mehr und mehr. Sie gingen auffallend schnüffelnd herum in Flechting und Riemling und schauten sich Grundstücke und Häuser an. Die Bauern schauten mit herausfordernden Blicken aus den Fenstern, und nicht die mindeste Freundlichkeit zeigten sie.

Die Riemlinger waren noch unbelehrt. Dort wohnten ja auch etliche Herrschaften schon. Der Oberamtsrichter Nägerle verkaufte sein Haus und zog in die Stadt. Der Baron Ellersdorf gab seine Sommervilla einer Exzellenz, und schon nach einem halben Monat begann der Umbau.

Ja, das war auch ganz was andres. Die, die da kauften und verkauften, das waren doch allemal nur Herrschaften und so was tut einander nicht weh, trösteten sich die Bauern. In Flechting aber waren keine Herrschaften. –

Die Bürgermeisterin fragte den Gendarm Blinzl von Rauschenbach, ob er noch keine Räuber gesehen habe unter den vielen Fremden, die jetzt auf einmal auftauchten. Der Blinzl war ein legerer Mensch, aber diesmal sagte er zur Hirlingerin doch, sowas könnte sie was kosten.

»Wos?« rief diese: »Der Renkmair sogt's doch!«

Blinzl ging zum Renkmair hinunter und verwarnte ihn, das heißt, er wollte es bloß. Er machte ein gewaltsam ernstes Gesicht und redete, obschon er den Wirt seit Jahr und Tag kannte, den plötzlich mit »Sie« an. Auch der Renkmair wußte nicht gleich recht, was er für eine Miene machen sollte, stand unschlüssig da und hörte sich die Geschichte an. Dann aber schüttelte er wie erstaunt den Kopf und war wieder ganz der Alte.

»Aba Blinzl,« sagte er beteuernd: »Blinzl? Wia werd denn jetzt i sowos ausstreun ... I woaß doch, wos i sog, bein Teifi nei.« Und alsdann ging er zur Schenke und brachte eine Maß Bier, während sich der Blinzl setzte.

»Noja, d' Weibsbilder sogn viel, wenn der Tog lang is,« meinte der Gendarm, trank die Maß aus und verließ die Wirtsstube in Frieden. –

Der Baurhammer-Christel hackte Holz im Hof. Ein Herr, der gar nicht nach was aussah, kam durchs Tor und erkundigte sich schüchtern nach dem Preis der Fünferlende. So erschrocken war der Christl, daß ihm gleich das Beil aus der Hand fiel. Er glotzte den Fremden wild an, der mußte direkt lachen. Dies aber gab dem Christl sofort wieder die Besinnung, und schnell griff er zum Beil, stellte sich wehrhaft hin und fragte herausfordernd: »Bischt a Räuba?!«

Das entsetzte Männchen verlor die Fassung, aber als der Christl buchstäblich zum Angriff übergehen wollte, machte es eiligst kehrt und ergriff die Flucht. –

Auf der Stelle bildeten sich Gruppen und überall hieß es, der erste Spion sei glücklicherweise verscheucht. Der Christl lud den alten Vorderlader, und der Raffinger-Franzl ging nicht mehr ohne Terzerol aus dem Haus von dem Tag ab. –

»Is's wohr, daß der König a Mensch hot?« fragte am andern Tag der Christl den Gendarm Blinzl und der nahm ihn vom Platz weg mit nach Rauschenbach. Ein richtiger Aufruhr fuhr damit ins Dorf. Öfters als sonst fuhr der Renkmair in die Stadt, und der und der trug ihm auf, ein Terzerol oder einen Zimmerstutzen mitzubringen. –

Der Farg-Jakl kam überhaupt nicht mehr nach Flechting. Und da hieß es, weil der schwarze Peter jetzt in einem fort beim Renkmair drunten saß, aha, der Herr ist aus dem Haus, und die Dienstboten gehn aus. Im Nischerl hockte der Schwarze, sagte nichts und hörte bloß zu, jeden Abend.

Tagsüber arbeitete er mit dem alten Amplezer auf dem Bau des neuen Jaklhauses in Riemling auf der Seewiese. Ungenutzt lag die Bäckerei in Flechting da. Ganz selten buk man Brot.

»Dös hot Zeit! Dös laaft üns net davo!« pflegte Jakl zu sagen: »S'Seewiesenhäusl muaß z'erscht amoi firti (fertig) werdn.« Mit aller Hast betrieb er die Sache. Die Grundmauern waren gezogen, die ersten Ziegelsteine wurden aufeinandergemörtelt. Der Kanal-Franzl fand auf dem Neubau Arbeit, und vom Maurermeister Fischhaber in Rauschenbach kamen vier Maurer. Schnell ging es nun. Der Schmalzer-Wastl, der beim Schreiner Leipold in Rauschenbach Geselle war, setzte bereits die Tür- und Fensterstöcke ein. Alles nahm mehr und mehr fertige Gestalt an. –

Der Jakl kam nicht mehr jeden Tag zum Bau. Sonderbar, sein Interesse dafür war auf einmal weg. Er saß wieder in seiner Stube in der Hetzlinger-Villa und zeichnete an neuen Plänen, zerriß sie wieder, berechnete und entwarf von neuem. –

In Flechting redete man allerhand vom Farg-Jakl. Wenn der Renkmair auf ihn zu sprechen kam, so musterte er den, der ihm zuhörte, auffällig mißtrauisch. Mit besonderer Vorsicht beggnete er dem schwarzen Peter und unterließ es fast stets, von den Neuigkeiten aus der Stadt zu erzählen, wenn dieser in der Wirtsstube anwesend war. Die zwei benahmen sich ungefähr so zueinander, wie zwei Menschen, die bei irgendeiner unpassenden Gelegenheit einmal das Mißgeschick hatten, ein nicht recht geheures Erlebnis mitzumachen, das ihnen in ihrem eigenen Interesse Schweigen gebot.

Aber schließlich, wenn sich die Ereignisse überstürzen und die Worte im Munde eines Menschen, dessen Wesenszug und Berufsgeschick die Gesprächigkeit ist, sich sozusagen anhäufen, dann vergißt sich manches.

Es war auch merkwürdig mit dem schwarzen Peter. Oft – keiner dachte an ihn – stand er plötzlich wie aus dem Boden gewachsen da oder hockte gar schon eine ganze Weile mäuschenstill im dunklen Nischerl. Erst wenn man ihn bemerkte, hustete er und rührte sich.

»Und jetz,« sagte eben der Renkmair gedämpft zum Hirlinger und zum Müller-Silvan: »Jetz kunnt ma dö Bäckerei um an Spottpreis hobn, denn dös Weibsbüld braucht a Geld und will ganz und gor nix wissen vo dera Kalupp'n ... Kimmt üns aba der Jakl zuvor, nachha san ma verlor'n ... Do is gar nix mehr z'bsinna!«

Die zwei Bauern nickten und schienen sich was zu überlegen. Auf einmal wetzte im Nischerl der Peter die Füße am Boden. Wirt, Hirlinger und Silvan zuckten fast erschrocken zusammen und hoben die Gesichter. Mit großen Augen glotzten sie auf den unliebsamen Belauscher. Schon wollte der Renkmair einen Fluch ausstoßen, weil aber jetzt andre Dörfler eintraten, hielt er sich zurück. Und, Wirt, der er war, ließ er sich's auch nicht verdrießen, daß der schwarze Kerl da hinten zugehört hatte, sondern stand auf wie immer. Aufstand er und ging wieder ganz alert zur Schenke.

»Wos is's na jetz a der Stodt drinn'?« fragte ihn der Kragerer, als er die vollen Krüge brachte.

»Soviel i gsehng hob, hobns si dö Zuaständ net verändert,« nahm der Renkmair das Wort: »Aba morgn fahr i ja wieder nei ... Noja, wia sog i's? ... Es hoaßt hoit jetz: Mir braucha überhaaps koan König nimma!«

»Wos? Ja wia dös?« fragten einige Bauern zugleich.

»Noja, dös hoaßt's,« lenkte der Wirt ein: »Hoaßn tuat's viel, aba i moanert hoit, er waar scho z' oit (zu alt) zon Regiern, der König ... Er wills, scheint si, sein Suhn übergebn ...«

»Sein Suhn? Also kriagert'n mir an nei'n König? An junga, der wo si wieder hintn und vorn net auskennt?« erkundigte sich der Müller-Silvan mit seiner weiberhellen Stimme und schüttelte interessiert den Kopf: »Jetz sowos, ha? Wos' d' net sogst ... Hahaha? Er mächt's übergebn ...?«

»Is ja aa grod koa Gspaß, a so a Trumm Land regiern und an jeden Rüappi ois recht macha! ... I siehchs ja scho bei meiner Bürgermoasterei, wos dös is,« meinte der Hirlinger. Und dann kam das Gespräch wieder auf die »Zigeunerin«.

»Jetz, hoaßts, is's mit sein ganzn Geld zon Teifi,« erzählte der Renkmair.

»Wos? ... Mitn ganzn Geld zon Teifi? ... Ja jetz dös is scho guat!« brummte der Kragerer.

»Freili, freili! ... Da Hans hot's si's oiwai denkt ... Der Hans hot's gsogt,« ergänzte der Schmalzer-Hans stereotyp. Der schwarze Peter humpelte zur Tür hinaus.

»Jaja, dö Huarn, dö Menscher ...!« murmelte der Kragerer wie für sich: »Guate Nacht, König! Dös is ja sauba ...« und versank in ein Nachdenken.

Es ging lang in dieser Nacht. –

»G'sagt hobn's, der König hot o'dankt wega der Zigeunerin!« brachte etliche Tage darauf der Baurhammer-Christl von Rauschenbach mit ins Dorf. Fünfthalb Tage hatten sie ihn arrestiert gehabt, und der Blinzl sagte zu ihm, er sollte bloß froh sein und unserm Herrgott danken, daß es der Amtsrichter nicht weitergeleitet habe.

Und der Renkmair kam aus der Stadt und rief, mit dem ganzen Gesicht lachend: »Der Hof kimmt! Es is ois wieder stad z' Minka (München) drinn! ... An nei'n König hobn mir. A tüchtiga Mensch sollt's sei, sogt ma ... Der hot zu oi'n (allem) Ja und Amen gsogt, bloß daß wieder a Ruah is! ... An nei'n König und a neie Regierung hobn mir! Dö will ois guatmacha, wos verwirtschaft't wordn is ...«

»Noja, na loßt' ma si's ja wieda gfoin ... Er is aa scho a rechter Loidl (greisenhafter Idiot) gwen, der oit König! ... Macht er do mit den Weiberts umanand und werd ganz trapft dabei, ha! ... Der Jung' werd's in Gottsnam scho besser macha,« äußerte sich der Bürgermeister Hirlinger. Man war zufrieden. Im Grund genommen ging einen ja die ganze Sache gar nichts an. Aber das war doch nicht ganz richtig.

»Der Hof kimmt! ... Versteht's es denn no net, Rindviehcha!« belehrte der Renkmair und setzte auseinander: »Der nei' König will a Ruah hobn noch oi dö Feschtlichkeitn und kimmt raus ins Schlössl, zu üns ... Flechting werd a Fremdnort! ... Enkre Gründ kriagn den dreifachen Wert, wenn ... der Hof do is! ... Versteht's es denn net, wos dös hoaßt? ... Dös is grod ois wia wenn a jeder a doppelte Hypathek gschenkt kriagert ...«

»Hjähjähjähjä! ... Sog no glei, daß ma nix mehr arbatn braucha! ... Daß üns s' Geld a so an Sock neifliagt, hjähjähjähjä!« lachte der Müller-Silvan spitzig, aber der Renkmair ließ sich nicht irre machen dadurch und zuletzt wußte jeder Flechtinger – ja wußte es nicht bloß, sondern war überzeugt davon, daß der Hof wirklich eine außerordentlich nützliche Sache für den Ort bedeute. Jeder war zufrieden damit. –

Diese Nacht noch rannte der schwarze Peter nach Riemling hinaus. Schwitzend und prustend kam er beim Jakl an, schrie und brüllte: »Der Hof kommt!«

Jakls Gesicht bekam eine ruhige Glätte. Er ballte die rechte Faust, machte einige hurtige Schritte, blieb alsdann wieder stehen und rief fast befehlend laut: »So Peter! Jetz is's Zeit! Jetz kimm nimmer 'raus zon Bau'n ... Bach (backe) bach jedn Tog! Bach! Bach!« Ein siegesgewisses Glänzen kam in seine Augen.

»Friedland, Saragossa, Wagram, Borodino!« stieß der schwarze Peter triumphierend heraus und schnalzte begeistert mit Hand und Zunge.

Dann erzählte er dem Jakl von den sonstigen Neuigkeiten, die der Renkmair aus München mitgebracht habe. Und an der Art, wie sich die zwei unterhielten, konnte man's erkennen, daß es sich um etwas ganz Bestimmtes handle, um das nur sie genau wußten.

»Handstreich! ... Verschwörung! ... Alles geht vor! ... Frauenzimmer ist da und hat noch, hat noch – hat noch Reglement in der Hand! ... Überfall geplant!« hastete der Peter heraus.

»Guat also, na konn's o'geh!« erwiderte der Jakl entschlossen. Dann ging der Peter. Ächzend fiel drunten die Gartentür zu. Die dumpfhumpelnden Schritte verhallten. Jakl stand nachdenklich da, drehte sich alsdann rasch um, ging in das Schlafzimmer und weckte die Annamarie auf.

»Wos is's denn?« seufzte die schlaftrunken und rieb sich die Augen aus. Als sie aber jetzt den Jakl ansah, wurden für einen Moment ihre

Blicke schreckhaft und ihr offener Mund stand starr, so, als hielte sie einen Schrei zurück.

»Wos host'd denn, Jakl?« fragte sie fast ängstlich und sprang aus dem Bett.

»Der Hof kimmt!« erwiderte Jakl endlich: »Jetz kunnt's o'geh, aba –« Er stockte und sah auf sein Weib. Annamaries Gesicht war wieder wie immer. Glatt, ruhig und bedacht.

»Wos ... Aba?« fragte sie.

»Aba dös Weibsbild aus'n Österreichischn is a der Stodt drinn und hot jetz mitn Renkmair dö Sach scho soweit, daß's üns jedn Augnblick vo Grichtswegn 's Flechtinger Abenthumhäusl nehma konn,« erzählte Jakl. Fast traurig saß er neben ihr.

»Noja, mein Gott! Dei Vata sollt hoit net so dumm gwen sein ... Di triffts ja weiter net,« meinte die Annamarie etwas mürrisch. Zum erstenmal sah der Jakl sie wütend an. Seine Backen trieben das Kinn vor, und ein Funkeln brannte in seinen Augen.

»Du bischt a saudummes Weiberts, Annamarie! ... Du siehchst aa bloß bis zo der Kammerwand, weiter net!« stieß er heraus und erläuterte verdrossen: »Freili! ... Mir kunnts gleich bleibn, aba der Lenz ... Es is ja wohr, a Stier is er! ... Aba er hot an Haufa Kinda und do mächt ois amoi wissn, wo's hinghärt! ... Und überhaaps!? Host denn du scho amoi nochdenkt, wos aus dera Bäckerei werd, wenn der Hof herkimmt? ... Glaabst denn du, i loß dö Flechtinger a solcherne Goldgruabn! ... Net um's Verrecka kriagn sie's! Jetz grod net! ...«

»Ja mei, Jakl, aba wos willst denn macha jetz? ... Sie werd ja scho dös ganz' Gricht auf ihrer Seit'n hobn ... Und der Renkmair? ... Mei Liaba, der Renkmair is a Tiroler! ... Dös is a ganz a Durchg'waschner!« sagte die Annamarie. Auch sie sann nach und schwieg.

»Dös werd' ma ebn jetz sehng! Jetz oder nimmer!« schloß der Jakl und legte sich nicht ins Bett diese Nacht. –

Gewesenes greift herein

I

Es ist notwendig, was von der Vergangenheit zu sagen. Reden wir nicht lang herum. Nämlich:
Man schrieb 1792, als Lorenz' und Jakobs Vater, der Stellmacher Andreas Farg, in der Seegegend auftauchte. Sein ganzes Hab und Gut bestand aus einer riesigen Dogge und einem hölzernen Werkzeuggestell, das er auf dem Rücken trug. Er mochte schätzungsweise etwas über dreißig Jahre alt sein, sprach Tiroler Dialekt und war von mächtiger Gestalt. In den Dörfern und auf den einsamen Gehöften besserte er das Erntegerät aus oder fertigte neues an und blieb je nach der Fülle der Arbeit etliche Tage oder auch eine Woche am Ort. Stets schlief er im Stall oder auf dem Heu, sein Werkzeuggestell neben sich, den Hund davor. Fragte man ihn nach dem Herkommen, so gab er kurzerhand die Antwort, daß Stellmachersleute kein Daheim hätten und überall zu treffen seien, wo es rechtschaffene Arbeit gäbe. Im übrigen besaß er allerhand Kenntnisse, wußte beispielsweise ausgezeichnete Hausmittel gegen Podagra, Rotlauf und Erkältungen, verstand sich besonders auf Behandlung von Vieherkrankungen, setzte gern alte Uhren zusammen und schnitzte nach Feierabend für die Kinder Schiffe aus Baumrinde. So wurde er bald ein bekannter und beliebter Mann im ganzen Umkreis. –

Im fünften Jahr seines Herumwanderns, an einem Augustabend, kam er wieder einmal nach Pfriembach. Er hatte eben den Limingerhof verlassen und schritt auf die Humplmairsche Wirtschaft zu, als ihm plötzlich ein Bauernmädchen mit aufgelöstem Haar und blutüberströmtem Gesicht entgegenstürzte und sich schreiend an seine Brust warf. Hinterdrein rannte ein fluchender Bauer mit geschwungenem Prügel und über verschiedene Gartenzäune beugten sich neugierige Dörfler. –

Schützend bedeckte Andreas die Weinende mit dem einen Arm und richtete sich sogleich wehrhaft gegen den Bauern, der jetzt wutschlotternd anhielt und den Prügel sinken ließ.

»Wos is's, narrischer Stier?« schrie der Stellmacher und zog seinen Hund heran, der gerade zum Sprung ausholen wollte.

»A Schandmensch is's! Derschlog'n tua i's doch no!« knirschte der Bauer und wollte auf das Mädchen los.

»Hoit, sog i!« schrie der Stellmacher drohend, drückte seine Dogge vor die Wimmernde: »Red' gscheit, Grobian! Weiberleit schlogn is koa Kunscht!«

Und die Haltung, die er eingenommen hatte, veranlaßte den Bauern zum Nachgeben. Er schimpfte nur noch. Die Dorfleute waren zusammengelaufen. Aber der Farg-Anderl nahm kurzerhand das Mädchen und ging zum Humplmair hinein. Schimpfend und fluchend trottete der Bauer durchs Vorgärtl in sein Haus und mit erzürntem Murmeln zerstreute sich die Gafferschar.

»Dös host guat gmacht, Anderl!« sagte der Humplmair-Wirt und schrie seinem Weib: »Den grobn Siach hot si noch koaner wos z'sogn traun.« Die Wirtin kam und zog das blutende Mädchen in die Küche. Der Stellmacher setzte sich, der Humplmair erzählte: Die Simmerdinger-Fanny – so hieß das Mädchen – sei lediges Kind und stehe natürlich, weil inzwischen schon fünf eheliche Kinder beim Bauern dahergekommen seien, im Weg.

»No, und vor zwoa Johr hot ihra der Leimfinger-Knecht an dickn Bauch gmacht ... Dös Kind is gstorben, aba du konnst dir's denka, wia ma seitdem mit der Fanny umganga is,« berichtete er weiter.

»Und nachha is der Zwenger-Irgl vo Irschenhausn daherkemma, hot ihr 's Heiratn versprocha und is aufamoi a d' Stood nei ... Sie hot lang nix mehr g'wißt und jetz hot'sn, scheint si, derfahrn und hot zu iahm nei'wolln ... Und döswegn hot's der grob' Siach a so gschlogn,« schloß er.

»Der Zwenger-Irgl?« fragte der Stellmacher, denn den kannte er als einen weibstollen Schlarifankl.

Der Humplmair nickte vielsagend.

»Ja woaß's denn, obs der mog?« erkundigte sich der Farg-Anderl, und der Wirt zuckte mit den Achseln: »Ja mei, an Weiberts konnst doch nix sogn ...«

Die Wirtin kam jetzt wieder herein, schüttelte in einem fort den Kopf und schlug die Hände zusammen: »Jessmariandjosäff! I sog ja!

I sog ja! Wia ma nu so saugrob sei konn! ... Ganz derdottert is und ganz dappi!«

Der Stellmacher stand auf und ging in die Küche. Als er vor ihr stand, hob die Fanny den Kopf und sah zu ihm auf. Ein merkwürdiger Blick war's. Dem Anderl stieg eine Röte ins Gesicht.

»Host'd es nimma ausghoitn dahoam?« fragte er fast verlegen. Und die Fanny nickte stumm.

»I red mit dein' Vata jetz nachha,« wollte sie der Anderl trösten.

»Hilft nix! Hilft gar nix! Is grod no schlächter!« erwiderte das Mädchen trocken.

»Na bleibst einfach do!« sagte der Anderl fest und finster. Eine Weile schwiegen sie. Ihre Blicke glitten scheu aneinander vorbei.

»Glaabst denn, daß di der Irgl no mag, wennst jetz a d' Stodt neikimmst zu iahm?« fragte der Stellmacher.

»Schlechter wia dahoam konn's mir doch in der Fremd' a net geh!« war die Antwort. Stumpf saß die Fanny da. Eine verstockte Düsterkeit, ein verhaltener Trotz lag auf ihrem Gesicht. Unschlüssig stand der Anderl vor ihr. Dann – unwillkürlich – strich er etliche Male über ihren nassen Kopf und ging ohne ein Wort wieder in die Wirtsstube hinaus. Die beiden Humplmairleute redeten lang mit ihm.

»Freili, freili! ... Dös is's ebn!« hörte man den Wirt oft und oft sagen und die Humplmairin machte eine immer aufgetanere Miene, faltete ihre beiden Hände über den umfangreichen, etwas spitzen Bauch und bekräftigte von Zeit zu Zeit. Man kam zum Schluß dahin überein, daß die Fanny von jetzt ab beim Wirt bleiben sollte. Dann ging der Farg zum Simmerdinger hinunter. Der Bauer empfing ihn ziemlich störrisch und maß ab und zu den körperlich weit stärkeren Stellmacher feindselig. Als ihm dieser aber nach langem Hin- und Herreden die Hand hinstreckte und offen in die Augen schaute, nickte er auf einmal, und sein Gesicht glättete sich befriedigt, als wie wenn ihm irgendwer einen sehr guten Vorschlag gemacht hätte. –

Drei volle Wochen blieb der Farg-Anderl diesmal in Pfriembach. Das war noch nie vorgekommen. Ja, noch mehr: Einige bemerkten sogar, daß er öfters eine ganze Weile von der Arbeit innehielt und nachdenklich vor sich hinsah. Und auffallend oft war er diesmal beim Humplmair droben. Immer war er fast in der Küche bei der Fanny, und wenn er alsdann in die Wirtsstube kam, empfing ihn meistens eine plötzliche Stille, und die Humplmairin ging hastig vom vollbesetzten Tisch weg und schielte spitzfindig auf den Stellmacher.

»Freili, freili!« sagte der Humplmair dann gewöhnlich: »'is a gscheit's Viehch, dei Hund, Anderl,« und lenkte unvermerkt das Gespräch auf allerhand Neuigkeiten. –

Als die dritte Woche zu Ende ging, brach der Farg endlich auf. Einige sahen ihn vor dem Weggehen an der Humplmairschen Stalltüre stehen und lange mit der Fanny reden. –

In diesem Iahr kam der Stellmacher sehr oft nach Pfriembach. An einem Tag erzählte ihm der Humplmair, daß der alte Roth sein Häusl gern einem rechtschaffenen Menschen in Pacht geben wolle. Er habe keine Nachkommen und billig komme einer bei dieser Gelegenheit zu einem Daheim.

Auf das hin ging der Stellmacher zum alten Roth hinunter. Über eine Stunde blieb er dort, und als er wieder aus dem Häusl trat, schritt er gefestigter dahin. Er war mit dem alten Bauer übereingekommen. Nach Michaeli sollte die Pacht angetreten werden, bedingte sich der Roth aus. Denn da seien es genau fünfunddreißig Iahre, seitdem er's von seinem Vater selig übernommen habe. Und fünfzig Gulden Pachtzins jährlich, zwei Scheffel Roggen, drei Scheffel Weizenmehl und tägliche Notdurft verlangte er. –

An diesem Abend gab es beim Humplmair Freibier. Jeder konnte kommen, und auf einmal kam der Stellmacher mit der Fanny am Arm aus der Küche, lachte breit und rief laut: »Härt's, Leit'ln, nach Michaeli gibt's a Hochzeit!«

»Bravo, dös is a Wort!« schrien alle zugleich und erhoben zum Wohl des Paares die Krüge.

Und richtig, zwei Tage nach Michaeli, nach einer lustigen Hochzeit, bezogen die Eheleute das Roth-Häusl. Der Anderl baute sich eine Werkstätte, kaufte eine Kuh und fertigte nach Feierabend das notwendige Mobiliar für den neuen Hausstand. Er ging jetzt nur noch einige Male in der Woche über Land und holte Arbeit.

Gut lebten die zwei Leute zusammen. Die Fanny blühte nach der Erstgeburt auf und ging in die Breite. Das zweite Kind war ein Mädchen, hieß Luzy, kam aber nicht durch und starb schon nach sechs Wochen. Im vierten Iahr kam dann der Jakl zur Welt. Die Zeit verstrich.

Man hatte die Fanny schon einige Wochen nicht mehr gesehen. Die Hebamme verließ wieder das Roth-Häusl mit einem ernsten Gesicht. Düster und schweigsam ging der Stellmacher durchs Dorf.
Eine Elster flog einmal um das Roth-Häusl herum. Der Humplmair kratzte sich am Hinterkopf und murmelte bedenklich: »Auweh! Auweh, do passiert wos ... !« Am Samstag, nach der lauretanischen Litanei, schloß der Meßmer eine »schwerkranke Person und Kindbetterin« ins Gebet, und am andern Mittag läutete das Zinnglöcklein der Pfriembacher Filialkirche. Die Fanny hatte es nicht überstanden. Die Hebamme nahm ihr das Kind von der kalten Brust weg und wollte es in den Korb legen. Es gurgelte ein wenig, der Schaum trat ihm vor den Mund, ein kurzer, erstickter Schrei, und tot war es. Mit erschrockenem Gesicht starrte die Hebamme auf das Wurm und schüttelte mechanisch den Kopf. Dann legte sie das tote Kind zur toten Mutter ins Bett.
»Merkwürdig, Anderl, grod wieder bei 'ran Madl hot sie's g'rissn, d' Fanny,« murmelte sie dem Stellmacher zu. Der sagte gar nichts. Er stand bloß da wie eine Säule. –
Nach dem Tode der Fanny führte die alte Zedervev tagsüber beim Farg den Haushalt und übernahm die Kinderpflege. Der Anderl war oft tagelang fort. Sein Hund begleitete ihn von da ab nicht mehr. Er lag stets an einer bestimmten Stelle neben der Schnitzbank, hart an der Werkstattwand und ließ keinen in die Nähe. Die Jahre verliefen ohne Ereignisse. Der Lenz und der Jakl wuchsen auf und trieben sich fast den ganzen Tag beim Humplmair droben herum. »Kaiser Napoleon« spielten sie mit den andern Dorfkindern. Im Winter bauten sie Festungen aus Schnee und führten Kriege. Der Farg kümmerte sich nicht viel um sie.
Dann fuhr einmal ein Wägelchen vor das Roth-Häusl, mit einem dicken fremden Mann darauf. Er ging ins Haus und kam mit dem Jakl heraus, und dahin ging es.
»Wo geht's denn hi, Jakl?« fragte der Humplmair, als das Gespann vorbeifuhr und schaute nach dem Knaben.
»A d' Stodt nei! I werd a Beck!« war die Antwort.
Der Lenz saß schon lang neben dem Vater in der Werkstatt, und einmal dann sah man lang in der Nacht Licht im Roth-Häusl drunten. Der Stellmacher und sein Ältester saßen am Tisch und redeten. Am

andern Tag, in aller Frühe, ging der Stellmacher nach Flechting zum Abenthum, um den Hauskauf abzumachen. Es war schon arg sonderbar, wie er sich dabei benahm.

»So! Na host di also jetz bsunna? Willst es, 's Häusl?« fragte gleich bei seinem Eintritt der Abenthum, und der Stellmacher nickte.

»I mächt mir bloß no amoi ois gnau o'schaugn,« sagte er und ging an die Wand, fing an, sie von hinten bis vorne, von oben bis unten abzuklopfen. Und dann ging er an die andre, dann an die dritte und schließlich an die letzte.

»Ja? ... Wos sollt denn jetz dös bedeutn?« fragte der Abenthum verwundert. Der Farg hielt nicht inne.

»Brauchst net glaabn, daß i dei Sach' obamacha (geringer machen) mächt ... Ich schaug bloß, wo i no nochhelfa muaß, wenn's i amoi hob,« sagte er bloß, ging in die andern Räume und klopfte in der gleichen Art die Wände ab. Der Abenthum wurde direkt ärgerlich darüber.

»Ja Herrgott, dös konnst doch macha, wennscht es kaaft host! Es is doch, bein Teifi nei, aa koa Preis dafür!« stieß er mürrisch heraus.

»D' Katz kaaft ma net im Sock,« entgegnete ihm der Stellmacher unangefochten und ließ sich nicht abbringen von seiner Untersuchung.

»Meinatwegn! Wennscht fürti bist, nachha kimmst a d' Holzhüttn naus! Do bin i!« brummte der Abenthum und verließ die verstaubte, rissige Backstube.

»Guat! I hob's glei!« gab der Farg zurück und klopfte weiter. Es schien auch, als ob er jetzt, nachdem er allein war, viel gründlicher ans Werk ginge. Erst nach einer geschlagenen Stunde kam er in die Holzhütte.

»Also, i nimms, dei Häusl!« sagte er aufgeräumt und bekräftigte das mit einem Handschlag. Dann ging man zum Renkmair und machte dort den Kauf ab. Am andern Tag gab man die Sache beim Notar Meilbeck in Rauschenbach zu Protokoll. Bar legte der Stellmacher die Kaufsumme hin.

»Worum host eigntli überoi o'klopft? Rechamacha! Host eppa gmoant, 's Häusl fallt dir über 'n Kopf ei?« fragte der Abenthum auf dem Heimweg.

Sichtlich verlegen sagte der Farg darauf: »I will bloß oiahand umbaun.«

»Umbaun? ... Ja host denn soviel Geld?« wollte der Abenthum wissen.

»Soviel scho no,« brach der Stellmacher das Gespräch ab.

»Du bist a hooriger Käufa, Anderl!« lachte der andre, als man beim Renkmair eintrat. Und wieder trank man einen gehörigen Abschlußtrunk. –

Und dabei ereignete sich schon wieder was sehr Merkwürdiges. Als nämlich die zwei so am Tisch hockten und redeten, fragte auf einmal der aufmerksam gewordene Wirt den Farg: »Seid's ös a Tiroler? ... Ös moan' i waar'ds a Landsmo vo mir ...« Und dabei musterte er den Stellmacher mit listigem Interesse.

»I bin a Pfriembacher ... I hob bis jetz 's Roth-Häusl g'habt,« wich dieser aus, nahm schnell einen schweren Schluck Bier und log dann weiter: »Jaja, wia i no vo Dorf zu Dorf ganga bin, do bin i scho hin und do neikomma a's Tirolerische ... Mei Vater selig is ja a Holzknecht gwen a dö Berg drinn ...« Er redete es mit einer Art Beiläufigkeit heraus, aber er schaute den Wirt dabei nicht an. Der aber hatte ihn nicht aus den Augen gelassen und war jetzt nachdenklich geworden. »Farg ...? Farg hoaßt's ...?« sagte er wie für sich: »Herrgott, den Nama hot ma aa bei üns an Tirolerischen oft g'habt.« Und nicht ließ er locker mit seinem Anschauen.

»Ja mei, Renkmair werd's aa mehra gebn,« brummte der Farg und bezahlte. Als er und der Abenthum draußen durch den weitläufigen, kiesigen Wirtsvorgarten trotteten, stand der Renkmair am Fenster, dachte hin, dachte her und es war, als ginge ihm dieser Farg nicht aus dem Kopf. Er erinnerte sich da an eine Frau Schlemmer in München, bei der er schon seit Jahr und Tag Zigarren und Schnaps, Rauch- und Schnupftabak einkaufte, wenn er in die Stadt kam. Die hatte doch auch schon oft und oft was gesagt von einem Farg. Richtig, richtig, sie war auch Tirolerin. Jaja, er war ja seinerzeit – hm, freilich, freilich! »Deachtn di wöll, gar a Landsmann, it?« hatte sie damals, als er ganz zufälligerweise zum erstenmal bei ihr Zigarren kaufte, gesagt und seitdem war er gut speziell mit ihr. Ganz richtig, jaja, freilich, freilich!

Er machte auf einmal einen halblauten Pfiff, als wäre ihm das beste von der Welt eingefallen, der Renkmair-Wirt. Dann ging er in die Küche hinaus. –

II

Klar stand der Märzhimmel über Flechting, der hartgefrorene Boden knirschte unter Fargs Füßen. Mächtige Schritte machte er und der Hund hinter ihm mußte fast laufen, um mit ihm mitzukommen. Unterm Arm trug der Stellmacher ein längliches Ding, in Lumpen gehüllt.

»Wos!? ... Du bischt no do? ... I hob doch gsogt, daß d' draußn sei muaßt, wenn i wieder kimm!« fuhr er den Abenthum barsch an, als er in die Küche trat. Der Häusler lag betrunken auf dem Kanapee und brachte kaum die Augen auf, reckte sich, rülpste und erhob sich schläfrig.

»Jaja, i geh ja scho, daß a Ruah is!« brummte er und ging endlich.

Erst nach langer Zeit sah man den Stellmacher ohne Hund wieder aus dem Haus treten. Sorgfältig schloß er ab, und erst beim Hereinbruch der Nacht fuhr der Humplmairsche Leiterwagen mit dem Hausrat in Flechting ein. Hinterdrein gingen der Stellmacher und sein Ältester. Abgeladen war schnell. Der leere Leiterwagen knatterte wieder aus dem Dorf, das Rollen verlor sich in der Dunkelheit. Lenz und sein Vater saßen in der fremden, spärlich beleuchteten Küche. Der Hund lag in der Ecke, ganz scharf an der Wand. Davor stand ein Kübel mit Mörtel, und die Kelle lag daneben.

»Do hob i a Ratznloch zuagmärtelt, dös gor a bissl groß gwen is,« meinte der Stellmacher nebenbei und deutete auf die Stelle, wo der Hund lag. Ein paar Wochen später kam der Jakl aus der Stadt, und man fing an, die Bäckerei aufzurichten. –

Damals, als der Abenthum das Haus in Brand steckte, fiel die betreffende Wand, wo die Dogge stets lag, oben ein und verschüttete das Tier mit solcher Wucht, daß der Farg es erschlagen mußte.

Viel später, beim Wiederaufbau der Bäckerei, fand der Jakl unter den Mauerresten eine längliche verrostete Eisenschachtel, die anscheinend in irgendeinem hohlen Mauerloch eingemörtelt worden war. Er hielt das Ding eine Weile in der Hand und warf es zum übrigen Schutt. Vom Hinwerfen brach es auf, und Papiere wurden sichtbar. Jakl nahm den überraschenden Fund mit auf die Kammer, nahm die Papiere heraus und las sie.

Es waren:

Ein Bündel vergilbter Briefe an Andreas Farg von seinem Vater, in denen der letztere sich mit bitteren Vorwürfen an den Sohn wandte und ihn immer und immer wieder an das der »Zenz« gegebene Versprechen erinnerte. »Ein Tiroler,« hieß es in einem dieser Briefe, »vergeht sich nicht so sündhaftig an einem Weibsbild und laßt es dann stehen, wenn schon zwei ledige Kinder da sind. Sowas kann dir kein Glück bringen.«

Dann eine amtliche kaiserliche und königliche österreichische Urkunde, wonach sich der ledige Schäfflerssohn Andreas Farg, gebürtig aus Zell, k. u. k. Amtsgericht Brixen, verpflichtete, sollte es jemals vorkommen, daß er einen festen Besitz, einen Hausstand oder eine größere Barsumme sich erwerben würde, diese ganze Habschaft seinen zwei unehelichen Kindern Joseph und Michael, welche er laut eidlicher Aussage von der Kreszenzia Schlemmer, Winzerstochter aus Meran und zur Zeit in Zell bedienstet, habe, nach seinem Tode zu überlassen. –

Neben dem Brixener Amtssiegel und der Unterschrift stand das Datum und: »Ausgefertigt auf Verlangen und den beiden Erschienenen je einmalig übergeben.« – – –

Der Andreas Farg hatte es nie übers Herz bringen können, diese einzige große Schuld seines Lebens den zwei Söhnen zu gestehen. Damals, als der Jakl mit den aufgefundenen Dokumenten in seiner Kammer saß, da stand plötzlich greifbar deutlich der Tod des alten Stellmachers vor seinen Augen. Wie hatte er zuletzt gesagt, wie denn?

»Hoit's es fest, dö Sach, Buabn! Es kunnt doch no sei, daß's enk wer strittig macht!« Jaja, jetzt war ihm alles ganz klar, dem Jakl.

Und seit dieser Zeit verband diese dunkle Sache den Lebenden mit dem Toten. Etwas Gemeinsames war es, und der Jakl nahm's auf sich. Ganz allein, denn mit dem Lenz war nichts anzufangen. – –

Der Strich durch die Rechnung

Wochen waren vergangen seit jener Nacht, da der schwarze Peter die Nachricht nach Riemling gebracht hatte, daß der Hof nach Flechting komme. Der Jakl verfolgte gleichsam wie ein General jede Bewegung seiner Gegner. Das reinste Hauptquartier war die Hetzlinger-Villa. Der schwarze Peter war ganz in seinem Element. Patrouillengänge und Späherdienste – was konnte ihm besseres passieren!

Aber auch der Renkmair war in vollster Tätigkeit. Seit dem fehlgeschlagenen Versuch, das Bäckerhäusl mitsamt der Gerechtsame durch sein damaliges Darlehen an den Jakl in die Hand zu bekommen, war sein Appetit auf die »Goldgrube« nur noch mehr gewachsen. Gewiß, er hatte sich verrechnet. Nicht träumen hätte er sich's lassen, ja, er zielte doch gerade darauf ab, daß die Schuld nie beglichen werden könnte. Es war anders gekommen. Gut, so ging er auch mit der ihm eignen Zähigkeit einen andern Weg. Er beredete sich mit dem Müller-Silvan und mit dem Hirlinger eingehend und so oft es ging.

»Du host johraus johrei dei Mehllieferung,« munterte er den Silvan immer wieder auf.

»Und du brauchst dein Troad (Getreide) nimma um an Bettlpreis hergeben...Oi drei tinn' ma anander an leichten Verdeanst schaffa!« sagte er zum Hirlinger, und einig war man, einig bis in die letzte Herzfalte.

»Es g'härt doch nix iahna! ... Es g'härt doch ois der Frau Schlemmer ihre Kinder!« setzte er den beiden wiederum auseinander: »Freili, aufs Gricht kimmts aa no o ... Aba sie hot's ja schwarz auf weiß in der Hand ... Dös waar doch scho guat, wenn mir do net Herr wererdn ...«

Und Silvan und Hirlinger stimmten zu. Sie zweifelten keinen Augenblick am Gelingen der Sache.

Der Hirlinger kam jetzt öfters zum Farg-Lenz in die Werkstatt und schaute sich um. Er und der Renkmair hatten sich extra noch besprochen. Mit dem gutmütigeren Lenz Farg war leicht zu fahren. Sicherlich.

»Is baufälli hintn und vorn, enker Häusl, Lenz,« sagte der Bürgermeister ab und zu, wenn er so herumschaute und zog den Rechenmacher in ein Gespräch. Dann ging er zur Resl in die Küche, lachte die Kinder an und fragte beiläufig, ob denn das Backen des schwarzen Peter was abwerfe. Und was denn dem Jakl soviel daranliege an diesem Backen. Was er denn damit bezwecken wolle?

»In Gottsnam, er hot doch, moan i, Sach' gnua, der Jakl!« fing er alsdann mit interessierter Teilnahme an zu räsonieren: »Er kunnt doch auf sei' bissl Hälfte vom Farg-Häusl zu enkre Gunstn leicht verzichtn … Dös machert iahm doch weiter nix aus, den bockstarrn Teifi, den bockstarrn?!« Und kräftig pflichtete er bei, wenn die Resl jammerte, ein Spaß sei's gerade nicht, alle Jahr ein Kind und nie wissen, wie und wo weiter.

»Noja, oiwai werd's net auf oa Seitn hänga!« brummte der Lorenz höchstenfalls auf seinem Schnitzbock und ließ ihn reden. Wenn er aber weg war, der mitleidige Bürgermeister, rief er dumpf: »Wos er no grod auf amoi oiwei will mit den 'Rumreden?«

Nicht selten sagte dann die Resl: »Jaja, er hot scho recht!«

Das aber machte den Lenz meistens ärgerlich. Fast bösartig schaute er sein Weib an und sagte mißgestimmt: »Du bist aa recht saudumm! … Do jammerst und jammerst und kennst es net, daß er si' grod freit, wenns üns schlecht geht!« – –

Kam der Hirlinger nicht, so erschien der Müller-Silvan in der Werkstatt und redete und redete mit seiner hellen, weiberhaften Stimme auf die Stellmachersleute ein. Er war schon viel deutlicher.

»Jetz i moanert hoit, Rechamacha … I moanert, wenn'ds dös Häusl verkaaferts, war's am gscheitern … Na hätts wenigstens a bissl a Geld in der Hand und kunnt's druntn bei mir hausn … In der Wognremis' gang scho a Werkstott nei und a poor Kammerln hätt i aa no übri! … Wos teants denn mit dera oitn Kaluppn? … Geld zum Baun hobt's ja doch net und der Jakl, der Geizkrogn, gibt enk koan Kreuza, wenn er glei derfäult in sein Geldhaufa, der Siach!« plapperte er hurtig.

»Verkaafa!« schrie ihn der Lenz an und sah ihm mit verhaltenem Grimm in die listigen Augen: »Verkaafa? … Net, wenn i umfoi vor Hunger! … Dös gibts net! Ünser Haus bleibt ünser Haus!«

Dem Silvan gab es einen Riß. Er lenkte ein.

»I moanert ja bloß, Lenz! ... I hob ja weiters nix an Sinn! ... Aba weh tuats oan hoit, wenn ma di a so o'schaugt, di und deine Kinder und dei Weib! ... Und wenn ma woaß, daß der Jakl in'n Geldhaufa drinn' hockt und gibt enk net amoi soviel, wos's Schwarz's unterm Nogl is!«

Und gleich half ihm die Resl wieder: »Ja, a Schand' und a Spott is's! Jaja, ganz recht hot er! Dös ganz Dorf sogt's!«

Dieses Gesurms machte schließlich auch den Lenz unwillig.

»Jaja, wohr is's ja scho! Aba so lang ois i meine grodn Knocha hob, is's oiwai no net gfehlt ... Sollt er selig werdn in sein'm Geldhaufa drinn, der Herr Privatier!«

Der Silvan lachte und wiederholte das »Privatier«.

So haspelte sich ein Tag nach dem andern ab. Ins Schloß fuhren die Möbelwagen. Darauf kamen Diener und Pferdeburschen. Dahergeritten kamen sie, stolz und überheblich, und schauten herablassend auf die grüßenden Flechtinger.

Vor den Häusern standen Gruppen und schwatzten sich geschäftig ins Ohr: »Der Hof kimmt! Der Hof kimmt!«

Der Bürgermeister Hirlinger und der Beigeordnete Renkmair riefen eine Gemeindeversammlung ein. Die Einzugsfeierlichkeiten für Seine Majestät wurden besprochen. Auch ein Herr von der »Oberkämmerei« war da. Die Dienerschaften saßen an den gedeckten Tischen.

Am andern Tag begann man einen Triumphbogen zu bauen. Die ganzen Häuser wurden mit Girlanden geziert und auf dem Maibaum flatterte die große Fahne. Einige Flechtinger – allen voran der Hirlinger und der Renkmair – gingen sogar tagtäglich im Sonntagsgewand herum, und alles war in emsigster Bewegung. Der schwarze Peter buk, und der Renkmair bestellte wieder Semmel. Weh tat's ihm geradezu, den Jakl was verdienen lassen zu müssen. Aber »Geduld bringt Rosen« dachte er sicher.

»Wem muaß i denn nachher 's Brot zoin?« erkundigte er sich nach der vierten Lieferung beim schwarzen Peter. Der stellte sich soldatisch hin und sagte mit Nachdruck: »Riemling! ... Farg Jakob!«

Der Wirt verzog seine Miene nicht.

»I will's net, daß soviel z'sammkimmt! ... Sog's an Jakl, er soll si' sei Geld holn,« fuhr er den Peter fast barsch an.

»Gemacht!« gab der zurück und ging. Grimmig schaute ihm der Wirt nach. Kurz darauf schritt der Hirlinger durch den Wirtsgarten. Eilig hatte er's. Der Renkmair öffnete hastig die Tür.

»Jetz werd's aba Zeit, Renkmair! ... Jetz derf' ma üns nimma bsinna! Fahr nu liaba glei nei in d' Stodt und red mit der Schlemmerin, sunst san ma verspielt,« hastete der Bürgermeister heraus und zeigte dem Wirt ein königliches Papier: »Der Oberhofmarschall kimmt übermorgn und schaugt si' dö Gebäulichkeitn no amoi o. Nachha werd's kaam no lang daurn, bis der König kimmt, vürleicht bloß no a poor Tog ... Wenn mir jetz dö Sach' net schnell o'packa mit'n Bäckerhäusl, na hobn mir ausgspielt!«
Der Wirt hatte unterdessen das Schreiben des Oberhofmarschallamtes überflogen, und sein ganzes Gesicht verunruhigte sich.
»Sakrament-sakrament!« stieß er heraus: »Jetz müaß' ma's packa, kost's wos mog!« Er schickte augenblicklich den Knecht Simmerl zum Müller-Silvan und setzte sich mit dem Bürgermeister an den Tisch.
»An Teifi hot's ja bloß, daß i net nei konn in d' Stodt jetz, wenn der Oberhofmarschall kimmt ... Und dös hoit natürli dö Sach wieder auf,« meinte er mißvergnügt.
»Saudumm! Saudumm!« knurrte der Bürgermeister, und die zwei saßen eine Zeitlang stumm da und dachten angestrengt nach.
»Hjähjähjä!« lachte der Silvan schon beim Hereinkommen: »Wißt's wos er sogt, der Lenz? ... Hjäjähjä! ... Solang er grode Knocha hot, sogt er, solang werd net verkaaft ... Hjähjähjähjä!«
Wie aber der Teufel sein wollte, eben, als die drei im besten Anfangen waren, stand mit einemmal der schwarze Peter da und sagte desperat: »Irrtum, Renkmair! ... Mißverständnis! ... Farg Jakob ist nicht an-anwesend ... Ge-ge-geld kann-kann ich empfangen, kassiern und – versaufn!«
Die drei schnellten schier entsetzt auf und sekundenlang brachten sie die Mäuler nicht zu. Wütend erhob sich der Renkmair und stampfte zur Schenke. »Is mir aa recht!« schrie er: »Do, konnst Deine lumpertn poor Guldn glei hob'n, geh no her!«
»A der Stodt is er, der Jakl?« fragten die zwei Bauern am Tisch unvorhergesehen den Schwarzen, und deutlich sah man auf ihren Gesichtern einen jähen Schreck, als dieser nickte: »Ja-woll!«
Er ging patschig zur Schenke, ließ sich das Geld ruhig hinwerfen, wie einem Hund der Knochen hingeworfen wird, humpelte wieder in die Stube zurück und setzte sich ins Nischerl. Er trank und trank, daß der Renkmair gerade zu laufen hatte. Es half alles nichts. Er blieb sitzen wie angeleimt und ging als allerletzter aus der Wirtschaft. Der

Silvan war weg, der Hirlinger und alle, die sonst noch am Abend gekommen waren.

Jetzt erst stand er auf, der schwarze Peter. Geräuschvoll schnaufte er, preßte seine breite Brust heraus und maß den Renkmair einige Momente herausfordernd. Dieser machte eine böse Miene und wich seinen Blicken aus, als wie wenn er fürchte, daß Peter auf einmal etwas sehr Aufreizendes sagen würde. Buchstäblich der Atem blieb ihm stehen. Es schaute schon fast so aus, wie wenn er sagen wollte: »Geh no her! Jetz is's scho gleich, so oder so!«

Da aber sagte der schwarze Peter gesetzt und ohne Stottern, aber mit einem fühlbaren Triumph in der Stimme: »Und morgn? ... Wieder das gleiche Quantum Semmeln, oder ...?«

Dies gab dem Renkmair die Fassung sofort wieder. Er nickte vollkommen ruhig. »Bong!« stieß Peter heraus und wankte durch die Tür. – –

Am andern Tag endlich gelang es dem Silvan, dem Bürgermeister und dem Renkmair, unbelauscht ihre Abmachungen zu treffen. Jeder verpflichtete sich, ein Drittel des Kaufpreises zu leisten. Vielleicht wollte keiner alles riskieren, vielleicht war es dem Renkmair seine Absicht, die zwei Verbündeten zu haben. Jedenfalls aber brachte er es durch, daß das Farg-Häusl, wenn das notarielle Kaufprotokoll abgefaßt würde, auf seinen Namen eingetragen werde. Jeder legte seine Pflichtsumme auf den Tisch.

Gleich nachdem der Oberhofmarschall die Schloßbesichtigung vorgenommen hatte – so war vereinbart –, sollte der Renkmair in die Stadt fahren und mit der Frau Schlemmer alles advokatisch regeln.

»Nachha fliagt er aba richti naus, der schwarz' Teifi, der schwarz!« schloß der Wirt und die andern nickten.

Ungefähr um die gleiche Zeit saß der Farg-Lenz in seiner Werkstatt über einem Gerichtspapier aus der Stadt, das ihm nicht in den Kopf gehen wollte und entschloß sich endlich, dem schwarzen Peter aufzutragen, der Jakl sollte hereinkommen zu ihm. Der Peter wischte gerade den Backofen aus, hielt inne und musterte den verdatterten Stellmacher nicht gerade freundlich.

»Ist nicht anwesend! Fort! ... Kampffront!« rief er aus der Dampfwolke: »Stadt gefahren!«

»Wenn kimmt er denn wieder?« fragte der Lenz unsicher.

»Möglich noch heut' ... Keine Weisung!« gab der Peter zurück und stopfte den nassen Strohwisch wieder in den dampfenden Ofen.

Ärgerlich schlug der Lenz die Türe zu und ging selber nach Riemling hinaus. Er sagte nichts zur Resl. Er ging einfach auf und davon, so wie er war.

Verlegen sagte er »Grüaßgott« zur Annamarie und fragte nach dem Jakl. Diese stellte das Bügeleisen weg und bot ihm einen Sitz an, und freundlich fragte sie: »Wos füahrt enk denn raus, Schwoger?«

»Mit 'n Jakl müaßt' i redn,« war die Antwort.

»Der is vorgestern in d' Stodt g'fahrn ... I moanert aba, daß er heunt scho no kimmt,« erzählte die Annamarie.

»Nachha werd er's am End' scho wissen?« sagte der Lenz traurig und schaute fragend auf seine Schwägerin.

»Wos denn, Lenz?«

Der zeigte ihr nur das Gerichtspapier, und aufmerksam las sie es. Als sie es weglegte, hatte sie drei winzige Falten auf ihrer glatten Stirn. Es schien, als erstaune sie selber einen Moment. Dann war sie wieder die alte.

»Lenz!« sagte sie mit einem Anflug von Wärme: »D' Suppn ißt ma nia so hoaß, wia ma's kocht! ... Der Jakl werd scho g'wißt hobn, worum er auf Minka nei is.« Und dabei warf sie einen ruhigen Blick auf den zusammengesunkenen Mann, ging ohne weiteres Wort in die Küche und kochte Kaffee. Und durch all dieses Warme und Freundliche, das in ihren Bewegungen und in ihrem Benehmen ihm gegenüber war, kam der Stellmacher wieder ganz zu sich. Als man am Tisch saß und Kaffee trank, sagte die Annamarie allerhand von den »Feinden in Flechting« und meinte, »solang der Jakl was in der Hand habe, wär's nicht gefehlt.«

»Der siehcht, Lenz! ... Der siehcht weiter wia mir oisamm ... Er hot sein eigna Kopf, aba ma muaß'n macha lossn ... Ma derf iahm nix an Weg legn!« sagte sie nicht ohne Stolz. Und als der Lenz endlich aufstand und seinen Hut nahm, hatte sie ein leicht angerötetes Gesicht, drückte dem Schwager die Hand überaus herzlich und lächelte leise: »Geh no hoam, Lenz! ... Dö Sach hot's si' glegt, ehvorst es kennst, werst es sehng, daß der Jakl guatmacht.«

»Pfüat di Gott, Schwogerin!« sagte der Lenz ebenso. Der wortkarge Mann war mit einemmal aufgegleimt wie noch nie.

»An scheena Gruaß an d' Resl!« rief ihm die Annamarie noch nach, als er die Gartentür schloß. Er drehte sich unwillkürlich um und winkte froh mit dem Kopf zu ihr zurück. Aber dann wurden seine

Schritte doch wieder schwer, je weiter er sich entfernte. Oft und oft blieb er stehen, der Farg-Lenz, als er so den Berg von Riemling hinaufstieg. Immer wieder schaute er auf die Seefläche hinunter, betrachtete die Jakl-Villa und den Neubau auf der Seewiese, holte ein ums andre Mal tief Atem und ging dann wieder zögernd weiter. Er schrak zusammen wie ein aufgescheuchter Rehbock, als er auf einmal den schwarzen Peter eilig daherhumpeln sah, schnaufend und brummend und mit Hand und Zunge schnalzend wie ein kunststückemachender Tanzbär.

»Is der Jakl jetz kemma?« fragte der Lenz belebt.

»Und gesiegt! Gesiegt auf der ganzen Linie!« nickte der Peter und ließ ihn stehen.

Wie einer, der lange Zeit bangend auf eine rettende Nachricht gewartet und nun endlich das allerbeste erfahren hat, schritt der Stellmacher von dannen. Zuletzt lief er schier.

»Der Jakl is beim Peter hintn gwen ... Und jetz is er zum Renkmair obi ... Kreiznotwendig hot er's ghabt. Da muaß wos ganz Seltsams vorkemma sei!« berichtete die Resl, als er zur Tür hineinkam. Der Lenz aber fiel bloß krachend ins Kanapee und sagte: »Gott sei Dank!« Auf alle weiteren Fragen gab er keine Antwort. Nach langer Zeit stand er auf und schaute unablässig zum Fenster hinaus, als warte er mit aller Ungeduld auf etwas ...

Der Jakl trat eben um die Zeit, da der Lenz bei der Annamarie draußen Kaffee trank, in die Renkmairstube. Den Müller-Silvan, den Bürgermeister Hirlinger und den Wirt traf er dort im eifrigsten Gespräch. Wie von einer jähen Geistererscheinung aufgescheucht, hoben die drei zugleich die Köpfe. Sie atmeten im Moment auch gar nicht mehr. Erst als der Jakl mit gutgespielter Verwunderung fragte: »No, wos hobts denn, daß'ds gor a so derschreckts?« und sich mit einer gewissen, verräterisch-triumphierenden Sicherheit zu ihnen setzte, gewannen sie die Fassung wieder.

Eine Weile lag eine stockende Stille über dem Tisch. Unaufdringlich lächelte der Jakl mit einemmal.

»Jetz rentiert si mei Bäckerei doch no,« fing er dann an und betonte das »mei,« indem er sich an den Renkmair wandte: »Ma braucht hoit bloß a Geduld hobn, nachha werd ois wieda ...«

»Jaja, freili! ... Jetz, wo der Hof herkimmt,« fand endlich der Wirt das Wort, erhob sich und brachte Bier.

»D' Vatersleit macha oft gresserne Dummheiten wia dös ganz' Gschlacht,« nahm der Jakl das Gespräch wieder auf und ließ keinen Blick von den verblüfften dreien. Und deren Gesichter wurden immer länger, trostlos fast.

»D' Vatersleit?« fragte der Hirlinger: »Wia dös?«

»Noja, mei Gott, wia's hoit a so geht! ... Überoi gibts wos Schwarz's!« wich der Jakl aus und hatte ein verkniffenes Spitzbubengesicht. Um der Peinlichkeit Herr zu werden, fing der Renkmair vom Oberhofmarschall an und versuchte die Rede auf die kommenden Veränderungen zu bringen, und Silvan und der Hirlinger schienen ihn sofort zu verstehen.

»Jaja, Flechting werd jetz no a richtigs Fremdndorf!« rief der Silvan. Von den vielen Dienerschaften und von den wunderschönen Pferden, die schon da seien, erzählte der Bürgermeister. Die Pracht im Schloß schilderte er. Aber der Jakl ließ sich nicht ablenken.

»Und weit und broat koa Beck?! Dös werd a Gschäft!« rief er mutwillig.

»Und do redst du vo deine Vatersleit! ... Dei Vater is a ganzer Heller gwen! Hätt der d' Bäckerei net kaaft, na waar's heunt aa koa solcherne Goldgruabn!« sagte der Silvan nicht ohne einen guten Schuß Vorwurf.

Es half gar nichts, daß ihm der Wirt zuzwinkerte.

»Freili, freili,« gab der Jakl zur Antwort. Sehr langsam, als wolle er die Worte durch die Dehnung nachdrücklicher machen, wiederholte er: »Freili, Silvan, freili!« Die drei rutschten unbehaglich auf der Bank hin und her. Den Jakl traf sogar ein Fuß unterm Tisch, aber er rührte sich nicht.

»Jetz, a so hob i di doch no nia gsehng, Jakl? ... Wos is dir denn jetz heunt Guats passiert, daß d' gor a so lusti bist?« wollte der erstaunte Hirlinger wissen.

»Außiganga is mir wos, Hirlinger! ... Außiganga!« antwortete der Jakl, trank aus, setzte den Krug hin und fuhr nach einem ganz kurzen Nachdenken noch pfiffiger fort: »Und wenn'ds ös o'nehmt's – heunt kinnts meinatwegn an Banzn Bier aussaufa auf meine Köstn!«

Die drei schauten ihn an und verstummten plötzlich. Der Renkmair wechselte sogar die Gesichtsfarbe, und schließlich nahm der Silvan eine Ausrede und ging. Das wirkte auf den Hirlinger wie ein Signal. Auch er stand auf und meinte: »Ja, i muaß aa hoam! ... An andersmoi gern Jakl.«

»Meinatwegn! ... Es konn a für spaater bleibn! I hoit mei Wort aufrächt!« rief der Jakl, bezahlte ebenfalls sein Bier und verließ mit den zwei Bauern die Renkmair-Stube. Wie vom Schlag erstarrt, stand und stand der Wirt noch lang da. Dann fuhr er sich ins spärliche Haar und schimpfte auf einmal die Sephi grob aus, weil sie noch nicht geputzt hatte, wo doch morgen der Oberhofmarschall komme. Er ging aus der Stube und schlug krachend die Türe zu, fuhr den Simmerl an, ob er vielleicht das Bierabzapfen um Mitternacht anfangen wolle und war den ganzen Abend kritisch bis auf die Nieren. –

Der Jakl und der Bürgermeister hatten einen Weg miteinander. Sie schritten das Dorfbergl herauf und redeten bloß ganz gleichgültiges. Vom Wetter redeten sie was, vom Dreschen, vom diesjährigen feuchten Weizen und von den Pferden Seiner Majestät. Erst als sie vor dem Farg-Haus wieder auseinandergingen, bekam Jakls Gesicht wieder den alten harten Ernst. Rasch trat er in die Stellmacherwerkstatt und ging ohne Zögern in die Küche.

Der Lenz empfing ihn benommen. In seinen Augen war eine fast kindliche Hilflosigkeit. Nur nicken konnte er auf Jakls Gruß.

Die Resl drehte sich nicht um vom Herd. Der Zwerg, den sie seinerzeit geboren hatte, saß auf dem Kanapee und stotterte lachend: »J–J–Ja–akl!« Die zwei Buben waren nicht da.

»I bin z' Minka drinn gwen ... Jetz ghärt d' Sach' üns!« sagte der Jakl unvermittelt und sah seinen Bruder offen an. Lenz nickte stumm und überwältigt.

»Du woaßt es also?« fragte der Jakl.

»Do! ... Dös is heunt kemma von Gricht!« erwiderte sein Bruder darauf und reichte ihm das Gerichtspapier. Und jetzt drehte sich auch die Resl um und schaute schweigend bald auf ihren Mann, dann wieder auf den Jakl.

»Wos is's denn?« fragte sie den Lenz. Aber der gab keine Antwort. Er heftete seine Blicke auf den lesenden Jakl, der nach einem flüchtigen Überfliegen das Dokument zerriß. Nicht rasch und zornig, vielmehr bedächtig tat er's, und dann sagte er ruhig: »Jaja, dös is's gwen, deswegn bin i drinn gwen a der Stodt! ... Dös hob i dir doch damois sogn wolln, Lenz, wiast bei mir draußn gwen bist, aba du host ja nix härn wolln ...«

Er schwieg. Gut schaute er drein. Der Lenz atmete schwer.

»Und jetz konnst es dir nochmoi überlegn mit deine Buabn, obst oan an Beck werdn loßt! ... D' Sach ghärt jetz üns, d' Tirolerin hob i nauszahlt!« erzählte der Jakl kurz und setzte fast melancholisch hinzu: »Mir werdn oit, aba 's Gschlacht hat vo jetz o doch wenigstens a Hoamat!«

Die Resl hatte unterdessen das zerrissene Papier vom Tisch genommen und las. Die beiden Brüder standen sich gegenüber, Aug' in Aug'. Der Lenz wollte was sagen, aber der Jakl war schon draußen bei der Tür. Stumm stand der Rechenmacher da.

»Nachher hot also gor net amoi d' Sach' enk Zwoa ghärt bis jetz?« fragte die Resl verwundert und schaute ihren Mann groß an. Der sagte kein Wort. Und auf einmal schien ihr ein Licht aufzugehen: »Und dö andern – der Hirlinger, der Renkmair und der Silvan hobn mit dera Frau Schlemmer scho dö ganz' Zeit hinter ünsern Ruckn g'handelt ...?«

Der Lenz nickte und brachte es endlich wieder zum Wort.

»Ja,« sagte er tonlos: »Der Jakl hot's gmacht! ... Jetz is iahna oisamm a Strich durch d' Rechnung gmacht.«

»Und jetz g'härt ois an Jakl?« fragte die Resl. Wieder nickte der Lenz.

»Dös is g'hupft wia gsprunga!« stieß die Resl dumpf heraus, stand eine Weile düster da und schüttelte, weil ihr Mann keine Antwort gab, den Kopf. Dann begann sie wieder abzuspülen, und der Lenz ging in die Werkstatt hinaus. –

Es fängt gut an

Der Herr Oberhofmarschall war sehr erfreut, daß er mit einem Triumphbogen und girlandengezierten Häusern empfangen wurde. Er kam zum Bürgermeister Hirlinger und erkundigte sich, wem das Gehölz gehöre, das knapp hinter dem königlichen Schloß anfing, vom See bis ins Oberdorf reichte und kurz vor Riemling auslief. Dann fuhr er ab. Es wurde wieder einige Tage still. Vom König ließ sich nichts vernehmen. Der Triumphbogen verdorrte, und die Flechtinger nahmen die Girlanden von den Hauswänden.

»Lang bsinnt sie si, d' Majestät,« äußerte der Hirlinger einem Pferdeburschen gegenüber. Das Warten und die Ungewißheit legten sich mit leisem Mißmut in die Gemüter. Die Gespräche beim Renkmair wurden wieder eintöniger.

Jetzt aber kamen merkwürdige Weisungen vom Oberhofmarschallamt. Seine Majestät wünsche, daß die »das Schloß umgebende Waldgegend in einen Park verwandelt würde,« hieß es darin. Der Hirlinger verstand erst nicht und war dann sehr aufgebracht über ein solches Verlangen. Ihm gehörte die Hälfte der Waldung, das Mittelstück dem Raffinger und das vordere Hälftenviertel um das Schloß herum hatte seinerzeit der Kragerer dem Schmalzer-Hans abgekauft, als die alte Schmalzerin starb, und der Hans den Wastl hinausbezahlen mußte.

»Ja, beim Teifi nei! Mir kinna doch ünser Hoizl net herschenka!« polterte er und kam zum Renkmair. Der belehrte ihn, daß das eine sehr einträgliche Sache werden könne, und richtig kam auch einige Tage später eine weitere Anfrage des Oberhofmarschallamtes über den Preis der Waldungen.

Der Hirlinger kam aufgeräumt zum Raffinger und zum Kragerer. Die drei setzten sich in der Bürgermeisterstube zusammen und berieten die Preise. Immer höher trieben sie die Kaufsumme und kamen zu keinem Schluß.

»Wia gsogt, recht is's mir gor net, daß i einfach mei Hoizl hergeben sollt, aba mei, wos will ma denn macha gega 'ran König! ... Und do moanert i, waar ja a so a Preis aa net z'viel!« sagte der Hirlinger. Und die zwei anderen Bauern waren ganz seiner Meinung. Sie sagten das gleiche. Sie verlangten sogar noch mehr, und auch da mußte ihnen der Bürgermeister nur zustimmen. Man ging schließlich zum Renkmair hinunter und formulierte die Antwort. Dreimal mußte der Wirt einen neuen Bogen nehmen. Endlich gab man dem Schmalzer-Hans die Antwort mit nach Rauschenbach zur Post.

Der Hans hatte – wie man das im Flechting-Riemlinger Revier hieß – zweierlei Hände, wenn's zu arbeiten gab. Seitdem die Schmalzerin unter der Erde lag, und er allein auf dem Hof hauste, kam von Zeit zu Zeit der Gerichtsvollzieher, und der Hans verkaufte ein Stück Grund nach dem andern, saß tagelang in Rauschenbach drüben und kam vollgetrunken heim, schlief oder erzählte beim Renkmair allerhand Neuigkeiten. Zuerst hatte er drei Kühe, dann noch eine und die ging ihm ein, denn er kümmerte sich um nichts. Schließlich war aller Grund verkauft, und der Hans half hin und wieder, wenn man ihn dazu holte, beim Dreschen mit oder beim Einernten. Gern tat er's ja gerade nicht, aber man konnte es schwer abschlagen. Am liebsten war's ihm, wenn der Bürgermeister einen Gang für ihn hatte. Nach Rauschenbach gehen, so pflegte er sich auszudrücken, das war unterhaltlich. -

Der Hans brachte also das Antwortschreiben der drei Bauern nach Rauschenbach. »Do kinna si jetz dö Herrn b'sinna,« meinte der Bürgermeister in bezug auf das Oberhofmarschallamt.

»Wenn er sich's absalut einbild't, dös Hoizl, der König, nachha werd er's scho aa zoin wia sie si's ghärt,« ermunterte der Renkmair. Der Kragerer und der Raffinger machten mißmutige Gesichter.

»Dö Gaudi geht scho guat o!« brummte der Raffinger und nahm einen tiefen Zug. Der Kragerer sagte gar nichts. –

In den nächsten Tagen kam von Rauschenbach herüber der Bezirksamtmann zum Hirlinger. Das war noch nie vorgekommen. Der Bürgermeister schaute den hohen Herrn verwundert an und erlaubte sich devot nach seinem Begehren zu fragen.

»Der Herr Oberhofmarschall hat mich wissen lassen, so was von Preisen geht nicht,« sagte der Bezirksamtmann. Der Hirlinger fand eine Zeitlang das Wort nicht.

»Das geht doch nicht, Herr Bürgermeister! Seine Majestät bekommen da von vornherein einen schlechten Eindruck,« erläuterte der Amtmann abermals.

»Es is mei bescht's Hoizl, Herr Bezirksamtmann,« brachte endlich der Hirlinger heraus.

»Nun ja, aber lieber Bürgermeister, Majestät sind doch für Flechting eine Wohltat,« drang der Amtmann in den Bauern und trug ihm auf, den andern zweien klar zu machen, sie sollten zusagen, wenn der vom Herrn Oberhofmarschall vorgeschlagene Preis als Antwort käme. Der Hirlinger kratzte sich bloß und hatte keine gar freundliche Miene, als der Herr Bezirksamtmann ging.

»Sakrament-sakrament!« stieß er bedenklich heraus und sehr kritische Falten krümmten sich auf seiner braunen Stirn. Er ging zuerst zum Kragerer hinüber.

»Wos?! ... Nochloss'n!« fuhr ihn der an: »Für dös, daß i nachha bloß no d' Hälfte Hoizl hob? ... Nett! Nett sowos!« Und der Raffinger fluchte sinnlos auf Hof und Schloß und zuletzt auf den vorlauten Renkmair, auf den siebengescheiten, der gar soviel dahergemacht hatte mit dem »kreuzguten König«.

»Freili, freili! Schenka tean ma's iahm aa no! Narrisch san ma und loß ma üns vorschreibn, wos ünser Hoizl wert is! Gibts net! I g'hoit mei Hoizl!« fuhr er zu guter Letzt auf.

»Dös geht aa net,« meinte der Hirlinger, obwohl er selber aufs äußerste mißgestimmt war: »Dös sell kinn' ma aa wieda net macha.«

»Wos?! ... Is dir denn dös no a Gerechtigkeit?! ... A König sei und net amoi soviel Geld hobn, daß er üns dös lumpert Hoizl zoin konn?« räsonierte der Bauer und wollte absolut nichts wissen von einem Preisnachlassen.

Von jetzt ab hatte der Renkmair ein ziemliches Stück Ansehen beim Raffinger, beim Kragerer und beim Hirlinger verloren. Er konnte sich noch so ereifern und von dem Nutzen, den das »Hof-Herkommen« für Flechting bedeute, erzählen.

»Mir hobn ehvor aa glebt, wia koa Schloß no net dogwen is! ... Und jetz aufoamoi, do moanerst direkt, es gang gor nimmer ohne dö Kaluppn!« stieß der Kragerer heraus. Und der Raffinger gar, der wurde sofort persönlich.

»Du freili! Du lachst!« schimpfte er und spuckte ein ums andre Mal auf den Stubenboden: »Du host jetz nachha jedn Tog dei Stubn voll mit lauter feine Herrn! Aba m i r? Wos hobn denn scho gor mir von den

ganzn Zeig? ... Nix! Gor nix hobn ma, als dös, daß ma ünserne Gründ' hergebn kinna und nix kriagn dafür und 's Mäul hoit'n müassn!«
»So muaß ma net glei redn,« wollte der Wirt besänftigen: »Dös kunnt oan wos kostn ...«
»Kostn? ... Jaja, womögli tuat ma üns no a's Zuchthaus aa nei! ... Do host ös scho, mit dein'n saubern Nutzn!« warf der Raffinger hin, zahlte sein Bier und ließ sich von da ab nicht mehr sehen. Auch der Kragerer kam nicht mehr, und der Hirlinger war dem Beigeordneten Renkmair gegenüber arg einsilbig.

Das Schreiben des Oberhofmarschallamtes war sehr lang und legte mit eingehenden Begründungen den drei Bauern nahe, was für Preise Seine Majestät für angemessen zu halten geruhten. Der Hirlinger wußte sich nicht mehr anders zu helfen und schickte auf der Stelle den Schmalzer-Hans zum Bezirksamtmann hinüber. Der hohe Herr kam auch sogleich, und endlich nach einer langen Debatte in der Bürgermeisterstube gaben der Raffinger und der Kragerer nach. An Ort und Stelle faßte der Bezirtsamtmann selbst die Antwort ans Hofmarschallamt ab und nahm sie mit nach Rauschenbach. Schon nach einigen Tagen kamen Zimmerer und begannen mit dem Parkzaun. Ein halbes Hundert Arbeiter traf ein und legte auf Anweisung des neueingetroffenen Hofgärtners Wege an, zog künstliche Bäche und versetzte Bäume. Ein breiter, fast straßenähnlicher Weg führte vom Schloß am See entlang nach Riemling und mündete vor dem Seewiesenhaus Jakls in die Landstraße. –

Die Zimmerer fanden öfters die am vorigen Tage eingesetzten Pfähle wieder ausgerissen. Die Latten waren verschleppt oder über den Abhang hinuntergeworfen. Der Hofgärtner beschwerte sich beim Bürgermeister, aber der Unfug wiederholte sich immer wieder, bis endlich der Hofgärtner Anzeige erstattete, von da ab patrouillierten der Gendarm Blinzl und der Rauch des Nachts die Arbeitsstelle ab. –

Daß jetzt mehr und mehr Fremde nach Flechting kamen, läßt sich denken. Sie erregten auch weiter kein großes Aufsehen mehr bei den Bauern. Der Baurhammer-Christl verkaufte sein Haus an einen Konrektor Kernaller aus dem Württembergischen und ging in den Hofgarten zur Arbeit. Logis nahm er beim Schmalzer-Hans.

Die sonstigen Flechtinger waren wenig gewillt, ihre Grundstücke zu verkaufen. In den meisten Fällen hörten sich die Nachfragenden nur die Preise an und gingen sogleich wieder. –

Zum Schmalzer-Hans kam wieder öfters der Gerichtsvollzieher. Der Hans kam mit einem Packen Kleidungsstücken, mit dem letzten Schmuck seiner verstorbenen Mutter in die Stellmacherwerkstatt hineingeschlüpft, hurtig und heimlich und gedämpft.
»Verstecks, Rechamacha! Tua's no wo nei! I hols mir scho wieda!« raunte er dem Farg-Lenz zu und sagte dann wieder ganz wie immer: »Da Hans macht dös net! Da Hans loßt's si net ois nehma!« –
Ein halbes Jahr verstrich, vom König hörte man nichts. Der Schmalzer-Hans fuhr eines Tages mit einem fremden, dicken Mann im leichten Trab vor sein Haus. Die beiden stiegen ab und kamen lang nicht mehr aus der Tür. Dann fuhren sie wieder nach Rauschenbach, und diesmal blieb der Hans drei Tage aus. Dann lag er einmal in der Frühe betrunken vor seiner Türe. Eine Woche später wälzte sich ein breiter Leiterwagen dreimal das Dorf aus und ein, schwerbepackt mit Möbeln und Hausgerät. Und am Abend fuhr der dicke Mann mit einer noch dickeren Frau vors Schmalzer-Haus und stieg ab. Der leichte Wagen wurde ordentlich höher, als diese Last ihn verlassen hatte. –
Der Schmalzer-Hans hatte sein Haus verkauft. An den Roßschlächter Bätz von Kinzing, hinterhalb Rauschenbach. Der Hans und der Baurhammer-Christl waren jetzt alle zwei Logisleute, und der Bätz machte eine Wirtschaft auf.
»Du bischt doch a rechter Hammi! ... Dös schön' Anwesen verkaafa für an solchern Spottpreis!« schimpfte der Farg-Lenz seinen Nachbarn, als er sich die Kleidungsstücke holte: »Do hätt'st doch beim Teifi nei no a Hypathäk' draufkriagt und weitermacha kinna, wennscht arbatn hätt'st wolln!«
Aber der Hans blieb ganz ruhig.
»Da Hans loßt's si net o'schaugn und zoit (zahlt) seine Schuidn! ... Der Hans hot's seiner Lebtog net mit dö Hypathekn ghabt – na, dös macht der Hans net!« gab er zur Antwort und ging. –
Und von jetzt ab saßen die Flechtinger beim Bätz. Beim Renkmair gastierten die Hofleute, die Zimmerer und Gärtner. Überhaupt war man auf den »Herrschaftenwirt« nicht mehr ganz gut zu sprechen. Nichts als Sprüche hatte er gemacht und nichts war eingetroffen. Kein König und kein Hof und kein weiterer Nutzen!
Sogar die Gemeindeversammlungen hielt man beim Bätz ab und als der Renkmair, als Beigeordneter, das zweitemal nicht erschien, da schickte der Hirlinger den Schmalzer-Hans hinunter und ließ ihm

ausrichten, ob er vielleicht gar nicht mehr wisse, was Pflicht und Schuldigkeit sei.

»So? ... So sogt er!« meinte der Renkmair hämisch: »Noja, richt'st iahm aus, zu mir is's grod soweit oba, wia i zum Bätz naufhob!« Der Hans kam zurück und sagte es genau so zum Hirlinger. Das war dem Bürgermeister denn doch zu dumm.

»Ja Himmiherrgott-Sakrament! Wos glaabt denn der!« fuhr er den Hans an: »Na gehst nochmai obi und sogst, der König kimmt an Freita!«

Aber der Hans drehte sich bloß herum und sagte: »Vorläufi geht der Hans zum Bätz zon Brotzeitmacha!« und tat's.

Der Hirlinger rannte selber von Haus zu Haus und brachte die Botschaft.

»Jetz wieda Dax'n (Tannenzweige) hol'n? ... Daß's wieda verdürrn kinna?!« zeterte der Kragerer und erinnerte den Bürgermeister: »Z'erscht loß'n mir üns ünserne Gründ' hoibert o'stehln und nachha zier'n mir d' Häuser ...? ... Freili, freili! Dö Majestät waar ja gor net amoi g'schlecki! ... I mach's net!«

Nachdem auch der Raffinger, der der zweitgrößte Bauer im Ort war, sich ebenfalls weigerte, auch nur einen einzigen Tannenzweig herzugeben, berief der Hirlinger beim Renkmair eine Gemeindeversammlung ein und ließ den Hans einsagen.

Gewichtig und mit verbissenem Gesicht trottete am Abend der Bürgermeister durch die Dorfstraße, zum »Herrschaftenwirt« hinunter. Er traf aber nirgends einen Bauern auf dem Weg. Als er beim Renkmair die Tür aufmachte, saßen nur etliche Zimmerer und Gärtner in der Wirtsstube und schauten ihn beiläufig an. Dem Renkmair glänzten die Augen von verstecktem Spott.

»Is denn koana do noch?« fragte der Hirlinger kurz.

»Is iahna hoit z' weit oba zu mir,« erwiderte der Wirt trocken und stand hinterlistig da, die beiden Hände in den Hosentaschen.

»D' Majestät kimmt an Freita!« sagte der Bürgermeister.

»I woaß's scho,« nickte der Renkmair.

»Mir müass'n ja doch bein Teifi nei an Triumphbogn macha und d' Häuser zier'n, sunst is's ja scho glei aus mit der Gunscht! ... Aba es will ja koana und i alloa konn's doch aa net macha!« schimpfte der Hirlinger so halbwegs.

»Freili,« sagte der Renkmair hämisch.

Da schwollen dem Hirlinger die Zornadern. Die Wut stieg ihm in den Kopf. Er schmiß, ohne die erstaunten Gäste zu achten, den Aktendeckel hin und schlug darauf, daß der Tisch wackelte: »Ja Himmiherrgott-Sakramentsakrament! Glaabt's ös vielleicht, i bin enker Loitl?« ... Du ois Beigeordneter kunntscht doch scho wissn, wos si g'härt und amoi raufkemma!«

Und dies schien der Renkmair bloß abgewartet zu haben. Jetzt stellte er sich auf einmal breit und überlegen hin. Die Hofleute waren aufgestanden, ganz erschrocken.

»Hirlinga?« schrie der Wirt mit allem Nachdruck: »Du bischt Bürgamoasta! Sowos ghärt si net! Dös is a Saustall, daß d' ös woaßt!«

Und das gab dem Hirlinger das letzte.

»Wos Bürgamoasta!« schrie er noch ärger und alles vergessend, nahm den Aktendeckel. »Sollt mi ois am Orsch lecka mit dera Bürgamoasterei!« Und rannte zur Tür hinaus. – – –

Die Kleinhäusler zierten am Donnerstag ihre Vorderfrontwände, aber zu einem Triumphbogen kam es nicht. Am Freitag früh lag eine allgemeine Aufregung über dem ganzen Dorf. Alles horchte, hetzte herum und wußte nichts anzufangen. Jeder hatte das Sonntagsgewand an.

Gegen vier Uhr nachmittags fuhren zwei Galawagen, in denen Herren mit bunter Uniform saßen, durch die Dorfstraße. Die Bauern waren so ins Gaffen vertieft, daß sie schweigend dastanden, mit offenen Mäulern und keinen Muckser taten.

Erst, als die Wagen übers Bergl hinunter verschwunden waren, schrien einige wie erschreckt: »Hochch! Ho–och! Hoch–ch!«

Der König selbst kam ohne Aufwand in einer einfachen schwarzen Kutsche um neun Uhr nachts. Keiner achtete auf das Gefährt besonders. –

Ereignisse

Gemächlich aber immerhin änderte sich von jetzt ab in Flechting und in der nächsten Umgebung das Leben. Vom König selber sah man wenig. Er schien sich erst einzurichten oder aber auch, mutmaßten die meisten, etwas aus dem Geleise geraten zu sein durch die sich überstürzenden Ereignisse, welche seine schnelle Thronerhebung zur Folge hatten. Schließlich war ja auch der Park beträchtlich groß, da konnte ein einzelner Mensch ausgiebige Spaziergänge machen.

Jedenfalls war ein freundliches, rosiges, ziemlich rundes Gesicht mit Backenkoteletten und einem kleinen, frischen Schnurrbart so ziemlich alles, was man hin und wieder flüchtig aus der geschlossenen Vierspännerkutsche grüßen sah. Ein Gesicht war das, auf dem eine anmutige Sanftheit lag; fast etwas melancholisch und träumerisch lächelte es, und es war wirklich kein Wunder, wenn die Flechtinger aus irgendeinem geheimnisvollen Grund zur Annahme neigten, das sei gar nicht der ledendige König, das sei eine Wachsfigur. –

Trotzdem, die Bauern standen anfangs stets benommen da, wenn das Gespann vorbeitrabte. Sie nahmen ihre Hüte ab und rissen die Augen weit auf. Dann riefen sie eine Zeitlang »Hoch!« und schließlich, als der Hofgärtner ausrichtete, Seine Majestät verlange das nicht und sähe es auch nicht gerne, schlugen einige sogar unbeholfen das Kreuz oder blieben soldatisch steif stehen und gingen erst, wenn sie nichts mehr vom Gefährt sahen.

Selten genug fuhr ja auch die Kutsche aus und ein. Meistens hörte man sie abends die Seestraße entlang nach Rauschenbach rollen.

»Dös muaß ma iahm lossn, a ruahiga Mensch is er, ünsa König! A gsetzter Mensch!« sprach man befriedigt bei den Bauern herum, und das mit der Wachsfigur verschwebte sozusagen. Besonders zufrieden war der Raffinger. Er lieferte die Milch und Butter in den Hof hinunter und hatte sich für diesen Zweck neue, blinkende Milchkübel in Rauschenbach machen lassen. Nicht gar freundlich schaute der Hirlinger dem zu.

Vom Hofgarten herauf brachten der Schmalzer-Hans und der Baurhammer-Christl alle möglichen Neuigkeiten. Hoch zu Roß sah man die königliche Dienerschaft hin und wieder durchs Dorf reiten, und abends saßen sie beim Renkmair. Und mochte es nun auch noch so hoch gegen den »Herrschaftenwirt« hergehen – die Neugierde war stärker. Die Flechtinger gingen wieder zu ihm. Was Wunder, wenn er gegen die Dörfler hochnäsig war! Und wer hatte denn auch die Macht, ihn aus dem Sattel zu heben?! –

Der Wirt hockte jetzt nicht mehr am Tisch zwischen den Bauern. Vorn am weißgedeckten saß er beim Hofgärtner, beim Stallmeister und bei den andern Hofleuten und trank Wein!

Einsilbig schielten die Flechtinger mitunter hinüber. Eine unterdrückte Mißgunst war in ihren Mienen. Einmal kam's vor, daß die Hofleute früher gingen. Der Wirt nahm mit aller Gesprächigkeit von ihnen Abschied und komplimentierte sie hinaus, daß es gerade schön zum Zuschauen war. Dann blieb er stehen und schaute herablassend auf den Tisch der Flechtinger, bloß einen wohligen Augenblick lang, und so fast, als wie wenn er sich seines Triumphes gewiß werden wolle. Er lächelte ein ganz klein wenig und ging schließlich zum verlassenen Hoftisch, nahm die halbleeren Weinflaschen und Gläser in seine wurstigen Finger und kam wieder zurück, stellte den stockstummen Bauern dieses Übriggelassene hin.

»Do!« sagte er übermütig: »Do, dös hobn dö Herrn überlossn! Do kinnt's amoi sehng, wos ma bei Hof trinkt!« Die Bauern sagten nichts und rührten sich nicht. Sie glotzten nur.

»Saufts ös nu! Kost' ja nix!« ermunterte sie der Renkmair. Unwillkürlich griff der Raffinger zu und goß das volle Glas hinunter. Und jetzt tranken auch die andern. Sorgfältig schlürften sie bis zum letzten Tropfen. Zwar schmeckte ihnen das saure Gesöff gar nicht, aber sie lobten es doch beiläufig. Der Renkmair ging zur Schenke und erst jetzt wagten die Bauern einander anzuschauen. »Hm, der Protz!« brummte der Kragerer halblaut, und alle nickten.

»Jaja, wenn Bettlleit auf a Roß kemma, na konn's der Teifi derreitn!« warf der Hirlinger ebenso hin, und wieder nickten alle. – – – – – –

Außer dem Müller-Silvan und dem Schmied Banzer verkaufte kein Flechtinger ein Grundstück. Im Unterdorf, am See, erstanden in kurzer Zeit Villen. Nur der Lehrer Strasser, der das Schäffler-Haus seinerzeit gekauft hatte, und der Konrektor Kernaller, dem das

Baurhammer-Haus gehörte, waren sozusagen die besseren Leute im Flechtinger Oberdorf.

Riemling aber, das »Sechshäusernest,« wie man es geringschätzig nannte, Riemling blühte in dieser Zeit gewaltig auf. Es war wie geschaffen für einen Fremdenort. Knapp am See, rücklings Hügellenden und ohne Oberdorf, weit auseinander die Häuser und dazwischen die paar Villen, das war alles. Am Eingang, hart am Fuß des Bergweges, der nach Flechting führte, hockte geruhig und ganz in dichte Baumkronen gesäumt, Jakls Hetzlinger-Villa. Daneben das neugebaute, blinkend weiße Seewiesenhaus, dessen Gartenzaun die Straße entlang lief. Dann kam leerer Grund bis zum Dennerdollinger-Anwesen, dessen breite Vorderfront mit dem flach auslaufenden Dach sich im See spiegelte.

Über der Straße stand die ehemalige Nägerle-Villa und weiter vorne die jetzt seiner Exzellenz von Rampfinger gehörige Ellersdorfsche. Und ungefähr vier Wurfweiten davon, als Ausläufer, etwas erhöht, sonnte sich das alte Fischer-Kastner-Haus an der Pfriembacher Straßenbiegung.

Noch dazu mündete die breite Parkstraße in die Riemlinger, knapp vor der Jakl-Villa und oft und oft fuhr das königliche Gespann vorbei, wenn es ins Gebirg ging. Kaum hundert Schritte weit entfernt, hinaufgreifend bis an die Biegung des Bergweges, zog sich der Zaun des königlichen Parkes entlang.

Hier war Platz für herrschaftliche Sommersitze. Hier wohnten Fischer, die gern das eine oder andre Grundstück verkauften. Hier waren schöne Lagen. Der Farg-Jakl hatte recht, daß er kurz nach dem Ankauf der Seewiese vom Fischer Kastner die Lende am Dorfausgang kaufte. Der Annamarie war damals um die zweihundertachtzig Gulden angst. Jetzt aber, nachdem allenthalben auf den Gründen gebaut wurde, jetzt schwieg sie.

In Flechting blieb das Glück Jakls nicht unbekannt. Mit Mißgunst und Neid verfolgte man seine Spekulationen.

»Den begleit der Teifi selba! Der kimmt seiner Lebtog zu Geld!« knurrte man über den »Hetzlinger-Privatier« in Flechting. Es hatte auch ganz einen solchen Anfang. Der älteste Bub vom Lenz lernte jetzt in der Jaklbäckerei und trug das Brot nach Riemling, zum Renkmair und in den Hofgarten. Arbeit gab es für den schwarzen Peter und den Lehrling eine ganze Masse. Der Lenz und der Jakl Farg trafen sich nun auch wieder öfters. Es blieb zwar bei einer Kälte, aber die Feindseligleiten hatten aufgehört. – – –

»I tat's hergebn, Jakl … Jetz is a guate Zeit,« sagte die Annamarie einmal schüchtern zum Jakl, als sich der vierte Käufer für das Seewiesen-Häusl gemeldet hatte. Aber der Jakl schüttelte den Kopf und meinte: »Do is oiwai no früah gnua … I wart noch!« Er hing mit einer seltsamen Hartnäckigkeit an diesem Haus. Jeden Tag ging er hinüber, lüftete und musterte alles mit einem verhaltenen Stolz. Auf dem Tisch in seiner »Studierkammer« – wie die Annamarie sein Zimmer im ersten Stock nannte – lagen schon wieder neue Pläne. Entwürfe waren es zu einem Schlößchen mit zwei Türmen. Der Jakl ging aufgeheitert herum, alles an ihm war voller Leben. Er redete nicht viel, er schien in einem fort zu denken und zu rechnen.

»Wenn wos Gscheits werd aus 'm Lenz sein Maxl, nachha gib i iahm spater d' Bäckerei,« sagte er einmal zur Annamarie.

»Der Lenz siehcht schlecht aus,« meinte die: »I moanert, wenn ma iahm a bissl unter d' Arm greifa tat'n?«

Fast verwirrt hob der Jakl den Kopf. Er schaute nachdenklich auf sein Weib. »S'Geldgeben hot koan rechtn Wert, Annamarie! … Der Lenz is a echta Farg! … Dös machert'n grod wieder kritisch,« sagte er: »Mir Farg, mir san oisamm a so, mir kinna koan über üns sehng … Liaba gehng ma z' Grund'.«

Die Annamarie sagte nichts mehr darauf. Am andern Tag gab sie dem kleinen Rechenmacher-Maxl vierzig Gulden mit und trug ihm auf, er sollte es dem Vater geben und nichts reden davon. Als der Lenz das Geld aus dem Papier wickelte, schaute er lange unschlüssig vom Schnitzblock auf den Boden, als sinne er über eine ganz und gar rätselhafte Sache nach. Dann steckte er das Geld zu sich, und am Abend, als er wieder über seinem Lotteriekalender saß, gab er der Resl zwanzig Gulden und sagte: »Der Müller-Silvan hot a'n nei'n Woazn (Weizen) ausgmahln … do, kaaf morgn a zwanzg Pfund.«

»So! … Hot er jetz doch amoi zoit (zahlt), der Kragerer? … Hot er doch amoi drodenkt, daß d' iahm d' Recha aa net umasunst a Johr lang lossn konnst?« erkundigte sich die Resl bloß.

Und: »Ja,« sagte der Lenz und schrieb diesmal eifriger die Nummern aus dem Lotteriekalender. Nach der Neun-Uhr-Brotzeit am andern Tag, zog er sein Sonntagsgewand an und hatte es dabei etwas eilsam.

»Gehst' auf Rauschenbach umi?« fragte die Resl beiläufig.

»Ja, mei Feinbohrer is nix mehr!« erwiderte der Lenz, schnitt sich zwei Scheiben Brot ab und ging. Es kam im Jahr höchstens ein- oder zweimal vor, daß er in den Marktflecken hinüberging und ein neues Werkzeug oder, wenn's hoch kam, eine Englischlederhose kaufte. Diesmal aber trieb ihn etwas andres hinüber. Auf dem ganzen Weg sagte er unablässig die Zahl: »Zwoatausndachthundertachtunddreißig!« gedämpft vor sich hin. Und je öfter er sie sagte, desto schneller schritt er aus. Ein finsterbeschäftigtes Gesicht hatte er, schaute nicht nach links und nicht nach rechts und rannte wie selbstvergessen dahin. Erst kurz vor Rauschenbach verlangsamte er seine Schritte und lispelte die Zahl bloß noch. Wie aber der Teufel sein wollte – eben als er die kleine Bachbrücke betrat, begegnete ihm die alte Zaunervev und das war ein schlechtes Zeichen. Ein altes Weib – in der Frühe – auf einer Brücke – und noch dazu auf einem Glücksgang? Das war für einen Lotteriespieler geradezu ein Unglück! Der Farg-Lenz preßte verbittert die Lippen aufeinander und nahm sich vor, ohne Wort schnell vorüberzugehen, aber die Vev war eine zu gesprächige Person. Sie lächelte schon von weitem und grüßte mit ihrer singenden Stimme: »Jessas, ... da Rechamacha!? ... Mittn an Vormittog! Guat' Morgn, Lenz!« Und stehen blieb sie, stützte schnaubend die ganze Last ihres Oberkörpers auf den Stock und wollte gleich einen Diskurs anfangen. Doch der Lenz rannte mit einem einsilbigen Gruß vorbei. –

Das Gesicht der Vev wurde im Nu hart und verwundert. Kopfschüttelnd sah sie dem Davongehenden nach und schimpfte brummend für sich selber. –

Der Lenz war unterdessen hinter den ersten Rauschenbacher Häusern verschwunden und blieb auf einmal wie vom Schlag getroffen stehen.

»Zwoatausnd – Zwoatausnd – ?! ... Jessmariandjosäff, Jessas, Jessas!« stöhnte er entmutigt und seine ganze Gestalt, die bis jetzt eine Spannung aufrecht gehalten hatte, fiel wieder in ihre gewöhnliche gebückte Haltung zurück. Nicht um alles in der Welt konnte er die Zahl noch nennen. Er griff in seine Joppentasche und holte die Zettel heraus, auf denen er sich gestern die verschiedenen Nummern aufgeschrieben hatte, aber diese, gerade diese »Zweitausendachthundertachtunddreißig« hatte er geträumt und jetzt war sie ihm gänzlich entfallen. Sein Weitergehen hatte etwas Mühsames und Gebrochenes.

Nämlich es war im Laufe der Zeit nicht besser geworden im Leben der Stellmachersleute in Flechting. Mit dem alljährlichen Aufenthaltnehmen des Königs setzte auch ein reger Bahnverkehr von der Hauptstadt nach Rauschenbach ein. Beim Renkmair sah man ab und zu eine Zeitung und drüben im Marktflecken gab es nun schon lang eiserne Heugabeln und andres Erntegerät, das billiger war. Der Lenz machte seine hölzernen Heurechen und Gabeln, und so ein Stück von ihm war nicht aufzuarbeiten. Es ging lang her, bis die Bauern wieder was bestellten beim Farg. Und anders war's auch nicht mit den Sensenstielen Lenzens. Die überdauerten buchstäblich Geschlechter.

Es war bloß gut, daß der Jakl die Bäckerei so zäh gehalten hatte. Der Lenz erkannte es jetzt langsam. Seine herangewachsenen Buben konnten ein aussichtsreicheres Handwerk erlernen und an Brot war keine Not.

Brot und Kartoffeln gab es täglich beim Rechenmacher, Kartoffeln, saure Milch und Brot.

Der Lorenz Farg war ein ruhiger Mann. Er klagte nicht. Die Resl kam ihm oft, er sollte mit dem Jakl reden und von ihm Geld aufnehmen, aber er tat's nicht. Er wurde nur mit jedem Tag älter. Seine seßhafte Art und seine Erfahrung hatte ihn gelehrt, daß man mit der Arbeit nicht weiterkommt, sich aber immerhin fortfristen konnte. Sein ganzer Sinn pendelte zwischen Schnitzbank und Lotteriekalender stoisch hin und her. Denn während im Jakl, begünstigt von natürlichem Glück und bestärkt vom Gelingen, ein unruhiges, weitschauendes Streben wirkte, zog sich um den Rechenmacher der Ring der Not und des Mißgeschickes immer enger und enger, und alles Fleißigsein half nichts dagegen. Und so vielleicht ist es zu erklären, warum dieser nüchterne, sparsame Mann den Vorsprung, den sein Bruder fast von selbst errungen hatte, durch die Lotterie, durch den Zufall, durch ein jähes Glück einholen wollte, an das sich alle Dumpf-Enttäuschten früher oder später klammern.

In Rauschenbach erstand der Lenz zwei Zehnguldenlose, aber noch nie nahm er sie so freudlos, so unerregt, so ohne jeden Gedanken an Glück zu sich.

Niedergeschlagen ging er wieder nach Flechting zurück und hatte ein zerfalleneres Gesicht, als sonst.

Aufwärts

Die schwere Frühjahrsluft brach aus der Erde. Der Himmel spannte sich hellbewölkt über die Tage. Über die bewegte Seefläche trieb ein heitrer Wind. Spärliche Schneekrusten lagen noch vereinzelt an den Wiesen- und Straßenrändern. –
Ganz selten hatten die Leute den Jakl während des diesmaligen langen Winters gesehen. Jetzt ging er fast jeden Tag die Fischer-Kastner-Lende ab, mit Plänen in der Hand. Einmal traf ihn der Kastner, richtete seine Luchsaugen auf ihn und fragte neugierig: »Werd' jetz do hintn aa wieder wos herbaut?«
»Kunnt' scho sei,« wich ihm der Jakl aus.
Etliche Tage später rollte eine Zweispännerkutsche den Riemlinger Berg herunter und hielt vor der Hetzlinger-Villa. Ein kleiner zusammengeschrumpfter Mann stieg aus und ging rasch durchs Vorgärtl. Dann machte das Gefährt fast eine geschlagene Stunde in ganz kurzen Abständen vor dem Dennerdollinger-Haus Kehrt, fuhr langsam die Straße auf und ab, kam wieder und wieder. Als es eben wieder vor dem Seewiesen-Häusl anhielt, traten der Jakl und der alte Herr in dasselbe und redeten lebhaft miteinander. Erst nach einer langen Zeit bewegte sich die Kutsche quietschend wieder über den Berg hinauf und verschwand hinter der Flechtinger Parkecke.
Der Verkauf des Seewiesen-Hauses war zustandegekommen. Möbelwagen fuhren kurz darauf an und festgewachsene, fremde Männer luden aus.
Von jetzt ab war der Rentier Guggenheimer aus München Jakls Nachbar. – – –
Eine klare Sonnenfrühe stand im hohen Himmel. Die ersten Stare sangen. Der Jakl schlüpfte in seinen schweren dunkelblauen Überzieher, nahm seinen Hirschhorngriffstock und machte sich auf den Weg nach Flechting. Die Annamarie rief ihm nach, ob er zum Mittagessen wieder zurück sei.

»I moan scho!« antwortete er kurz und ging aus dem Garten.

Oben an der Parkecke blieb er stehen, drehte sich um und schaute hinunter auf die Häuser, deren nackte Wände nüchtern durch das Gewirr der kahlen Baumkronen lugten. Jedes dieser Häuser betrachtete er einzeln und mit der ihm eigenen scharfsichtigen und abschätzenden Art. Wieder und wieder blieb sein Blick da und dort prüfend haften, griff weiter aus, umspannte gleichsam, und ein seltsames Funkeln belebte seine Augen. Etwas wie von einem nochmaligen Vergegenwärtigen aller überwundenen Hemmnisse hatte dieses Hinunterschauen, und wiederum sah es aus, als hätte er nach harter Mühe einen ersten Gipfel erreicht und schaue zurück und hinunter auf das Hartekämpfte. Langsam glättete ein beruhigter Triumph seine Züge. Seine Lippen kräuselten sich zu einem schmalen Lächeln, seine Brust dehnte sich, und seine Glieder strafften sich fest und fester. Er drehte sich endlich um und ging weiter. Ab und zu schlug er seine Stockspitze resolut auf den harten Boden. –

Der schwarze Peter und der kleine Maxl hatten vollauf zu tun, als der Jakl in die Bäckerei trat. Flink ging der handfeste Bub dem Alten zur Hand. Die beiden sahen kaum richtig auf den Ankommenden.

»Ssst! ... Ssst! ... Galopp! Galopp!« schrie der Peter aus der Ofengrube, und der Maxl schleppte ohne Unterlaß eilig und sicher die Weckenbretter herbei.

»Alles in bester Ordnung! – Stellung sicher! Jeden Tag vorwärts!« meldete der Peter abgehackt, ohne von der Arbeit innezuhalten.

»I siehchs scho!« erwiderte der Jakl, dann ging er zu seinem Bruder, vorne in die Werkstatt.

»Guat' Morgn!« grüßte er den Lenz kurz.

»Guat' Morgn,« erwiderte auch der. Der Jakl setzte sich auf einen Hocker. Der Lenz riß das Schnitzmesser bis ans Ende des Rechenstiels und legte es aus den Händen.

»I mächt wieder baun, Lenz,« ergriff der Jakl das Wort und musterte seinen Bruder fragend.

»Bau'n? Scho wieder?«

»Ja,« antwortete der Jakl. Der Lenz ließ seinen straffen Fuß vom Schnitzbankpedal heruntergleiten und wandte sich vollends ihm zu. Es stockte einen Moment zwischen den beiden.

»Dei Maxl werd a guater Beck,« sagte der Jakl und erkundigte sich nach dem zweiten, dem Lenzl.

»Der lernt bei'n Zirlinger z' Rauschenbach drent d' Zimmerei,« erzählte ihm der Lenz.

»Dös is dumm!« sagte der Jakl nachdenklich: »Den kunnt i jetz notwendi braucha in der Bäckerei. An Peta mächt i wieder zum Bau'n ...«

»Ja mei! ... Dös hätt'st früahra sogn soll'n,« meinte darauf der Lenz: »I hob mi sowiaso lang gmua bsunna, wos i iahm lerna loß.«

Das Gespräch war damit über die erste Einsilbigkeit hinweggeglitten. Der Jakl berichtete von seinen Absichten mit der Fischer-Kastner-Lende und von seinem Plan, die Bäckerei zu vergrößern. Wenn eben jetzt der kleine Lenzl auch das Handwerk lernen würde, wäre man unter sich, und die zwei Buben später versorgt, denn jetzt ginge es doch gewiß aufwärts.

Der Lenz hörte stumm zu.

»Kunnt ja schliaßli i an Maxl –?« brachte er auf einmal heraus, stockte aber gleich wieder, wurde verlegen und fuhr in andrer Tonart fort: »Soso! ... In d' Fischer-Kastner-Lendn hintri willst jetz bau'n? ... Dös, moan i, waar grod koa guate Lag'. Es flackt gor a so drinn!«

Da hörte der Jakl anscheinend etwas Richtiges heraus. Er besann sich einen Moment. Er überlegte. Dann sagte er schnell: »Jaja! ... I hob's jetz scho! ... Do host recht! ... Dös flackt gor a so hintn ... Jaja, es werd' scho!«

»Wos denn?« fragte der Lenz erstaunt.

»S'Schlössl! ... Und – und überhaaps ois!« antwortete der Jakl nur noch hastig und war schon bei der Türe draußen.

»Wos hot er denn wolln?« fragte die Resl, die hinter der Küchentüre gelauscht hatte und jetzt eintrat, ihren Mann.

»I kenn' mi net aus,« gab der zurück und schnitzte wieder weiter.

Der Jakl beeilte sich, nach Riemling zurückzukommen. Er erzählte der Annamarie nicht viel mehr, als daß ihn der Lenz in bezug auf die Kastner-Lende auf einen guten Gedanken gebracht habe, schlang fast überstürzt das Essen hinunter und verschwand in der Studierkammer. Rasch spannte er ein großes Papier über den Tisch, nahm Zirkel, Lineal und Bleistift zur Hand und begann, an einem neuen Plan zu arbeiten. Er kam nicht zur Brotzeit und nicht zum Abendessen herunter. Fieberhaft zeichnete er. Die hereinbrechende Dunkelheit überfiel ihn fast. Erst spät in der Nacht hörte die Annamarie ihn in der Küche mit den Tellern klappern. Sie rührte sich nicht, als er ins Bett stieg. Ihn machen lassen, wie er wollte, war da das beste. – –

Wochen verstrichen. Jeden Tag saß der Jakl in der Studierkammer. Er sagte wenig beim Essen. Er war aber immer gut aufgelegt.

»Do kimmt a Häusl hintri, zon Kastner seiner Lendn, a Häusl, sog i dir, daß's grod a wohre Freud is!« redete er einmal über den Tisch weg und erzählte der Annamarie flüchtig von seinen Absichten.

»Bist' denn fürti mit'n Plan?« fragte sie.

»Ja.«

»Und wos is's mit'n Schlössl …?«

»Dös kimmt spaater! … Dös kimmt danoch!« erwiderte Jakl eifrig: »Dös muaß auf 'ran Plotz, wo ma's siehcht!« Und er meinte auch, man müßte sich gelegentlich um einen solchen Baugrund kümmern.

Am andern Tag ruderte er mit dem Flachboot vom Kastner nach Rauschenbach hinüber und brachte die Pläne für eine Sommervilla aufs Bezirksamt zur Genehmigung durch den Oberbaurat. Zugleich besprach er mit dem Maurermeister Fischhaber allerhand und kam erst tief am Nachmittag wieder heim.

»So! … Dö Sach' laaft wieder amoi!« sagte er zur Annamarie.

Es hieß jetzt nur noch warten, bis die Pläne genehmigt vom Oberbaurat zurückkamen.

Während dieser Wartezeit sah man den Farg-Jakl öfter auf den Feldwegen um Flechting herumstreifen. Ab und zu war er auch beim Bätz, ja sogar beim Renkmair trank er mitunter eine Maß Bier, oder er schaute zu bei den Villenbauten am Seeufer.

Es machte auf einmal in Flechting alles einen gewaltigen Anlauf. Der Hof zog die Fremden herbei. Mit wenigen Ausnahmen wurden die Bauern jetzt zugänglicher und schlugen aus manchem Grundstückverkauf eine saftige Summe. Der Müller-Silvan besonders, der verkaufte noch einmal zwei Acker, und auf jedem baute man. Der Fischer Lerchinger gab seinen Seegrund her. Dort wurde die Kabinettsvilla für den königlichen Rat Eisenhart gebaut. Im Oberdorf brachte nur der Maurer-Feschl, ein Häusler, der im Hofgarten arbeitete, seine drei Tagwerk große Bergwiese an. Dem Raffinger und dem Kragerer waren keine Baugründe feil. Die Felder vom Hirlinger lagen alle weit außerhalb des Dorfes und schienen ungeeignet für solche Zwecke.

Trotzdem die Verkäufe der Unterdörfler eigentlich niemandem wehe taten, machte sich von jetzt ab doch eine gewisse Spannung zwischen Ober- und Unterdorf bemerkbar. Dieses Jahr lieferte auch der Raffinger nicht mehr die Milch für den Hof, der Müller-Silvan lieferte sie.

»Nachha kinna's iahnern Hober a wo anderscht hol'n,« brummte der Raffinger und gab dem Stallmeister Harnisch die Auskunft, er habe dummerweise die ganze Ernte dem Juden Schlesinger geben müssen. Der Kragerer baute von jeher wenig Hafer, er hatte bloß ein Pferd und vier Ochsen. Ihm kam es mehr auf den Weizen an. Und das Unglück wollte es gerade, daß der Hirlinger, der schon lange mit Mißgunst auf alle schaute, die den Hof belieferten, nur ganze zehn Säcke Aussaathafer vorrätig hatte. Er war sehr liebedienerisch zum Stallmeister und gab ihm fünf Säcke davon, in der heimlichen Hoffnung, nun auch fernerhin vom Hof bedacht zu werden. Aber es kam nie mehr vor. Der Herr Stallmeister Harnisch war sehr erbost über ein solches Verhalten der größten Bauern im Ort, bezog im Bedarfsfalle kleinere Mengen vom Müller-Silvan und den Hauptteil des Pferdefutters vom königlichen Proviantamt aus der Hauptstadt.

»Sog's iahm doch, Silvan ... Sog's iahm doch, an Herrn Stallmoasta ... I hob domois wirkli koan Hoba net ghabt ... I mächt net, daß er mir's übel nimmt, der Herr Stallmoasta,« sagte der Hirlinger oft und oft zum Silvan, weil dieser anscheinend mit dem hohen Herrn gut speziell war. Und fest und steif versprach es der Silvan, hütete sich aber wohlweislich, es zu tun. –

Seine Majestät war dieses Jahr nur für ganz kurze Zeit in Flechting. Es ging die Rede, sie komme überhaupt nicht mehr.

»Wos i g'härt hob, is er beleidigt, weil mir iahm an gor an solchern notigen Einzug g'macht hobn und net amoi an Triumphbogn gstellt hobn,« wußte der Müller-Silvan zu berichten, und der Hirlinger, dem er's sagte, runzelte die Stirn und jammerte: »I sog ja, i sog ja!... »Ois (alles) foit auf mi! ... Grod oiwai auf'n Bürgamoaster!«

In der letzten Zeit war es überhaupt mit dem Bürgermeister Hirlinger nicht sonderlich gut bestellt. Der Jud Schlesinger hatte ihm den Stall voll Vieh gestellt und holte nun ein Stück nach dem andern wieder ab, weil der Bauer nicht zahlen konnte. Da hätte ein Grundstückverkauf viel geholfen, aber die Herrschaften wollten alle ans Seeufer.

Mit wachsendem Mißmut, ja schon mit einem Unbehagen sondersgleichen verfolgte der Hirlinger das unterdörflerische Treiben. Der Silvan, der immer wieder zu ihm kam und nach aller Meinung vom

Hof am meisten informiert war, war im Grunde sein bitterster Feind, aber »stad sei, stad sei,« dachte sich der Bürgermeister, »ma konn net wissn, wia man no amoi brauchn konn.« –

Einer nur hatte im Oberdorf den einträglichsten Nutzen durch den Hof und die Herrschaften: Der Farg-Jakl mit seiner Bäckerei.

»Der lacht an jedn aus vo üns!« sagte eben der Hirlinger zu seinem Weib im Stall: »Der werd' no Millionär bei dera Gschicht.« Und gerade wollte er in die Stube hinübergehen, als auf einmal der Jakl ans Haus heranging und geradeswegs in den Bürgermeisterstall trat. Das war doch zu ungewöhnlich. Die Bürgermeisterin ließ buchstäblich ihre Mistgabel fallen, und der Hirlinger riß Augen und Maul auf.

»Grüaß' Gott, Bürgermoasta! Grüaß Gott, Hirlingerin!« rief der Jakl beinahe belustigt über den wohlbemerkten Schreck der beiden.

»Grüaß Gott!« sagte der Hirlinger dumpf: »Wos führt denn jetz d i her zu üns?« und maß den Jakl lauernd.

»I hätt' wos z' redn mit dir, Bürgermoasta!« war die Antwort.

»So? ... Du? ... Wos' z' redn? ... Noja, na geh nu glei weiter in d' Stubn num.« Und beide gingen durch die Stalltüre. Die Hirlingerin konnte es nicht aushalten vor Neugierde. Schnell wischte sie sich ihre kotigen Hände mit dem Stallfirter ab und kam ebenfalls in die Stube. Die beiden Männer hatten sich bereits hingesetzt.

»I hob g'härt, Hirlinger, dei Kreizwegbroatn is dir feil?« erkundigte sich der Jakl unvermittelt und nahm den Bürgermeister mit scharfem Blick aufs Korn. Nur mit Mühe verbarg dieser seine Verblüffung, und die Bäuerin blieb einige Sekunden steif in der Stubenmitte stehen. Beide, er und sie, wechselten stumme Blicke.

»Willst eppa gor du üns o'kaafa?« fragte die Bürgermeisterin.

»Ja,« sagte der Jakl.

»Du ...? ... Ja zo wos denn?«

»I braucherts,« wich der Jakl aus.

»Fängst eppa gor a Ökonomie o?«

»I hob's schier im Sinn,« antwortete der Jakl wieder so zweideutig.

»A Ökonomie? ... Du?« Der Bürgermeister bekam ganz und gar ein unsicher-zweifelndes Gesicht, und der Jakl nickte. Wieder wechselten die zwei Bürgermeistersleute stumm-ratschlagende Blicke.

»Noja,« sagte dann die Hirlingerin mit einer fühlbar entspannten Gewißheit: »D' Kreizwegbroatn? ... Dö liegt a so so weit weg ... Do liaßert si schliaßli scho redn!«

Auch auf dem Gesicht des Bürgermeisters war eine undurchdringliche Ruhe.

»Freili, dös scho … Weit weg is scho, d' Kreizwegbroatn! … Aber a guater Grund is's,« sagte er nachdenkend.

»Und vo mir waar's net weit weg … Drum tat's ma ebn passn,« fiel der Jakl sofort ein. Die Hirlingerin räusperte sich, sagte: »Noja, jetz hob i's scho ghärt, wos d' willst, jetz geh i wieder,« und ging aus der Stube.

Nach einigem Hin- und Herreden nannte der Hirlinger den Preis und der war außergewöhnlich hoch. Hart kam es ihm an, bis er die Zahl überhaupt nur herausbrachte. Immer und immer wieder beteuerte er, die Kreuzwegbreite sei ihm gar nicht so feil, aber schließlich – man gibt's doch lieber einem Bekannten. Der Jakl bat sich einige Tage Bedenkzeit aus und ging. Bis vor die Hetzlinger-Villa hatte er einen erregten Schritt.

»Wos host d' denn? … Dampfst ja wia a Roß?« fragte die Annamarie, als er schnaufend ins Kanapee fiel.

»An Grund hätt i jetz für's Schlössl, aber narrisch teir is er,« gab der Jakl zur Antwort und erzählte von der Hirlinger-Breite.

»Ja, aber wo willst denn dös Geld hernehma, Jakl?« fragte Annamarie besorgt. Der Jakl hatte seinen Kopf in seine beiden Hände gestützt.

»Ebn, dös is's,« murmelte er wie für sich.

»Aber,« sagte er alsdann, »an solchern Grund kriag i nimma, Annamarie. Wenn do dös Schlössl draufsteht, dös verkauf i an Handumdrahn.«

»Dös scho, aba den Haufa Geld, Jakl? …«

Der Jakl schaute im Raum herum. Eine Pause entstand. Jeder schien nachzudenken.

»I müaßt hoit schaugn … Am End gaab mir's oana,« sagte endlich der Jakl und sah zur Annamarie hinüber.

Die ließ die beschäftigten Hände auf die Tischplatte sinken.

»Aufnehma tat i nix, Jakl … Do bist verlor'n,« sagte sie bedacht und setzte so, als wie wenn sie jetzt erst den ausgesprochenen Satz begriffen hätte, hinzu: »Dös tat i mir schwaar überleg'n … I tat's net.« Ihre unerregte, überlegte Besorgnis zwang den Jakl. Er schwieg. Wieder vergingen einige Minuten.

»Dös scho,« murmelte dann der Jakl wieder hartnäckig: »Aber der

Grund?!« Und ein fast abwesender Glanz war in seinen Augen. Er lächelte, als schaue er in eine unwirkliche Landschaft hinein ...

»Ah wos!« stieß er plötzlich heraus: »Dös is doch koa Staatsaktion!« Und schon stand er, schon war er an der Tür und – ehe sein Weib was erwidern konnte – draußen. Zum Dennerdollinger ging er vor.

Die Annamarie nahm das Strickzeug wieder auf. Etliche Male schüttelte sie den Kopf und atmete zeitweise etwas stockend. Dann hielt sie wieder inne und seltsam unruhig musterte sie jedes Stück Möbel im Raum ...

Die Mächte

In einer dunklen, regnerischen, sturmpfeifenden Nacht, die den See ergrollen ließ und die Fensterläden hin und her riß, saßen Jakl und Annamarie in der Stube beisammen und redeten. Der Dennerdollinger hatte nicht im mindesten gezögert und dem Jakl zweitausend Gulden geliehen. Das Geld lag auf dem Tisch, der Plan für das Schlößchen daneben.

»Jetz noch d' Bäckerei,« sagte der Jakl fest: »D' Bäckerei und an Hirlinger sei Broatn, dös Häusl und 's Schlössl, nachher is g'sorgt für dös ganz' Farg-Gschlacht!«

Aber die Annamarie hatte heute nicht ihre mutige, ausgeglichene Miene. Sie betrachtete unsicher das geliehene Geld.

»Versteh' mi doch, Annamarie! ... Dös Geld loßt si doch schnell wieder z'ruck zoin, wenn's sei muaß! ... Wenn i wart, nachha fangt mir an andrer d' Broatn weg und i hob's Nochschaugn,« sprach der Jakl eindringlicher.

»Jaja, dös scho! ... Dös konn scho sei ...« brachte die Annamarie endlich heraus, ohne den Blick vom Geld wegzuwenden.

»Der Renkmair hetzt jetz scho d' Hofleit auf, daß's z' Rauschenbach a bessers Brot gibt ... Oi (alle) Aungblick is der Popp-Beck herentn bei iahm und macht Mordszechn ... Mir müassn iahm vorkemma, sunst hob i mi umasunst gschundn und plogt mit der Flechtinger Bäckerei,« erzählte der Jakl und fuhr fort: »Und mit den Bau'n? ... Dös is net bloß a Spinnerei vo mir, Annamarie ... Do ziag i doch aa d' Kundschaftn her in ünser Gegnd, Annamarie.«

»Jaja, dös scho,« sagte die wieder.

»Mir derlebns vielleicht nimmer, Annamarie ... Dös konn sei, aba,« sagte Jakl und hob dabei unwillkürlich seine Stimme: »Aba dös woaß i heunt scho, wenn i ois z'sammbrocht hob, nachha san mir Fargs obnauf.« Seine Augen hatten ein Funkeln. Er sah so aus einem verzehrenden Zwang auf sein Weib, daß es ihm das Gesicht zuwandte.

»Bis jetz is's ganga, Annamarie! ... Worum sollt's denn net weiter geh?« ergriff er abermals das Wort.

Annamarie schwieg.

Der Wind draußen heulte die Wände entlang. Das Ächzen der Bäume, das Klappern losgerissener Dachschindeln, das peitschende Grollen des Sees tobten ineinander.

Auch Jakl schwieg. Es war, als lauschten beide in die Nacht hinaus und hörten aus dem Sturm nichts Gutes. Ab und zu streiften sie einander mit den Blicken und wichen einander ebensooft wieder aus.

»Jakl,« sagte Annamarie nun mit fast mütterlicher Wärme: »Muaß's denn ois aufamoi sei ...?« Und als er nichts antwortete, setzte sie hinzu: »I hätt g'wart, bis i dös neie Häusl auf der Kastner-Lendn baut und verkaaft ghabt hätt ... I hätt' nix aufgnomma vom Dennerdollinger.«

»Der Dennerdollinger is koa foischer Kerl, Annamarie! ... Und – und a so a Zeit, wia jetz, dö daurt net ewig ... dö muaß ma ausnützn, soviel ois's geht,« sagte der Jakl beruhigter und aus diesen letzten Worten klang eine verhaltene Vertraulichkeit. Die Annamarie lächelte friedlich und murmelte nur noch: »Noja, in Gott'snam! ... Wias d' moanst ...«

Der Jakl atmete auf. Die zwei hatten wieder die gewöhnliche Ruhe. Vom Lenzl redete man, vom Hirlinger seinem zweifelhaften Viehstand und von den Gerüchten über die Krankheit Seiner Majestät, die in der letzten Zeit immer mehr wurden, erzählte der Jakl. Die Annamarie hatte den Strumpf wieder aufgenommen und sagte manchmal gleichgültig: »Hmhm« oder »Jaja, so is's« oder: »Jaja, 's Königsein is aa net oiwei so goldi, wia's herschaugt ...«

Der Sturm draußen hatte sich gelegt. Schwerer Regen rauschte eintönig nieder. Spät wurde es, bis die Eheleute diesmal ins Bett gingen. – –

Auch in den darauffolgenden Tagen regnete es unaufhörlich. Zerzaust und ungastlich schaute der Tag zu den Fenstern herein. Aus den Dachrinnen brachen ganze Wasserfälle.

Der Jakl tappte oft stundenlang wie gedankenlos in seiner Studierkammer auf und ab. Er war ziemlich wortkarg bei den Mahlzeiten.

Erst als sich anfangs der nächsten Woche das Wetter aufklärte, ging er nach Flechting. Mitte Mai war's schon. Der König war noch nicht da. Mit ernsten, wichtigen Mienen sah man die Hofleute herumgehen. Der Schmalzer-Hans und der Baurhammer-Christl erzählten im

Oberdorf, daß Seine Majestät ernstlich erkrankt sei. Renkmairs Zeitung brachte eine diesbezügliche, schüchterne Notiz. Der Jakl erfuhr von alledem beim Hirlinger.

»Schwaar sollt's 'n hobn, an König,« wußte die Bürgermeisterin: »Dö letzt' Ölung hot er scho kriagt.«

Und: »Ja mei, dös guat' Lebn is aa net oiwei dös Bescht,« sagte der Hirlinger gleichgültig und setzte sich mit dem Jakl an den Tisch, um über die Handelschaft wegen der Kreuzwegbreite einig zu werden. Er machte große Augen, als dieser die zweitausend Gulden auf die escherne Tischplatte zählte.

Kurz darauf trabte das Gespann mit dem wackelnden Lederdach zum Dorf hinaus. Es war tief am Vormittag. Als sie über die Rauschenbacher Brücke fuhren, läuteten die Glocken der zwei Kirchen des Marktfleckens erregt ineinander.

»Do! ... Wos is denn dös?« fragte der Jakl aufhorchend und stockte jäh. Der Hirlinger ließ die Zügel locker und lauschte.

»Is am End' der König – –?« hastete Jakl heraus und schaute den Bürgermeister groß an. Der trieb den Fuchsen schärfer an. Die Glocken läuteten unausgesetzt, immer brausender, je näher sie kamen. Die Luft zitterte davon.

In Rauschenbach erfuhren die zwei, daß der König heute nacht gestorben sei. Der Jakl wurde totenblaß, als er die ersten Worte hörte. Er fragte nicht weiter. Wie geistesabwesend saß er während der Protokollierung neben dem Hirlinger und hörte kaum hin. Mechanisch setzte er seinen Namen unter das Schriftstück. Selbst als man darauf im »Rauschenbacher Hof« einige Maß Bier trank, brachte er keine rechte Leichtigkeit auf. Gezwungen lachte er und verbarg nur mit aller Anstrengung seine Niedergeschlagenheit.

»Hmhm, der König, hmhm!« brummte er ab und zu und schüttelte auffallend oft den Kopf. Obwohl der Bürgermeister auf der ganzen Heimfahrt recht lustig war, konnte er den Jakl nicht aufmuntern. Nicht eine Sterbenssilbe redete der. Nicht einmal in die Bäckerei zum schwarzen Peter ging er hinunter und nahm ziemlich wortkarg von den Bürgermeistersleuten Abschied.

»Der König is g'storbn!« war sein einziges Wort, als er in die Stube der Hetzlinger-Villa kam.

Die Annamarie wandte sich in ihrer ganzen Gestalt ruckhaft ihm zu. In ihren Augen lag etwas wie eine bestätigte Ahnung.

»Jakl,« sagte sie nur tonlos und hielt inne. Sein Blick traf sie. Seit Lebensgedenken hatte sie noch nie ein so hilfloses Anschauen an ihm wahrgenommen. Sie verlor selber sekundenlang die Fassung.

»Hättst am End' doch mit der Broat'n no wartn solln, Jakl,« sprach sie und bewegte keine Wimper.

Schon hob der Jakl den Kopf zu einem Nicken, hielt aber noch an sich, drehte sich rasch herum und ging aus der Stube.

Die Annamarie blickte lange noch auf die Tür, durch die er gegangen war und stand reglos. Dann, als wolle sie lästige Gedanken abschütteln, ruckte sie mehrmals kurz und resolut mit dem Kopf hin und her und ging in den Pflanzgarten hinaus. Mit trotziger Entschlossenheit stach sie den Spaten jedesmal in die weiche Erde und warf das gelokkerte Stück herum, ohne jemals aufzuschauen.

Der Jakl saß droben in der Studierkammer am Tisch, den Bleistift in der einen Hand, auf die andre das Kinn gestützt, und sah fort und fort ins Leere. So wie er gekommen war, saß er noch da. Den Hut auf und noch im Überzieher. Erst jetzt, als ihm die Annamarie zum Nachtessen schrie, merkte er es, erhob sich und legte den Mantel ab.

»Jaja!« hastete er gedämpft heraus, als der Schrei ihn erreichte.

»Ja!« schrie er kurz als Antwort und torkelte hinunter. – –

Der erste Stoß

Unerwartet, wie der Tod des Königs gekommen war, änderte sich nun auch in Flechting auffallend viel. Leute, die an der Stallung vorbeigingen, hörten jetzt manchmal schon von weitem das krächzende, kurzabgehackte Geschimpfe des Stallmeisters Harnisch. Seltener wurden die lustigen Gesellschaftsabende des Hofpersonals beim Renkmair. Fast unbemerkt verschwand die Leibdienerschaft, und eines Tages ritten die ganzen Stalleute auf der Seestraße nach Rauschenbach und kamen nicht mehr zurück.

Es war wieder still wie ehemals um das Schloß. Einzig und allein der Hofgärtner und der Schloßverwalter blieben in Flechting. Die Parktore taten sich nicht mehr auf. Man hörte keinen Hornbläser mehr in der Frühe. Die Kabinettsvilla leerte sich und auch von den sonstigen Herrschaften, die auf irgendeine Weise mit dem Hof verbunden waren, kamen diesen Sommer nur noch einige aus der Hauptstadt.

Ein Gerücht machte die Runde, der neue König wolle überhaupt nicht mehr aufs Flechtinger Schloß kommen, er sei mehr für die Gebirgsschlösser eingenommen. So etwas ließ jedenfalls der Renkmair verlautbaren. Der Müller-Silvan hingegen berichtete, ihm habe der Stallmeister Harnisch gesagt, das, daß die Pferdeburschen in die Stadt mußten, sei bloß deswegen gewesen, weil Pferdemusterung vorgenommen würde.

»Soviel der Hans g'härt hot, soviel hat er g'härt!« disputierte hinwiederum der Schmalzer-Hans beim Bätz: »Der Hofgärtner sogt, dö nei' Majestät will vorläufi übahaaps nix wissn vo üns haußen ... Der Hans hot's oiwei gsogt, wenn oaner amoi z' Flechting gwen is, der kimmt so schnell nimmer ... Den graust's a zwoat's moi.«

Ohne Widerrede hörten sichs die Bauern an.

»Dös gspürt der Jakl,« meinte der Hirlinger zum schwarzen Peter gewendet: »D' Hauptkundschaft is furt jetz ...« So von der Seite warf er es hin. Mit einer verkniffenen Schadenfreude, die sich selbstredend als teilnehmendstes Mitgefühl zeigte, nickten die Herumsitzenden. Aber den Peter traf nichts. Er war wirklich ein unheimlicher Konsort. Wie eine lebendige, leibhaftige Gefahr hockte er da und schaute den jeweils Sprechenden nur an wie eine lauernde Schlange den ahnungslosen Vogel. –

Die überraschende Wendung im Schloß trug fürs erste doch eine gewisse Verwirrung in die Dörfler. Nachdem man aber sozusagen der Bestürzung Herr geworden war, kam langsam das Erzählen wieder in Schwung und wie das schon ist, man erinnerte sich an alles mögliche jetzt. Auf einmal fand man eine Erklärung dafür, warum sich der hingeschiedene König beispielsweise so selten hatte sehen lassen, warum er gar so zurückgezogen lebte und weshalb die königliche Kutsche immer in einem so verräterisch scharfen Trab aus dem Schloßgartentor sprengte und auf der Rauschenbacher Straße fast im Staub unterging.

Sätze gibt's, die unbedachtsam die Lippen verlassen und auf einmal, viel später, wenn schon kein Darandenken mehr ist, zu Brandfackeln werden. Ignaz Strasser, der hypochondrische Oberlehrer, der stets mit auffallend erregten Schritten, den feindseligen Kopf mit dem krausen Spitzbart tief in die Brust gedrückt, nur ab und zu ein unverständliches Wort herausstoßend, durch das Dorf rannte – Ignaz Strasser hatte etliche Tage nach dem großen Ereignis vor einer Gruppe Bauern das vergrämte Gesicht gehoben und gedämpft, aber ganz bissig herausgestoßen: »Auch diesen Herrn hat's schon lang zerfressen!« Und weg war er.

Die Bauern glotzten, sagten was von »Narrischer Schoilehrer«. Im Laufe weniger Tage aber war dieser Satz eine Erzählung von einem »unheilbaren Unterleibsleiden Seiner Majestät«.

»Gallensteine« hieß es. »Harngries« meinten andere wieder. Den Nachrichten in der Renkmairschen Zeitung, die eine Lungenentzündung meldeten, glaubte man nicht.

»Gehts mir zua mit dera Zeitung! Dö werd ja doch von Hof aufgsetzt! ... Do kimmt doch nix durch!« sagte man in bezug darauf. Hingegen der Baurhammer-Christl brachte von Rauschenbach die aufsehenerregende Nachricht mit, schon seit seinem zwanzigsten Lebensjahre sei dem verstorbenen die Blase gesprungen gewesen. Passiert sei dies durch einen Absturz vom Pferd seinerzeit, und zuletzt habe sich der Brand dazugeschlagen. Ein elendiglicher Tod sei's gewesen.

Der kranke König habe sein ganzes Leben lang zum Wasserlassen eine silberne Röhre gebraucht, eine dünne silberne Röhre, die er jedesmal unterhalb des Nabels hineinstecken mußte, wenn ihn der Drang ankam. – Das war natürlicherweise erst recht Öl ins Feuer.

»Von Roß is er obig'stürzt, sogst …?« fragte der Kragerer mißtrauisch und zwinkerte dem Raffinger zweideutig zu, der für solche Geschichten ein ausnehmend gutes Gehör hatte.

»Ja … S o g t ma!« gab der Christl mit genau demselben Zweifel zurück.

»S o g t ma? … Jaja, s o g t ma!« rief der Raffinger ebenso und verzog sein breites Maul zu einem hämischen Lächeln: »I glaab oiwei, dös is a ganzer andere Krankhat gwen … Oane, dö wo ma bloß bei dö Bessern find't …«

»Er müaßt' ja koa Suhn vo den andern gwen sei, der wo mit dera Zigeinerin dös ganz' Staatsgeld durchito hot,« pflichtete der Kragerer bei und machte Andeutungen auf das Lustleben der hohen Herrschaften insgesamt.

»Ins Voik (Volk) kimmt ja doch seiner Lebtog d' Wohrheit net,« gab der Bätz dazu.

»Freili! … Do san's Moaster, dö Herrn, wenn's wos zon Vertuschn gibt!« brummte der Raffinger. – –

Aus dem Gespräch eines Hausierers mit dem Bätz entwickelte sich auf einmal eine ganz andere Erzählung. Nämlich – so sagte der Bätz – mit einer vergifteten Busennadel habe man den kreuzguten König weggeräumt, weil er zuviel Professoren angestellt hätte und überhaupt ein recht sparsamer und rechtschaffener Mensch gewesen sei. Das bewirkte, daß man sofort wieder für den Verstorbenen eingenommen war.

»Jaja, er werd hoit den ganzn Rumpi net mitmachn hobn wolln … Dös hot ma iahm ja o'gsehng, daß er dö ganze Gaudi net mögn hot,« äußerte sich der Raffinger.

»Und d ö s werd dö Herrn hoit net paßt hobn, daß er dö ganz' Zeit bei dö Baurn herausgwen is! … Dö? … Wos treibn denn dö scho an ganzn Tog? … Um elfi stehners amoi schö stad auf, na fressn's, daß iahna der Bauch steht, na reitns umanander und auf d' Nocht hob'ns iahnere Weiber … Und dös jedn Tog an andre!« räsonierte der Kragerer.

»Is's wias is! … Mir derfahrn ja doch nix, wia's gwen is!« schloß der Bätz und stellte die Krüge hin.

»Der Lehra Straßa is koa Dummer net! ... Der hot's oiwei gsogt ... Der werd hoit z'viel gwißt hobn ... Drum hobns 'n pensioniert,« redete der Baurhammer-Christl dazwischen, und alle waren auf seiner Seite.

Das erste und das letzte Wort aber hatte stets der Johann Baur, der Schmalzer-Hans. Er lachte nie, er ärgerte sich nie, gab nie Antwort auf eine Frage. Fing er einmal zu reden an, dann ging's so lange, bis er die Augen schloß. Ob ihm wer zuhörte oder nicht, ob sich andre neben ihm über ihn aufregten, lachten oder schimpften, das war ihm vollkommen gleichgültig. Er sagte alles mit todernster Miene, er verzog niemals eine Wimper dabei. Festes Anschauen, Verwunderung, Entrüstung, Interesse, Rührung, Schmerz und wie alle sonstigen dummen menschlichen Aufwallungen heißen, kannte er nicht. Seit er sein Anwesen verkauft hatte und kein Bauer mehr war, konnte er keinen Flechtinger mehr leiden. Es war dies aber kein Haß, es war mehr eine offene, nicht böswillige, sondern in ihrer Art belächelnde Verachtung, die allem Wichtigen Gleichmut, ja fast eine undefinierbare Herablassung entgegenbrachte. Seine stehende Redewendung war: »Der Hans macht dös net! Dös macht der Hans nicht!« Und d a s war er, von Anfang bis zu Ende, von unten bis oben und von innen bis außen, der Johann Baur, der Schmalzer-Hans. –

Er, der schwarze Peter und der Bätz waren ständig die letzten, die aus der Wirtsstube gingen. Die Tische waren längst leer. Der schwarze Peter hockte schweigend da und kaute an seinem Bart. Der Bätz schnarchte gewohnterweise, und der Hans surmte seine monotonen Selbstgespräche herunter. Das ging immer Flechtingerisch an und endete Hochdeutsch. Ungefähr so: »Jaja, Grias! Harngrias! Jaja, Gallenstein! Gallenstein hot er gsogt! Do konnst ebn nix macha! Jaja, da kannst du gar nix macha, hot er gsogt!«

Oder er sagte: »Der Hof is beim Teifi! Der Peta tuat si nimmer weh mit der Arbat! Der Jakl hot' si' umasunst plogt! Jaja, der Jakob hat sich verrechnet!« Und gewöhnlich schloß er: »Jaja, der Hans werd si jetz schö gemüatli ins Bett neimacha! ... Der Hans macht sich ins Bett! ... Schö gemüatli und bacherlwarm ...« – –

Und was sag' ich, was erzähl' ich – der Hans hatte Glück! In Traubing. Er heiratete. Einmal redete er lang mit dem Hofgärtner, und dann kam er ins Oberdorf herauf und ging im Sonntagsgewand aus dem Dorf. Volle vierzehn Tage blieb er aus. An einem Nachmittag –

der Juli stand hoch im Himmel und überall arbeitete man auf den Feldern – kam er beim Bätz an, hatte einen Riesenrausch und den ganzen Zugbeutel voll Gulden. Er mietete die oberen drei Kammern, ging wieder fort und kam etliche Tage hernach mit einem festgebauten Weib an, auf einem Küchenwagen, der das Anschauen wert war.

Die junge Schmalzerin war ein recht gemütliches Weib. Eine mittlere Bauerntochter vom andern Seeufer, ein wenig ins Dicke gehend, mit einem Kropfansatz, der aber durchaus dazugehörig wirkte. Sie ärgerte sich erst recht nie und saß nicht selten neben dem Hans beim Bätz.

»Redn konn er wia a Wassafoi!« brummte sie von Zeit zu Zeit befriedigt mit ihrer männerbassigen Stimme und lachte.

Dabei war sie keineswegs eine schlechte Hausfrau. Der Hans kam viel ordentlicher daher. Sie rasierte ihn sogar selber. Sie spie ihm dabei ins Gesicht und zerrieb mit etwas Schmierseife den Speichel auf den Bakken, dann ging das Schaben an. Die meiste Zeit buk sie Rohrnudl und das war eigentlich das einzige, was dem Hans zuwider war, denn mit den Mehlspeisen hatte er es absolut nicht. – – –

Flechting wurde ruhig. Der neue König kam nicht. Die Erzählungen hörten auf. Nur die vereinzelten Herrschaftsfamilien fanden sich noch jeden Sommer ein. Auf der Fischer-Kastner-Lende vom Farg-Jakl lagen etliche Kieshaufen und Ziegelsteine. Gebaut wurde nicht.

Der Stellmacher-Lenzl lernte die Bäckerei nicht. Er wurde das, was er zu lernen angefangen hatte, Zimmerer. Mittlerweile gingen ohne den Zwerg fünf Kinder vom Farg-Lenz von Flechting in die Schule nach Auging, wurden groß und handfest.

Der Maxl als ältester ging auf die Wanderschaft, als er beim schwarzen Peter ausgelernt hatte. Die Arbeit war ja auch viel weniger geworden in der Jakl-Bäckerei. Der schwarze Peter bewältigte sie leicht.

Ohne besondere Ereignisse verliefen Wochen, Monate, ein Jahr. – –

Verwehte Spuren

Denn nichts geschieht von ungefähr – von Gottes Hand kommt alles her!« plapperten eben die Schulkinder auf der Auginger Dorfstraße. Geschäftig klangen die hellen Stimmen ineinander. Stehenbleibend, zwischendurch redend und wieder den Vers herunterleiernd, war die Schar bereits am Pfarrhaus angelangt, als ein hagerer, zerlumpt angezogener Mann mit eingefallenem, stoppelbärtigem Geficht und tiefliegenden, schwarzumränderten Augen fast fluchtartig aus der Pfarrhaustüre trat. Die Kinder brachen jäh ab und schauten erschreckt auf den Fremden, der jetzt seltsam lächelte.

»Ja–j–ja! ... Denn nix geschieht von ungefähr!« stieß er jetzt heiser heraus und verzerrte sein Gesicht: »Jaja!!!« schrie er plötzlich schrill, daß die Kinder entsetzt davonliefen. Stocksteif blieb er stehen, mit gläsernem Blick, den Mund halb offen. Langsam glitt seine Zungenspitze etwas vor und farbloser, wässeriger Speichel rann dünn aus den Lippenwinkeln. In ganz kurzen Abständen zupfte er fort und fort an seinen zwei vordern Rockzipfeln, der unheimliche Fremde.

Der Pfarrer Kosthammer kam aus der Tür, ging sacht an ihn heran, legte ihm von hinten die Hand auf die Schulter und sagte ruhig: »Geh in d' Kirch' umi, Abenthum! Sinnier' net soviel noch! ... Bet a bissl! ... Am End' werd's nachha wieder besser!« Der also Angeredete wich den Blicken des geistlichen Herrn fast furchtsam aus, wandte sich dann schnell herum, entfernte sich mit abgezirkelt gleichmäßigen Schritten und verschwand schließlich im Gottesacker. – –

Nach einer achtjährigen Gefängnisstrafe war der Joseph Abenthum seinerzeit wieder der Welt übergeben worden, aber nie hörte man in Flechting wieder was von ihm. Er war vergessen. Jetzt – man schrieb bereits 1865 – nach dreiunddreißig Jahren tauchte er auf einmal wie ein vom Tode Auferstandener wieder auf, und niemand wußte, woher er gekommen war. Wie eine Spukgestalt geisterte er herum, mied außer Auging jedes Dorf, schlief im Freien oder in einsamen Heustadeln, verbrachte viel Zeit in der Pfarrkirche, wenn niemand dort war. Er betete ständig laut vor sich hin und fing dann zu schluchzen an. Tief in den Feldern, auf Hügeln oder Waldwegen konnte man ihn oft stundenlang an einem Fleck stehen sehen, den langen hageren Kopf störrisch vorgerückt, mit weit aufgerissenen Augen auf die Erde glotzend und mit den Händen an seinen Rockzipfeln zupfend. Und auf einmal brach er dann ins Knie, warf seine Arme in die Höhe, rang die Hände inbrünstig ineinander und schrie grauenhaft klagend seine irren Gebete gen Himmel.

Die Kunde von ihm machte die Runde in der ganzen Pfarrei, kein Mensch getraute sich mehr allein wohin zu gehen. Die Kinder kamen oft schreckbleich und zitternd von der Schule heim und erzählten Furchtbares. Eine düstre Furcht vor etwas Ungewissem, gegen das man nichts weiter machen konnte, als ein Vaterunser jedesmal, breitete sich aus. Die Unruhe nahm besonders zu, als beim Kragerer der ganze Wurf Ferkel einging, und sie wurde vollends zum Schrecken, nachdem diesmal auf den Weizenäckern recht magrer Wachstum sich zeigte. Die Leute gingen mit kleinen Weihwassergläsern über die Felder und Äcker und sprenkelten, indem sie dabei beteten wie bei einem Wallfahrtsgang. Sie kamen zum Pfarrer, erzählten allerhand beängstigende Geschichten, bedrängten ihn mit Fragen, Bitten und Beschwerden und ließen eine Messe um die andre lesen.

Der Pfarrer Kosthammer war ein Mensch, der fest mit den Füßen auf der Erde stand. Flausen konnte man dem nicht so schnell vormachen. Er betrieb selber eine ausgedehnte Landwirtschaft und wußte, wo man um drei Uhr aufstand und wo um fünf. Er hörte sich die Klagen ruhig an. Er las auch die Messen meistens selbst, weil man's so verlangte, wenn er gleich einen guten Kooperator hatte. Aber wie dann die Hirlingerin gar einmal winselnd und stöhnend zu ihm kam und schüchtern durchklingen ließ, die letzte Messe vom Kooperator im Flechtinger Kirchlein habe nicht das mindeste geholfen, und wie sie dann den Abenthum der Verwünschung der Weizenäcker bezichtigte, da riß dem geistlichen Herrn denn doch die Geduld. Er schlug seine dicke Faust resolut auf die Schreibtischplatte und fuhr die Bäuerin laut an.

»Unsinn! Scham di, Hirlingerin!« schimpfte er verärgert: »Mess' is Mess'! Ob's jetz der Kooperator lest oder obs i les, dös is g'hupft wia gsprunga! ... I konn mi doch bein Teifi nei net vierteiln! ... Der

Abenthum tuat koan Menschen wos! ... Ös werd's hoit wieder koan gscheitn Saatwoazn zruckg'hoitn hobn und ois verkaaft hobn und do soit jetz überoi der arm' Teifi schuld sei! Teants enker Arbat richtig und bet's z'rechter Zeit! Dös is ünsern Herrgott liaber, ois dös haufaweis'! ... S'Betn alloa macht's aa net! Ma muaß aa lebn danoch!«

Und drohende Falten standen auf seiner massigen Stirn. Die Hirlingerin wurde hochrot und wußte auf einmal nichts mehr zu sagen. Sie fing zu weinen an. Der Jud Schlesinger war kurz vor der Einernte beim Bürgermeister gewesen und hatte gedroht mit der Wegnahme des Sprungstieres und der vier Tragkühe, wenn er nicht drei Viertel von der Gesamternte geliefert bekomme. Schon lang redete man in Flechting über die Wirtschaft beim Bürgermeister Hirlinger mit gewisser Herabschätzung. Man wußte zwar nichts Genaues, aber die Wegnahme des Stieres hätte das Ansehen des Hirlingers vollends zerstört. Und gar, wenn dazu noch die vier Tragkühe mitten am Tag weggeführt worden wären! »Aha!« würden da die Bauern gesagt haben: »Aha! Jetz werd der Bürgermoasterin ihra Votz'n glei nimma so geh! Jetz werd's glei dasiger sei, dös protzerte Viehch, dös protzert!« Die Bürgermeisterin hatte ihr Maulwerk auf dem rechten Fleck. Grob und spitzig war alles, was sie sagte. Sie fertigte einen ab mit ein paar Worten, und was sie zu langsam arbeitete, das mußten die Dienstboten um so schneller tun. Da hatte sie ein wahres Falkenaug'. Und erst nach außen hin! Den andern Dörflern gegenüber! Da war sie die lebendige Kritik selber und strich bei jeder Gelegenheit heraus, wie man's bei »ihr« macht.

Diesmal aber, diesmal war sie ganz klein. Die Mißernte brachte gerade soviel ein, wie der Jud Schlesinger verlangt hatte. Es half alles nichts. Fünf Tage mußten der Hirlinger und sein Knecht nach Rauschenbach die Säcke fahren und mit Bangnis überlegte die Bürgermeisterin, was nun werden sollte. Trotz alledem – zum Kragerer und zum Raffinger sagte sie vorlaut wie immer: »Ünser Woaz'n is begehrt! Der is auf'n Feld drauß'n scho verkaaft ...«

Auf dem ganzen Heimweg lispelte die Hirlingerin Gebete vor sich hin.

Der Bürgermeister ließ beim Bätz etwas davon verlauten, daß man den »Armen Teufel« besser behandeln sollte. Schließlich kam sogar eine Gemeinderatssitzung zustande, in der die Abenthum-Angelegenheit besprochen wurde. Man wurde auch einig, daß der Irre jeweils bei einem Bauern wochenweise zu essen bekommen sollte. Aber als es dann hieß, ihn einfangen, da wich jeder aus und zuletzt, als man den Gendarm zur Festnahme vorschlug, da war man ganz und gar kritisch, und stemmte sich direkt dagegen, weil so was keinen Segen bringt, eher noch mehr Unheil.

Und der Abenthum geisterte weiter. Anfänglich stellte die Hirlingerin ab und zu einen Weigling Milch an einen Straßen- oder Wiesenrand und legte Brot dazu. Hingegen, als sie es immer wieder unberührt auffand, tat sie es nicht mehr.

Der Farg-Jakl überließ seinem Bruder das Heu von der Hirlinger-Breite und verkaufte das von der Fischer-Kastner-Lende dem Dennerdollinger. Wortkarg verliefen jetzt die Tage in der Hetzlinger-Villa. Die Annamarie hatte vollauf mit dem Einkochen zu tun. Der schwarze Peter kam wieder öfters nach Riemling. Es hatte ihn irgend etwas verändert. Er sprach zusammenhängender jetzt, weniger hastig, aber müde. Das alte Leben war nicht mehr in ihm. Auf seinem gedunsenen Gesicht zuckte es von Zeit zu Zeit unruhig. Ab und zu hob er plötzlich wie spähend den Kopf und schien zu lauschen. Fragte man ihn alsdann, so gab er keine Antwort und wurde mürrisch.

An einem Tag sah man ihn mit dem Jakl ziemlich im Gespräch auf der Kannsmannshausener Landstraße dahingehen, auf die Hirlinger-Breite zu. Das Grundstück lag flach oberhalb des Hügelkammes, der sich vom See aufwärtsstreckte. Man hatte eine schöne Aussicht von da aus über die ganze Seefläche. Zwei riesige Föhren ragten schroff am Abhang empor. Rechts war die Landschaft etwas wellig und weiter hinten von einem kleinen Waldstrich umsäumt. Die Landstraße lief als Grenze an der Breite vorbei.

Die beiden Männer waren bis in die Mitte des Wiesenstrichs gegangen und blieben nun stehen.

»Dös werd koa guater Winter, Peta,« sagte der Jakl traurig.

Peter schwieg.

»Und mit'n Bau'n werd's aa vorläufi nix mehr,« fing Jakl wieder an und schaute bedrückt in die Landschaft. Spätsommer lastete schwer auf den ermatteten Feldern. Die Waldstriche waren schon herbstlich gefärbt.

Der schwarze Peter hatte ein mürrisches, zerstreutes Gesicht.

»Wos host' denn jetzt in der letztn Zeit oiwei Peta?« fragte Jakl.

»Abenthum!« stieß der heraus und schaute stur ins Leere.

»Abenthum? ... Wos denn?« fragte der Jakl verblüfft.
»Dummheit gemacht – seinerzeit!« stotterte Peter düster und heftete seinen Blick an ihn.
»Wos denn?« hastete jetzt der Jakl fast ängstlich heraus.
»Wenn – –« sagte der Peter von neuem, stockte und begann abermals: »Wenn er auch kein Andrä Hofer war – un – und – kein Speckbacher, der alte Farg! Mitgeholfen hat er doch anno 9 ... Haben uns zugesetzt wie die Pest – Felsbrocken herabgeworfen auf uns – hinterlistig aufgelauert, alles massakriert, die Hunde! ... War die Höll' ... Bong, gegen so was kennt unsereins nichts von Erbarmen ... Monsieur Bonnard, sag ich, Monsieur Bonnard, jedn bring ich um, geht's wie's will ... und – und wenns mein Freund ist! Tirol, sag ich, Tirol heißt Revanche allzeit!« Er brach ab und stieß hastig heraus: »Ach Pfifferling! – Farg? – War Tiroler, basta!« Er stampfte dabei mit seinem verkürzten Vorfuß auf den Boden, als zertrete er einen giftigen Gedanken und schaute mit einemmal den Jakl unheimlich feindlich an: »Und – und hab den Abenthum auf ihn gehetzt! Bong! Einer wenigstens, dacht' ich!«

Er hielt keuchend an, eine Spannung hielt seinen Körper aufrecht. Unauslöschlicher Haß glomm in seinem Blick. Der Jakl war blaß wie eine weiße Wand und zitterte. Das Schweigen, das um die beiden wob, war schwer und fremd geworden. Der Jakl tat ab und zu den Mund auf, aber es kam kein Wort aus ihm. Der Peter wartete wie ein gieriger Fleischerhund darauf.

»Dö Sach' is jetz lang rum, Peta! ... Es konn koaner aus seiner Haut ... Es werd scho ois a so sei hobn müassn,« sagte der Jakl endlich, aber durch die scheinbare Festigkeit der Worte klang doch ein Zittern. Eine kaum merkliche Erleichterung lockerte die soldatische Haltung des schwarzen Peter. Lauernd prüfte er seinen Brotgeber. Er schien noch nicht fertig. Er fing wieder an.

»Und–und – –« sagte er viel schneller: »Und der Hetzlinger war Wiedergutmachung an dir! Diese Schurken sind uns ja außerdem noch in Hanau in den Rücken gefallen! ... Messieurs, auf Feigheit kommt Revanche, hat der Alte gesagt, seinerzeit ...«

»Na host du an Major – –?« Der Jakl schrie es fast und stockte grauenhaft.

Im selben Augenblick gellte Abenthums aufschluchzendes Beten schrill und schaurig wie aus einer plötzlich aufgebrochenen Grotte über die dämmernde Flur: »Er–er–lö–ö–öse mich, Heeer–rrr Goottt!«

Der Jakl riß sich herum und starrte mit bangaufgerissenen Augen in die Richtung des Schreies. Aber er sah nichts. Auch der Peter hatte sich herumgedreht. Unheimlich gefaßt stand er, mit fest aufeinandergepreßten Lippen. Nur seine Backen zuckten hin und wieder. Die abendliche Ruhe der Flur trug ganz fernes Hundegebell durch die Luft. Der Uhrenschlag des Auginger Kirchturms klang dumpf auf ...

»J–jag mich fort!« brüllte der schwarze Peter plötzlich, daß der Jakl zusammenfuhr und ihm weh in die Augen schaute. Einige Sekunden vergingen.

Dann sagte er: »Geh nu hoam jetz! I kimm nachha morgn scho' nei!« Überwältigt sagte er es. Und ohne ein weiteres Wort bewegte sich der Peter von dannen. – –

Erschlafft blieb der Jakl stehen. Er schaute ihm nicht einmal nach. Er sah im Nu nach allen Seiten und rannte, so schnell er nur konnte, den Riemlinger Abhang hinunter. Als er durchs Vorgärtlein seiner Villa ging, hatte er bereits seinen gesammelten Ernst wieder im Gesicht. Als wie wenn gar nichts Besonderes vorgefallen sei, erzählte er der Annamarie vom Abenthum und von seinem Schreien in den Feldern. Schnell redete er und immerfort, als fürchte er sich vor der Stille. Sogar, daß er diesen Flurschreck den Flechtingern wohl gönne, erwähnte er nicht ohne deutliche Bosheit. – – –

Gegen Mittag andern Tags kam der Lenz mit einem verstörten Gesicht nach Riemling und erzählte, daß der Peter sich erhängt habe. An den rechten Zughebel des Backofens habe er den Strick gebunden, sei wahrscheinlich aufs Ofenvorbrett gestiegen und dann mit voller Wucht in die Löschgrube hinuntergesprungen. Ganz blau sei der Kopf, und furchtbar schaue es aus, wie die Zunge heraushänge. –

Ohne Laut fiel der Jakl in die Stuhllehne zurück. Seine Arme fielen halt- und kraftlos herab. Sein Mund stand offen, und für eine Weile schien er nicht zu atmen.

Die Annamarie hingegen schrie schon gleich beim ersten Wort und weinte in einem fort stoßweise.

»Jetz muaß dös aa no kemma! Dös aa no!« jammerte sie, heulte sie, schrie sie fassungslos. Noch nie hatte sie der Jakl so gesehen. Er stand schwer auf, nahm seinen Hut vom Nagel und sagte tonlos zu ihr: »Sei stad! Sei stad, Annamarie!«

Dann ging er mit dem Lenz nach Flechting. –
Gar nichts redeten die zwei, gar nichts, auf dem ganzen Weg.
Am Bäckertor in Flechting hatten sich die Leute versammelt, auch im Hof standen sie, und die Kinder glotzten durch das rußige Ofenfenster. Stumm, neugierig und fast angstvoll betrachtete man die zwei Brüder. Mit einem festen Stoß öffnete der Jakl die Tür und schaute in die Ofengrube hinab. Schwer und sackend, mit grauenhaft gereckter Zunge, hing die Gestalt des schwarzen Peter herunter. Erschüttert standen die beiden Brüder da, dahinter die Dörfler mit gestreckten Hälsen. Endlich drehte sich der Jakl herum und sagte zum Lenz, ohne sich um die Gaffer zu kümmern: »Geh du auf Rauschenbach num und hoi an Dokter ... I geh zum Pfarrer nauf.« Er ließ seinem Bruder den Vortritt und zog mit fester Hand die Türe zu. –
»Merkwürdi! Merkwürdi,« sagte der Pfarrer Kosthammer immer wieder und wehrte sich mehr pflichtmäßig gegen ein kirchliches Begräbnis, sagte aber endlich doch zu und meinte bloß: »Es werd dir aba kaam a Flechtinger d' Leich rauffahrn ... I red amoi mit'n Mesmer, daß er's holt ...« –
Bei seiner Rückkehr fand der Jakl den Hofrat Sauminger und den Lenz in der Backstube. Der Hofrat war ein mächtiges Mannsbild. Eigenhändig hatte er den Toten vom Hängstrick heruntergeschnitten und ihn in die Backstube getragen. Jetzt lag die Leiche auf der Backtrogplatte.
Erst am dritten Tag konnte der Mesner von Auging mit seinem Leiterwagen den Toten zum Pfarrort hinauffahren. Der Pfarrer war nicht mitgekommen. Nur die zwei Farg-Familien, die Zaunervev, die junge Schmalzerin und der Bätz folgten dem Totenwagen. Die Vev betete vor, und die andern fielen nacheinander ein.
Am andern Tag – gerade als ob es so sein wollte – fand man den Abenthum gestorben im Gebüsch der Kannsmanshausener Waldlichtung. Der Pfleger-Anderl und einige Bauern luden ihn auf einen Kieswagen und fuhren ihn nach Auging. Für ihn stiftete der Pfarrer Kosthammer aus eigener Tasche einen Sarg.
Es waren zwei düstere, kärgliche Begräbnisse an diesem Tag. Für beide zusammen las der Geistliche eine Messe. Den Peter senkte man ins Fargsche Familiengrab, neben Lorenzens und Jakls Vater, und den Abenthum begrub man auf dem Gemeindeplatz neben der Gottesackermauer.

Nachwehen

Jetzt lag die Flechtinger Jakl-Bäckerei brach und trostlos wie eine aufgelassene Festung da. Der schwarze Peter, der nach echter Sanskulottenart diesen vielumtobten und allen Stürmen trotzenden Punkt mit Einsatz seiner ganzen zähen, listigen Kraft aufbauen geholfen hatte und sie hielt, war tot. Vom Lenz seinem Maxl wußte man nichts weiter, als daß er anfangs in München, dann im Württembergischen gearbeitet hatte und sich nun auf der Wanderschaft befand. Der Jakl selber war ein alter Mann. Bei ihm ging das Bäckern schon gleich gar nicht mehr. Und die Zeit war auch nicht darnach, daß man einen Gesellen anstellen konnte. Das Jahr rann in den Winter hinein. Die Herrschaften waren in der Stadt, und die Bauern brauchten kein Brot. Außerdem hatten die Verhältnisse in der Hetzlinger-Villa nicht die beste Wendung genommen. Mitten in Jakls Anfänge hinein waren jäh und unheilvoll die Ereignisse gefahren. Der Profit vom Verkauf des Seewiesen-Hauses war längst wieder ausgegeben durch die erworbene Kastner-Lende, zweitausend Gulden Schulden an den Dennerdollinger, das war drückend. Ja, die Hirlinger-Breite gehörte dem Jakl, auf der Fischer-Kastner-Lende lagen Kies und Ziegelsteine – aber jetzt war Gefahr im Verzug, jetzt war mit einem Male alles unsicher geworden und auseinandergerissen. Man mußte vorbauen. Langsam – vom Sterben des Königs bis zum Tod des schwarzen Peter immer um eine Strecke vorgeworfen – kroch etwas heran und kam näher, das nach Zusammenbruch, nach endgültiger Scheiterung aussah.

Die Annamarie sann ruhelos hin und her. Sie sagte nie ein Wort, das nach Hoffnungslosigkeit klang. Ihre immer wache Vorsicht und Besorgtheit wußten den Jakl zu nehmen. Mit ihrer ruhig überlegenden Angriffsart und mit der allen umsichtigen Frauen eigenen List und zähen Beharrlichkeit fing sie nun an, sich mit ihrem Mann auseinanderzusetzen. Da gab es kein Gejammer und Geschimpfe. Mit beispielhaften Anspielungen und Beweisen, kleinen und großen, festen und verschwomme-

nen, drang sie vor, bis der Jakl nachzudenken begann. Dann überließ sie ihm das Weitere selber und hatte richtig berechnet. Wie aus eignem Entschluß heraus handelte er dann meistens so, wie sie es wollte.
Peters Tod beschäftigte die Annamarie. Aber ihren Fragen, wie er denn am letzten Tag von ihm weggegangen sei, was er zuletzt gesagt habe und dergleichen, wich der Jakl fast ängstlich aus. Man saß zusammen, Abend für Abend. Vielleicht machte die Trauer um Peter einsilbig, vielleicht war es auch was andres. Und da fragte der Jakl einmal: »Der Hetzlinger is bei Hanau dabei-gwen, net?«
»Ja, i glaab scho,« antwortete die Annamarie.
»Und der Peter is bei dö Franzosn gwen, wia's iahna do an Ruckn gfoin san?« forschte Jakl weiter und schaute fast spähend auf sie. Sie schwieg. Als wäre ihr eine Masche ausgekommen, bückte sie das blaßgewordene Gesicht.
»So?« gab sie dann mit gezwungener Teilnahmslosigkeit zurück: »Bei dö Franzosn ...?«
»Der Napoleon is sei Herrgott gwen, an Peter,« erzählte der Jakl: »Daß's den Herr wordn hobn, dös hot iahm oiwei wehto, wenn er drauf z'redn kemma is ... Jedn hätt' er umbringa kinna, der wo an Napoleon sei Feind gwen is ...«
Die Annamarie warf plötzlich ihren Kopf in den Nacken. Ihr Gesicht stand wehrlos bleich im Licht. Ein ganz klein wenig zitterten ihre geschlossenen Lippen. Sie starrte hoch ins Dunkel des Stubenplafonds und atmete kaum.
»Wos host denn? Is dir net guat?« fragte der Jakl hastig. Sie senkte ihr Gesicht wieder und schaute ihn wehmütig an.
»Nix! Nix! ... Es is mir bloß 's Bluat a bissl an Kopf gstiegn vo den Obibucka,« sagte sie schwer. Langsam rauschten dabei die Schläge der großen Standuhr durch die Stube. Der Jakl stand auf und wollte ins Bett.
»Jakl?« rief die Annamarie mit einemmal, daß er sich zu ihr wendete.
»Du? ... Mir hobn ja eigntli oiwei gmoant, dö zwoarazwanzg Hundert Gulden, dö wo mir der Hetzlinger selig zrucklossn hot, pack' ma net o ... Aba – zoi davo doch an Dennerdollinger zruck! ... I hob koa Ruah nimmer,« sagte sie fast seufzend und hatte jetzt wirklich ein hilflos-bittendes Gesicht. Einige Sekunden stand der Jakl stumm da, dann nickte er traurig.
»In Gott'snam!« hauchte er kaum hörbar heraus und ging aus der

Stube. Dann hörte ihn die Annamarie mit schleppend schweren Schritten die Stiege hinaufgehen.

Lange noch saß sie am Tisch, hatte das Strickzeug weggelegt und ihren Kopf in die rechte Hand gestützt …

Am andern Tag trug der Jakl dem Dennerdollinger die zweitausend Gulden vor. Der Fischer war verdutzt genug.

»Dös hätt's net braucht, Jakl … I brauchs net … Aba wennst moanst, guat,« sagte er und strich das Geld ein. Aufrichtig freundlich drückte er dem Jakl die Hand.

»Es hängt net oiwei auf oa Seitn, Jakl … Es werd scho wieder,« rief er dem Davongehenden nach, denn er sah ihm wohl die Bedrücktheit an. Herzlich klang es, und wirklich erleichtert verließ der Jakl den Dennerdollinger-Hof. Er hatte seine alte Ruhe wieder, als er in der Hetzlinger-Villa ankam. Die Annamarie fragte nicht weiter, sie war nur viel zärtlicher an dem Tag.

Langsam verrannen die Wochen. Frost stellte sich ein, aber die Tage waren noch sonnig. Der Jakl ging jetzt fast jeden Tag nach Flechting und blieb lange in der Bäckerei. Trübselig und düster setzte er sich auf die Backtrogplatte und grübelte in sich hinein. Grübelte, bis die Nacht an das niedere Fenster drückte. Er ging und kam am andern Tag wieder, brütend, verschlossen und scheu. Der alte Amplezer traf ihn einmal auf dem Heimweg, blieb stehen und wollte ihn anreden. Aber der Jakl machte nur einige abwehrende Handbewegungen und ging mit kurzem Gruß vorüber. Es kam auch vor, daß er ab und zu an die Stellmacherwerkstatt herantrat. Er drehte sich aber jedesmal vor der Tür wieder um und trottete schweigend von dannen.

Die Stasl, die zweitälteste vom Lenz, sah ihn einmal so und lachte freundlich. »Geh no nei! Da Vata is in der Kuchi! Er hot scho oft gfrogt noch dir …« sagte das Mädchen. Der Jakl lächelte es müde an und sagte: »An andersmoi, Stasl!«

Und weiter ging er.

Der Winter fiel endlich aufs Land. Der See bekam eine triste, kaltgraue Farbe. Eintönig dehnten sich die schneeigen Flächen aus. Schlaff lasteten die Parktannen herab. Wie riesige Raupen hing dicker Schnee an ihren Ästen.

Der Jakl kam nicht mehr nach Flechting. Er hockte oft tagelang stumm und unbeschäftigt in seiner Studierkammer und sann. Alt wurde er, sehr alt. – –

Kriegslärm

Widerwärtig lange setzte der diesjährige Winter der ganzen Gegend zu. Noch anfangs Mai fiel Schnee in Masse. Zum Glück überraschten keine Frosttage die aufkeimenden Fluren.

Der Postillon, der täglich von Pfriembach über Riemling und Flechting nach Rauschenbach und zurück fuhr und immer beim Renkmair, der seit Königszeiten auch Posthalter geworden war, anhalten mußte, brachte eines Tages königliche Erlasse für den Bürgermeister Hirlinger mit. »Dringend! Zur sofortigen Bekanntmachung!« stand in großen, fetten Lettern auf den langen, braunen Umschlägen. Der Renkmair musterte sie interessiert.

»Z' Rauschnbach drent sogns, an Kriag gibts! ... An Bundesrat sans inanander kemma,« sagte der Postillon beiläufig.

»Jaja, ... Dös werdn hoit dö Erlasse sei ...« meinte der Renkmair bedeutungsvoll und ging gleich darauf zum Bürgermeister Hirlinger ins Oberdorf hinauf.

»Do, dös is vom Ministerium kemma ... Hängs glei außi a's Gemeindekastl,« sagte er zum Hirlinger und der öffnete die Briefschaften. Verordnungen, die die sofortige Mobilmachung im ganzen Lande verkündeten, waren es. Der Gendarm Blinzl, der eben zur Tür hereinkam, war direkt beleidigt, weil man ihm diesmal so wenig Aufmerksamkeit entgegenbrachte.

»Kriag is erklärt gega dö Preißn! Brauchts ös net lang lesn! Hängts es no naus! Dös is d' Mobilmachungsordre!« rief er unvermittelt und sehr laut.

»Wos sogst ...?« fragte die Hirlingerin in der Tür und ging dann vollends in die Stube. Der Gendarm war schon wieder ganz gehoben. Er hatte seinerzeit im Dänischen Krieg bei Düppel mitgefochten und wußte doch, wie so ein Krieg herging.

»Da Kaiser und der König vo Preißn hob'n si z'kriagt! Da Preiß will nimma parieren, drum geht's o gega dö Hammin!« erläuterte er: »Ois muaß eirucka, wos militärpflichti is ...«

Renkmair, Hirlingerin und Bürgermeister schauten ihn an und sagten: »Soso ...!«

»Wega Schleswig-Hoistein werd's hoit hergeh,« meinte der Renkmair dann: »Jaja, i hob oiwei scho so was g'lesn in der Zeitung ...«

»Und weil dö Saupreißn oiwei dös erst' Wort redn mächtn an Reich!« ergänzte der Blinzl.

»Dö Sauteifin, dö graislinga! ... Kriagn net gmua, ha ...? ... Fanga oiwei wieda o ...!« bekundete die Hirlingerin.

»Aba dösmoi san ma nimma so dappi und lossn üns d' Köpf derschlogn wegn iahnern notinga Schleswig-Hoistein, iahnan lumpertn Gmüasgartn, iahnan lumpertn! ... Dösmoi gibts a strengs G'richt! ... Und ois muaß ei'rucka, wos militärpflichti is!« erläuterte der Blinzl.

»Na müassn aiso der Kragerer-Franzl und der Raffinger-Feschl glei wieder furt –? ... Und an Baurhammer-Christl und an Schmalzer-Wastl trifft's a no?« erkundigte sich der Bürgermeister.

»Oisam! ... Und der Farg-Maxl muaß aa mit!« erwiderte der Blinzl: »Wega den bin i ja kemma, weil er net anwesnd is ...«

»Da Bäckamaxl aa ...?« rief die Bürgermeisterin beinahe erschreckt und meinte: »Ja na, moan i, werd's dösmoi ganz gfährli, wenn scho dö ganz Junga mitmüassn ...?«

Der Renkmair blickte prüfend auf die Erlasse und rief: »Freili – steht ja do –: Bis zum Jahrgang 43/44.«

»Ja – na hängs no glei naus, Michi!« rief die Bürgermeisterin ihrem Mann zu und der ging aus der Stube, vor ans Gartentürl und heftete die Ministerialerlasse ins Gemeindekastel. Der Kragerer fuhr gerade vorbei mit einem gebogenen Mistwagen und trieb die Ochsen an.

»Kriag is!« schrie ihm der Bürgermeister zu.

»Kriag? ... Noja, solln nu a so furtmacha!« brummte der mißmutig und kümmerte sich nicht weiter um den Schreier.

»Kriag is!« wiederholte der Hirlinger: »Dei Franzl muaß doch aa furt!« rief er, ärgerlich über diese Gleichgültigkeit und zutiefst in seiner Bürgermeisterwürde verletzt.

»Da Franzl ...? ... Freili! ... Waar ja net ganz, wenn's net oiwei daherkemmertn, wenn dö meist Arbat do is, dö Hammin, dö großgschelltn (großkopferten) ...!« gab der Kragerer zurück und schrie seine Ochsen an: »Hüa! Hüa! Kratn verreckte! Hüa!«

Beleidigt schlug der Bürgermeister das Kastentürl zu und tappte ins Haus zurück. –

Hingegen als Zeichen, daß es diesmal keine Flausen mehr gab, gingen der Raffinger-Feschl und der Franzl in Sonntagsgewändern mannhaft die Dorfstraße herauf, auf die Bätz-Wirtschaft zu. Um ihre Reservisten-Spazierstöcke hatten sie schmale, weißblaue Seidenbänder gewunden. Kühn und schneidig saßen ihre schwarzen Plüschhüte auf dem rechten Ohr.

»Gib üns a Bier, Bätz! ... An Kriag gehts!« schrien sie schon von weitem und der Wirt, der gerade das nasse Laub zusammenfegte, drehte sich um und fragte neugierig: »Wos ...? ... An Kriag? ... Ja, do hot ma doch nu nia wos g'härt? ... Und ös müaßts jetz furt? ... Ja, wia kimmt denn jetz dös ...?«

»Gega dö Preißn gehts!« erwiderte der Franzl fidel: »Dö kriagn amoi richti Prügl.«

»Soso – soso ... Soso, gega dö Preißn? ... Soso – soso ...« sagte der Bätz und ging mit den zwei Burschen in die Wirtschaft hinein. –

Die Farg-Stasl und die Viktorl hörten dies, schauten neugierig auf und rannten in die väterliche Werkstatt.

»Vata?! ... An Kriag gibts! ... Der Feschl und der Franzl müassn scho furt!« riefen sie hastig. Hinter ihnen kam der Renkmair.

»Jaja, Rächamacha! ... Dein Maxl trifft's aa dösmoi! ... Der Blinzl is grod drobn deswegn beim Bürgermoasta,« sagte er und als der Farg-Lenz etwas brummte, daß er nicht einmal wisse, wo sich der Bursch jetzt aufhalte, meinte er mit einem versteckten Spott: »Den find'ns scho! ... Brauchst ja koa Angst hobn! ... Den hobns glei!« Und weg war er.

»Bät's a poor Vaterunser! Gehts in d' Kuchi naus!« rief der Lenz seinen zwei Töchtern zu und fing wieder zu arbeiten an. –

Sichtlich zufrieden, mit gelassenem Schritt, ging der Renkmair auf der Dorfstraße dahin. Vor dem ehemaligen Baurhammer-Haus, das dem Konrektor Kernaller gehörte, blieb er stehen und schaute auf ein offenes Fenster im ersten Stock. Mit aller Hast stieß Kernaller eine große schwarze Fahne heraus und band sie – so schnell es nur ging – ans Fensterkreuz.

»Dö deitsche Rindviehcha! Dö deitsche ...!« knurrte er boshaft und sein verbissenes Gesicht grinste verzerrt hinter dem Glas. Flugs reckte er seine zwei Fäuste und verschwand wieder.

Kernaller war Schwabe, stand 1848 nicht weit von der Heckerschen Richtung und entwich dazumal nur mit knapper Not dem Hochgericht. Man sah ihn oft wochenlang nicht, und das Baurhammer-Haus schien ständig unbewohnt zu sein. Einen düsteren, ruinenhaften Eindruck machten die dunklen, dickverstaubten Fenster.

»Politikus« hieß man aus einem unbekannten Grund den Konrektor im Dorf. Er rannte höchstenfalls einmal scheu ums Haus in die Holzschuppe und verschwand dann wieder. Ständig trug er einen schwarzweiß karierten, sehr zerschlissenen Schlafrock, riesige Pantoffeln und tief in seinem Genick saß ein rotes Türkenkäppi mit einer schwarzen Quaste. Den ganzen Tag schrieb er Traktate gegen die Bundesverfassung, die er aber nie drucken ließ. Nach seinem Tode fand man sie, vom Boden bis zur Decke reichend, aufgestapelt in seinem Schlafzimmer.

Im Gegensatz zu dem, ihm in gewisser Hinsicht gleichartigen Lehrer Strasser, der eine Frau hatte, die wie eine verstaubte Atrappe aussah und einen durchdringenden Geruch nach uralten, modrigen Möbeln verbreitete, wenn sie in ihrem geblumten, unzählige Male ausgewaschenen, glatten Leinenkleid und dem riesigen Florentinerhut mit einer verschossenen, bläulichen Schärpe piepsend, säuselnd und singend durchs Dorf flatterte – im Gegensatz überhaupt zu allen Menschen, lebte der Konrektor Kernaller vollkommen allein, pflanzte sich sein eignes Gemüse und kochte sich selbst. Sogar in den heiligsten Zeiten sah man ihn nie jemals in der Kirche. Er war so außergewöhnlich menschenfeindlich und scheu, daß man ihn nicht einmal zu grüßen wagte. Schaute ihn beispielsweise einmal wirklich wer an, wenn er sein Haus umschritt, so knirschte er wie ein gereizter Hund und drehte dem Betreffenden ostentativ den Rücken. - - - -

Der Renkmair schaute die schwarze Fahne an, schüttelte den Kopf und ging weiter. Lachend brummte er in sich hinein: »A so a narrischer Teifi, a so a narrischa ...«

Der Krieg war wirklich ausgebrochen. Der Renkmair allein hatte eine Zeitung. Da standen Berichte vom Auszug der Truppen und die amtlichen Berichte des Hauptquartiers. Das interessierte selbstredend. Das ganze Dorf kam wieder zum Herrschaftenwirt. Jeden Sonntag hockten dort die Bauern. Da wurden Schlachten geschlagen. Man sah förmlich die Preußen vor den ungestümen Bayern und Österreichern wie Fasanengockel bei der Treibjagd herlaufen.

»Derwischn wenn's 'n, an König vo Preißn und sein plärrmäulertn Bismarck, na werdn's oi zwoa aufg'hängt!« erzählte der Schmied Banzer.

»Jaja, dös loßt si denka, daß do streng hergeht ... Wenn's dö zwoa kriagn! ... Dös san ja dö oia ürgern,« bekräftigte der Müller-Silvan.

»Noja! ... Wos müassns aa o'fanga, dö vorlautn Hammin, dö vorlautn!« brummte der Renkmair. Gelassen sagte er es.

»I wenn a so o'schaffa derfert,« räsonierte der Kragerer, der immer noch ärgerlich war über dieses Kriegführen mitten in der ungelegensten Zeit: »I wenn a so Herr waar ...! ... I tat dö hoha Herrn oisamm vor mein' Mistwogn spanna und an Trab müassertn's laafa, daß iahna d' Zunga bis a's Knia obihängert! ... Do vergangertn iahna glei dö Mais mit dera Kriagführerei ...«

»Jetz do hoscht aa wieder net recht! ... A so konn ma aa wieda net redn! ... Solcherne Sach'n hobn iahnane politischn Hintertürn ... Do kinna mir net mitredn,« meinte daraufhin der Wirt und setzte mit Nachdruck hinzu: »Aba dös sell is g'wiß, daß's dösmoi um richtige Intressn geht ... Wenn amoi da Kaisa ois Militär ausrucka loßt?! ... I sog amoi sovui, wenn si dös ganz' Deitschland gega dö gschreamäulertn Preißn stellt, nachha is's Ernst ...«

»Ja no ... Dös loßt si denka ... Dös loßt si denka ...« murmelte der Hirlinger sachlich.

Der Raffinger stellte den Krug hin: »Mei Feschl hot gsogt: Ois bringer's um! Koa Pardon gibts!«

»I hob mir's oiwei scho denkt ... Mit dera Bundesrats-Streiterei, do kimmts no amoi richti zon Kracha ... Jetz hobn mir's scho aa ...« sagte der Bürgermeister abermals.

»Foische Hund sans doch, dö Preißn,« bekundete der Renkmair: »Hob'n einfach o'gfangt und Hannova und Sachsn überfoin und nachha erst d' Kriagserklärung gschickt! ... Haha? ... Host jetz sowos scho gsehng? ... Hmhm ...«

»Hintavotzige Luada, hintavotzige! ... Dös san richti Luthrische!« brummte der Kragerer.

»Da oit König selig, der hätt' koan Kriag gmacht! ... Der hot 's Streitn nia net ming (mögen) ...« warf der Müller-Silvan mit seiner weiberhellen Stimme wieder dazwischen.

»Na waar er a Rindviehch gwen, daßt ös woaßt!« alterierte sich der Raffinger sofort: »Auf's Mäul naufscheißn loßt ma üns jetz nachha vo dö Saupreißn, vo dö windinga! ... Do konn ma net gmua umbringa, vo dö Pollakn, vo dö luthrischn! ... Dö hobn überhaaps koan Glaabn, dö hobn bloß a Votz'n ...!«

»Dös sog i ebn aa! ... Den ganzn Glaabn hobns o'gschafft ...« beschloß der Schmied Banzer die Debatte.

So ging es alle Tage.

Langsam aber kamen in Renkmairs Zeitung ausweichendere Notizen. Da hieß es immer: »Die achte Bundesarmee konzentriert sich und steht in fester Abwehrstellung.« Man hörte auch nichts von einer richtigen Schlacht. Mehr noch, der Posthalterwirt kam einmal aus der Stadt und sagte: »Schlächt soi's steh, hob i g'härt ...«

Dann erfuhr man von Schlappen der achten Bundesarmee. Von »taktischen Notwendigkeiten« schrieb die Zeitung etwas. Kein Mensch verstand es, aber ein Mißtrauen fing langsam an.

»Dös is's ebn! ... Dö Hundspreißn, dö verrecktn, dö frogn übahaaps net noch'n Rächt! ... Dö schiaßn einfach, dö Lakln,« schimpfte der Raffinger. –

Hingegen einige österreichische Generalstabsberichte waren so gehalten, daß man wieder allgemein mutig wurde.

»In d' Foin (Falle) locka's si's jetz! ... Und na wui ma's oisamm massakriern,« erläuterte der Posthalter: »Da Feldzeigmoasta Benedek is koa Dumma! ... Der hot a ganz's Johr histudiert a den Schlachtplan ...«

Und immer wieder sah man die Preußen umzingelt und nahe an der Vernichtung. Berlin wurde in der Renkmairstube schon gebrandschatzt.

Wie das schon immer ist, leicht irritieren ließ man sich nicht.

»Waffenstillstand is erklärt! ... Dös hot a schlauch gmacht, der Benedek! ... Do loßt er jetz dö Preißn 's Feir einstelln, nachha schiaßt er, wos der Zeig hoit,« erklärte der Renkmair schon mit einer Schadenvorfreude in seinen listigen Augen: »Dös werd a Schlog! ... Do gehngers oisamm z' Grund, dö Preißn ...«

Aber man hörte nichts dergleichen. Der Benedek schoß nicht. Die Flechtinger wurden kleinlauter. Kleinlauter wenigstens in bezug auf das Siegen. Desto grimmiger gegen die Preußen.

Nichtsdestoweniger begann man scharf zu schimpfen auf die »Führung« der Bayern, überhaupt auf das ganze Kriegführen, das keine Resultate zeigte.

Beim Konrektor Kernaller hing noch immer die schwarze Fahne heraus. Einige sagten schon ganz offen: »Ganz rächt hot er g'hobt, der Politikus! ... Der hot's voreh scho gsehng, daß's schiaf geht mit den Kriag ...«

Zerfetzt vom Wind, durchnäßt vom Regen, wie ein trauriger Strunk hing die Fahne herab. Eines Tages fiel sie dem Gendarm Blinzl auf. Das sei ja der reinste Hochverrat, meinte er aufgebracht, als ihm der Bürgermeister Hirlinger so halbwegs klarmachte, wie man in Flechting über dieses Fahnen-Heraushängen denke. Und strammen Schrittes ging er durch das Vorgärtl, auf die Haustür Kernallers, zu. Scheu und lauernd schauten einige Dörfler zu.

»Auf da! Auf! He! ... He!« schrie der Gendarm und mit grämlicher Miene öffnete der Konrektor.

Jetzt sammelte man sich vor dem Baurhammer-Haus. Wie die heilige Hermandad in eigner Person kam der Blinzl wieder heraus.

Bald darauf sah man, wie der Kernaller schnell die Fahne hineinzog und hinter dem Fenster grimassierte.

»Isch no viel z' wenig für dö deitsche Rindviehcha, dö deitsche!« entfuhr es seinem zähnefletschenden Mund.

»Jaja! Rächt hoscht! ... I hob's oiwei gsogt!« schrie der Kragerer hinauf: »Ganz rächt!« Und als er nichts mehr sah, wandte er sich griesgrämig um und murrte abermals: »Oiwei hob i's gsogt ... Dö hoha Herrn ghärertn a 'ran Mistwogn gspannt ... Na waar ma net in den Scheißkriag kemma ...!«

Unerwartete Wendung

Während sich all dies ereignete, trug sich in der Hetzlinger-Villa in Riemling und im Farg-Haus in Flechting allerhand zu.
Der Maxl vom Lenz hatte geschrieben, daß er im Spital liege und heimkomme. Ob er vielleicht beim Jakl wieder anfangen könnte, hatte er gefragt, und was mit dem schwarzen Peter sei und einen Gruß an den Jakl.
Der Stellmacher ging gleich mit dem Brief zum Jakl hinaus. Diese Nachricht frischte seinen Bruder wieder auf.
»Ja, Lenz, schreib iahm! Schreib iahm no glei, er soll kemma, wenn er gsund is!« sagte der Jakl: »Es is ja wohr ... Recht viel z' toan hob'n ma ja jetz net ... Aba in Gottsnam, der Kriag werd aa wieda aufhärn und nachha kemma wenigstens d' Herrschaftn wieda ... Do geht scho wos ...
Man trank Kaffee und ging auseinander.
»Oit werscht jetz, Jakl?« sagte der Lenz beim Abschied und schaute seinen Bruder an. Grau waren dessen Haare, alle Knochen schienen ihm eingerostet zu sein.
»Ja mei! ... D' Zeit vergeht hoit aa a bissl schnell,« meinte der bloß. –
Der Lenz kam heim und schrieb gleich an seinen Maxl.
Um dieselbe Zeit bezog, wie gewöhnlich, der Rentier Guggenheimer das Seewiesen-Haus und stattete den Jakl-Leuten einen Besuch ab. Die Annamarie deckte in der guten Wohnstube den Tisch, stellte Rohrnudeln drauf, einen ganzen Berg. Und dann trug sie den dampfenden Kaffee auf.
Gemütlich saß der geweckte, kleine, gesprächige Rentier in dem Plüschstuhl und erzählte eifrig.
»Wie gesagt, Herr Farg, – ich bin gewiß ein guter Bayer, aber diese Dummheit, daß Deutsch und Deutsch einander den Kopf verdrischt, hab ich nicht glauben können,« sagte er. » ... Nun ja, es ist passiert! ...

Das ganze Ausland lacht über uns! ... Es war vielleicht auch gut, wer weiß! ... Königgrätz war vielleicht notwendig! ... Wir kriegen Frieden und passen Sie auf – passen Sie auf, ob ich nicht recht hab'! – die Deutschen lernen immer erst, wenn sie gelitten haben, daß sie zusammengehören – passen Sie auf! Nach kurzer Zeit wird man es einsehen und vielleicht kommt dann d a s wirklich, was unsere Achtundvierziger wollen haben, wir kriegen einen einigen deutschen Bund ... Der König soll übrigens so verbittert über alles sein, daß er sich überhaupt nicht mehr blicken läßt ... Es heißt sogar, er will wieder dauernd nach Flechting kommen ...«

Das wirkte wie ein Blitzschlag auf die Farg-Leute.

»Wos ...?!« rief der Jakl erstaunt und erfreut zugleich.

»Wos!« rief auch die Annamarie und wurde rot von Hoffnung.

Der Rentier Guggenheimer hielt einen Augenblick inne und musterte die zwei gutmütig: »Jaja ... Er kommt, lieben Leute ... Ich hab's von einer nahestehenden, ganz unterrichteten Seite ...«

Er lächelte, wie eben so ein alter Herr lächelt, und mit vielen freundlichen »Dankeschöns« und »Recht schön war's, Frau Farg, recht schön ...« verabschiedete er sich.

»Da König!« raunten sich die zwei Jakl-Leute zu, als sie allein waren.

»Da König! ... Na geht's wieda aufwärts!« rief die Annamarie, und der Jakl stand und stand, als wie wenn er eine schwierige Rechnung ausrechne und sagte auf einmal, ganz wieder so belebt wie früher: »I muaß glei nei zon Lenz ... Der Maxl muaß glei kemma!«

Er nahm den Hut und seinen Hirschgriffstock und lief fast davon. Erst beim Einbruch der Dunkelheit kam er wieder. Ziemlich niedergedrückt war er.

»Z'Germersheim liegt er an Spitoi ... Mei Gott! ... Und g'sund is er aa no net ... dös konn no lang hergeh mit 'n Maxl ...« sagte er. Aber die Annamarie war nicht mehr aus ihrer Mutigkeit herauszubringen.

»Noja!« rief sie resolut und blickte aufmunternd auf ihren Mann: »Der König is ja aa no net do! ... Jetz hob'n mir solang wartn müassn, jetz werdn mir aa dös no derwartn kinna ...« Und das schien auch dem Jakl wieder die Ruhe zu geben. – –

Der Rentier Guggenheimer hatte recht behalten. Frieden war, und in Flechting erzählte man, in Auging, in Riemling, im ganzen Umkreis erzählte man es, daß der König komme. Eine Geschäftigkeit wurde wach. Die Krieger kamen heim, aber man nahm das gar nicht so wichtig. Man beriet einen feierlichen Empfang, wochenlang. Es ging mitunter erregt her bei solchen Sitzungen. Man war ein Interesse. Denn jetzt war es allmählich doch schon durchgedrungen, daß, wo der Hof ist, auch die besseren Leute sind. Krieg, Preußen, Bismarck und Benedek, Österreich und Bayern – alles war mit einemmal wie ausgelöscht.

»Da König kimmt ... Dös is a Kapitai! ... Der Hof bringt a guate Zeit!« so sagte der Renkmair und so war die allgemeine Flechtinger Meinung. Jeder wartete heimlich auf einen Nutzen. Der Renkmair auf seine besseren Gäste, der Hirlinger auf Milchlieferung, der Müller-Silvan genau so, der Raffinger auch, bloß der Kragerer blieb der alte.

»Der König kimmt!« d a s war aber auch der Anfang und das Ende von jedem Tag in der Hetzlinger-Villa in Riemling. Schon kamen die Herrschaften, und kein Brot gab es in der Jakl-Bäckerei. Der Poppbäcker von Rauschenbach belieferte den halben Gau. Der Jakl brachte dem Lenz vierzig Gulden und schrieb gleich einen langen Brief an den Maxl in Germersheim.

»Lieber Maxl! Ich hab dir vierzig Gulden geschickt mit dem Brief. Es wird ja schon aus sein jetzt mit deiner Krankheit. Schaug nur, daß du schnell heimkommst. Der König kommt und die Herrschaften sind schon da. Der schwarze Peter hat sich vorigs Jahr derhängt und liegt neben dem Großvater in Auging. Ich brauch dich notwendig. Es grüßt dich dein dichliebender Jakl,« schrieb er. »Einen schönen Gruß von der Annamarie und von deinem Vater und von deiner Mutter. Wennst noch ein Geld brauchst, dann schreib üns gleich,« setzte er hinzu.

Weil die Postchaise erst um fünf Uhr beim Renkmair vorbeikam, mußten die Stasl und die Viktorl vom Lenz den Brief am Nachmittag noch nach Rauschenbach tragen und dort aufgeben.

Der Jakl ging in die Bäckerei hinter, er tappte durch die Räume. Fieberig wurde ihm. Da sah alles leer und verlassen aus. Er machte den teigkrustigen Trog auf, der stank, Spinnweben zogen sich über seine Ecken. Dumpf roch die ganze Backstube. Ein Moder schien in der leeren Mehlkammer zu nisten. Der Ofen war rostig, der Löschkübel ausgetrocknet, der Strohwisch verfault. Russen und Schwaben krochen auf dem Boden der Ofengrube herum. Alles war staubig, alt und traurig.

Er stand da, der Farg-Jakl, und schaute herum wie vernichtet. Er stieg in die Ofengrube hinunter, zündete die kleine, eingetrocknete

Öllampe an. Sie verlosch im Nu wieder. Er riß fast verzweifelt die Ofentüre auf und stierte in das dunkle Loch. Aufgescheuchtes Ungeziefer schwärmte nach allen Seiten, Spinnen, Russen, Schwaben.

»Lenz! ... Lenz!!!« schrie er auf einmal, der Jakl. »Lenz!!« brüllte er aus Leibeskräften. Er keuchte und zitterte am ganzen Körper. Durch den Hof rannten Schritte. Dann stand der Stellmacher vor ihm in der offenen, hellen Tür.

»Lenz! ... Lenz!«

»Ja, Jakl, wos is's denn?« fragte der Stellmacher zum erstenmal seit langer, langer Zeit ganz herzlich und stieg in die Grube hinab.

»Mach o Hoiz, Lenz! Mir müassn o'fanga! Hilf ma, Lenz!« keuchte der Jakl heraus und wie eine letzte Bitte klang es.

»Ja – aba – ja – i konn ja nix! I versteh ja nix vo der Bäckerei!« stotterte der Lenz verwirrt.

»Geh zon Müller-Silvan obi, nimm an Schubkarrn und bring a Mehl mit, an Zentner oder zwoa ... Schick an Buabn von Bätz auf Rauschenbach, er soll a Hepfa mitbringa und a Soiz (Salz) ... Mach, mach, Lenz! ... Es werd scho geh!« fiel ihm der Jakl ins Wort und stieg aus der Grube. Und während der Stellmacher sich auf den Weg machte, ging er in die Backstube, riß die Fenster auf, suchte das verrostete Juckerl (Scharrinstrument zum Trogsäubern) und scharrte den Trog aus. Joppe und Weste hatte er abgelegt und mit aufgestülpten Hemdärmeln arbeitete er wie ein Wilder. Der Schweiß kam ihm, sein Atem jagte, sein Herz klopfte heftig. Sein starrer Rücken tat weh. Er biß die Zähne aufeinander und arbeitete weiter. Seine Knie zitterten. Er hörte nicht auf. Er hantierte herum wie ein Junger. Die Weckenbretter hob er aus dem Gestell, wischte den Staub von ihnen und deckte die Leintücher drauf. Den Säurekübel schabte er aus. Alles machte er bereit. Als der Lenz kam und den Mehlsack hereinbrachte, griff er übereifrig zu und glitt aus. Krachend schlug sein rechtes Knie an den Trogfuß, aber er sprang auf und achtete nicht darauf.

»Schütt' nu!« hastete er seinen Bruder an und der ließ das Mehl aus dem Sack in den Trog laufen, bis es genug war. Der Jakl schleppte Wasser herbei, die Resl brachte die Hefe, die der Bätzbub gebracht hatte. Und anging es wieder wie ehemals in der Jakl-Bäckerei. Spät am Abend schlängelte sich der Rauch aus dem hohen Kamin in den dunklen Himmel. Stumm und einander überbietend an Fleißigkeit arbeiteten die zwei Brüder in der Backstube. Leben war wieder drinnen, mutigster Anfang. Die ganze Nacht werkelten die zwei. Die Semmeln knusperten in einem alten Waschkorb. Der Weckenteig wurde verarbeitet. Es ging unaufhaltsam vorwärts, schöner als man sich's gedacht hatte. Tief am Vormittag trugen die Farg-Stasl und die Viktorl das Brot ins Unterdorf und boten es an, nach Riemling und nach Auging. Aber um dieselbe Zeit führte auch die Annamarie, die in der Frühe gekommen war, um nachzuschauen, den schwerhumpelnden Jakl aus dem Dorf. Die Leute lugten aus den Fenstern oder blieben stehen und schauten den beiden stumm nach. Nicht einmal arg feindselig, bloß gleichgültig.

Den Farg-Lenz, der um die Mittagszeit ebenfalls nach Riemling ging, fragte der Hirlinger: »Wos is denn mit'n Jakl passiert?«
»Nix weita! ... An Fuaß hot er si o'gsteßn,« war die Antwort. Aber an dem eilsamen Schritt des Stellmachers konnte man doch merken, daß es ärger war, als er verraten wollte.

Dieses Fußanschlagen an den Trog warf wieder alles um. Der Jakl mußte liegen. Die Stasl und die Viktorl brachten das Brot wieder heim, ganz wenig hatten sie verkauft. Und jetzt ging es auch nicht mehr weiter mit dem Backen. Es stockte wieder. Der Lenz allein getraute sich nicht, das Mehl zu verpfuschen.

Der Hofrat Sauminger von Rauschenbach kam einige Male nach Riemling zum Jakl. Liegen bleiben, liegen bleibm, war seine einzige Anweisung. Verdrossen fügte sich der Kranke. Er stand manchmal auf, verbissen versuchte er zu gehen. Es war nicht möglich. Der Fuß wurde nur wieder schlechter und schwoll noch mehr an. Der Jakl magerte ab, furchtbar schaute er mitunter drein. Wie verloschen starrten dann wieder seine Augen. Er sagte oft den ganzen Tag nichts. Mürrisch und vergrämt lag er auf dem Kanapee und kratzte hin und wieder seine Nägel in der wollenen Decke fest. Mit der ganzen Welt schien er verfeindet zu sein. – –

Der Popp-Bäcker fuhr durch die Dörfer, hielt vor den Herrschaftsvillen, jeden Tag.

Und dann kam das große Ereignis in Flechting. Das ganze Dorf war direkt in Girlanden eingewickelt. Ein riesiger Triumphbogen stand am Eingang, Fahnen flatterten aus den Fenstern. In gedrängtem Spalier standen die Flechtinger rechts und links von der Straße. Die Mädchen hatten weiße Kommunionkleider an und Kränze auf den festgeflochtenen Zöpfen und streuten Blumen vor die königlichen Gespanne.

Alles war munter und aufgeweckt und farbig. »Hoch! Hoch!« und wieder »Hoch!« dröhnte während der ganzen Durchfahrt des freundlich herausgrüßenden Monarchen in der Luft. Im Hirlinger-Garten waren Böller aufgestellt, die der Raffinger-Feschl und der Kragerer-Franzl in einem fort abschossen.

Wirklich sehr feierlich war dieser Tag. Jeder Flechtinger konnte gegen Abend beim Renkmair drei Maß Freibier trinken, und die Kinder bekamen je zwei Paar dünne Würstl. Noch tief nach Mitternacht war Lärm auf den sonst stillen Dorfstraßen. Dem Konrektor Kernaller warfen der Baurhammer-Christl und der Kragerer-Franzl zwei Fenster ein, weil er sein Haus nicht geziert hatte. Sie versteckten sich hinter dem Raffinger seinem Heckenzaun und warteten ab, bis der Kernaller zu schimpfen anfing.

Dann brüllten sie aus der Dunkelheit: »Hoit fei dei Votzn, du Sauhammi! Sunst zoagn ma di o wega Majestätsbeleidigung …!«

Erst drei Wochen darauf kam der Farg-Maxl heim. Schon seit dem ersten Tage der Anwesenheit seiner Majestät lieferte der Bäcker Popp von Rauschenbach das Brot in den Hof. Der Jakl konnte wieder aufstehen. Eine Blutvergiftung wäre es beinahe geworden, meinte der Hofrat Sauminger.

»Ja, es waar scho boi besser, i waar glei verreckt!« knurrte der Jakl und schaute den ehrwürdigen Doktor dabei bösartig an.

Am selben Nachmittag noch ging er nach Flechting und besprach sich mit dem Lenz und dem Maxl lange. – –

Andre Zeiten – andre Menschen

P rotokollarisch hatte es der Jakl machen lassen, daß dem Maxl die Bäckerei überlassen sei. Hundert Gulden gab er seinem Neffen als Darlehen, abzahlbar in Jahresraten von fünfundzwanzig Gulden mit dem üblichen Zins. –
»So, und jetz probiers ... Vielleicht geht's,« sagte er, als alles geregelt war, und mit verdrossener Müdigkeit setzte er hinzu: »Mir san oite Leit ...« Dann ging er heim nach Riemling. Und von da ab fing der Maxl an, sich eine Existenz zu schaffen. Er war anders, ganz anders als sein Vater und der Jakl. Er packte auch alles anders an, so grundanders, daß der alte Stellmacher und sein Bruder in Riemling sich nicht mehr auskannten, zuerst die Köpfe schüttelten über ihn und dann sogar sich gegen ihn wendeten.

Anfangs, in den ersten Wochen, buk der Maxl ganz wenig. Es schien fast, als wie wenn ihn die ganze Bäckerei gar nicht interessiere. Er ging zum Bätz, er ging zum Renkmair, er ging zum Leixner nach Auging, ja sogar bis nach Pfriembach zum Humplmair ging er, setzte sich zwischen die Bauern und machte Zechen. Ein Mensch war er, voll von Fidelität, und wenn er so seine zwei bis drei Maß Bier hatte, konnte er eine ganze Wirtsstube unterhalten. Schon nach kurzer Zeit war er bekannt im ganzen Gau, und überall, wo er auftauchte, pflegte man zu sagen: »Jetz kimmt der gschroamäulert Beck vo Flechting! ... Jetz werd's glei zünfti werd'n ...« Und das traf auch meistens zu.

»Ja, jetz mächt i doch wiss'n, wo'st du dein Humor her host, Maxl?« fragte einmal der Bätz, als er wieder so erzählte und Finessen machte in der rauchigen Wirtsstube.

»Mein'n Humor? ... Vo der Not!« gab der Maxl zurück, und mit ihm lachten alle. Man konnte ihm nicht Feind sein, man mußte ihn mögen und – schließlich – er tat ja auch keinem weh, er ging ja auch keinen an um Hilfe, er drängte nicht einmal, daß man von ihm Brot bezog. Im Gegenteil, einmal nahm er beim Renkmair vor der ganzen Zecherschaft eine Semmel vom Bäcker Popp aus dem Brotteller, hob sie in die Höhe und schrie übermütig, daß alle in ein lautes Lachen ausbrachen: »Dös is a Popp-Semmi! ... Dös is a Delikateß! ... Dö kimmt vo weiter her, drum is's so guat! ... Dö frißt Seine Majestät da König und der Baur ...!«

Sogar die Hofleute interessierten sich für den guten Wirtshausunterhalter, und der Renkmair mußte eingehend über ihn Auskunft geben am vordern Tisch. Man rief den Maxl schließlich gar und ließ ihn Wein mittrinken. Das ließ er sich nicht zweimal anschaffen. Leger und mit pfiffig gespielter Unterwürfigkeit hockte er sich zwischen die feinen Herren, nachdem er sich, trotz allen Abwinkens, gewiß ein dutzendmal äußerst drollig und ungeschlacht verbeugt hatte.

»Wenn's derlaabt is» meine Herrn, wenn's derlaabt is! ... I bin ja bloß a notiga Beck!« wiederholte er immer wieder lachend: »I mächt dös net, daß i dö Herrn an Wein wegsauf! ... Na, dös mächt' i net! ... Aba no ... I – i trink'n sehr gern, meine Herrn!«

Der ganze Tisch bog sich vor Gelächter, und von allen Seiten schob man ihm die Gläser hin. So einen Rausch bekam der Maxl an diesem Abend, daß er am Schluß jeden mit »Du« anredete und sein Lieblingslied:

»Von der Kappler-Oim,
do hob i owi-gschaut!«

zum besten gab. Er wußte selber nicht, wie er eigentlich heimkam. Er erwachte in der rußigen Ofengrube, rundherum schwarz und dreckig, mit einem Kopf, wie wenn man ihm ins Gehirn geschissen hätte. Er rieb sich die verklebten Augen aus und fing zu arbeiten an. Das Brot wurde aber trotzdem schön, und seltsamerweise kam diesmal die Stasl vom Unterdorf mit dem leeren Korb heim. Sie erzählte, daß der Renkmair allein schon für ein und einen halben Gulden genommen hätte, und morgen sollte sie auch zum Hofgärtner die Semmeln bringen.

»Holla! S–s–st!« machte der Maxl und zog das Hirn auf: »Jetzt geht a nei's Viertl ei! ... Der Rausch hot si zoit gmacht!«

»Du Saukerl!« plärrte ihn die Stasl an, denn er hatte nicht einmal seine gute Hose und seine Weste ausgezogen und schaute aus wie ein mehlbestaubter Kaminkehrer. Aber der Maxl war nicht im mindesten beleidigt.

»Jaja, schimpft's nu zua! ... Ös härt's scho auf, wenn'ds müad seid's!« sagte er mit lachendem Gesicht und bugsierte seine jüngere Schwester aus der Backstube hinaus. Er war in diesem Augenblick – man sah es – der glücklichste Mensch auf der Welt.

Als er allein war, ging er in die Mehlkammer mit der Ofenlampe, um nachzusehen, wieviel Vorrat noch da sei. Da sah es karg aus. Für einmal backen konnte es vielleicht noch langen, das Mehl. Der Maxl machte ein bedenkliches Gesicht. Als er in die Backstube hinterging, kam der Jakl zur Tür herein. Finster blieb er stehen und musterte seinm Neffen.

»Nett schaugst aus!« warf er hin: »Host d' Bäckerei scho boi versuffa ...?«

»Na ... Dös – net!« kam es halb spaßhaft, halb im Ernst aus dem Maxl. Der Jakl wurde dunkelrot.

»A Lakl bist wordn, wiar a an Buach steht!« knurrte er und humpelte in die Backstube. Hinterdrein schritt der Maxl.

Der Jakl hob den Trogdeckel auf. Alles lag in schönster Ordnung. Stumm schaute er herum, ging in die Mehlkammer vor, schaute in die Truhe und kam wieder.

»Is dös dei ganz's Mehl?« fragte er.

»Ja.«

»Und dö hundert Guidn werdn aa scho bein Teifi sei ...?« erkundigte sich der Jakl.

»Ja,« antwortete der Maxl fast gleichgültig: »Dö san bein Teifi ...«

»So! ... Und mit wos mächst na jetz furtmacha ..?«

»Dös überleg i mir aa grod,« murmelte der Maxl, nicht im geringsten bedrückt von dieser Tatsache. Standhaft blickte er drein, beinahe mit einem kalten Trotz.

»I huif dir net! ... Mi reut's scho lang, daß i dir überhaaps ois überlossn hob! ... Wenn i dös g'wißt hätt, wo'sd für a Hammi wordn bist in da Welt draußn, na hätt i liaba dö ganz Bäckerei ei'geh lossn!« murrte der Jakl und ballte seine Fäuste. Knirschen hörte ihn der Maxl. Aug' in Aug' standen sie sich gegenüber.

»Jakl?« sagte da auf einmal der Maxl nachgiebig: »Es is jetz a andre Zeit ... Und es san a andre Leit jetz ... Loßt's mi doch in Gottsnam erst amoi schnaufa! ... S'Streitn hilft do aa nix! ... Es werd scho!«

Er hatte jetzt seine gutmütige, versöhnliche Miene wieder.

»Es werd scho, wenn ma dös ganz's Geld jedsmoi versaufst!« brummte der Jakl verbissen, und das stieg dem Maxl doch wieder in den Kopf.

»No Herrgott, bein Teifi nei! ... I werd wissn, wos i tua und brauch enk oisamm net!« stieß er hart heraus, und ohne sich weiter um den Jakl zu kümmern, fing er an, die Backstube aufzukehren.

»Guat! ... Mach no a so furt!« sagte der Jakl kurz und ging. Nachdem er fertig war, setzte er sich an den Tisch, der Maxl, zog sein Notizbuch heraus und begann zu rechnen. Oft und oft faltete er dabei die Stirn. Er zog sein Geld aus der Hosentasche. Fünf Gulden, achtzehn Kreuzer hatte er noch. Er trommelte nachdenklich mit den Fingern auf den Tisch und überlegte hin und her. Schwer schnaubte er mitunter. Endlich stand er auf, wusch sich, bürstete seine Hose und Weste aus und ging zum Müller-Silvan hinunter.

»Do schaug! Do schaug!« rief die Resl vom Fenster aus ihrem Mann zu: »Jetz geht er scho wieda zon Renkmair obi und versauft ois!«

Der Stellmacher hielt vom Schnitzen inne. Schier sah es aus, als wollte er wütend aufspringen und dem verkommenen Lumpen nachschreien. Er besann sich aber gleich wieder eines andern.

»A so a Lump, a so a elendiga! ... A Schand und a Spott is's!« hörte er die Resl schimpfen: »Dös ganz's Dorf red't scho!«

»Ja no! ... Er werd scho sehng, wia weit ois er kimmt!« brummte er bloß verdrossen und arbeitete wieder weiter. –

Mit gewinnender Freundlichkeit grüßte der Maxl jeden, den er traf. Leutselig redete er mit dem Schmied Banzer ein paar Worte übers Wetter und dergleichen, dem Kragerer, der fluchend seine Ochsen antrieb über den Berg herauf, schrie er lachend zu: »Hoho! Nu net gor so wüati! ... Bis auf d' Nocht kimmst scho nauf übern Berg!« Jeder der Angesprochenen hatte eine gleich gemütliche Antwort für ihn. Zum Müller kam er hinein und fragte den Silvan listig: »Host koa Mehl jetz, gell?«

»Mehl? ... Mehra wia vui!« erwiderte der Silvan. Vollauf zufrieden war der Maxl über diese Auskunft. Ausweichen konnte ihm der andere also nicht mehr, wenn er Kredit verlangte. Und abschlagen erst recht nicht, denn so offen verfeindet man sich nicht.

»Noja! ... I brauchert oans ... Der Steffi soit mir morgn a zwoa Doppizentner Semmimehl und oan Sock Rogga's obawerfa, wenn er vorbeifahrt, aba gwiß!« sagte er zum Silvan mit dreister Sicherheit. Der nickte und schrieb es mit der Kreide auf die schwarze Schiefertafel, die an der Wand hing.

»Und Geld kriagst koans, daß d' es woaßt, Herr Hofmüller!« rief der Maxl mit kühner Spaßhaftigkeit. Was ließ sich dagegen machen? In genau derselben Art und Weise nickte der Silvan und spöttelte lächelnd: »Noja, an Herrn Hofbeck liefert i ja gern ... Wenn hoit einfach koa Geld do is, klog i di ei bei der Majestät selba ...!«

»Dös konnst macha!« warf der Maxl bloß noch hin und ging. Leicht und alert kam er zum Renkmair. Mit auffallender Wichtigkeit empfing ihn der Wirt und zog ihn gleich in das Nischerl. Der Herr königliche Kabinettsrat Eisenhart, erzählte er, habe ganz zufälligerweise die Stasl zum Hofgärtner hineingehen sehen und heute beim Mittagessen habe er sich erkundigt, wo denn diese röschen Semmeln her seien. So was Schmackhaftes, das treffe man ja weit und breit nicht, meinte er und: »Soso ... hier im Ort? ... Soso? ... Und wahrscheinlich ein rechtschaffener, strebsamer kleiner Meister?« habe er sich weiter dafür interessiert.

Der Maxl verdrückte seine aufsteigende Freude ordentlich und versuchte andauernd die gleichgültigste Miene von der Welt zu machen.

»Und i hob di natürli rekommodiert sovui ois's ganga is!« lobte sich der Renkmair selber: »Du host ja aa, a guats Brot ... Do konn der Popp-Beck net hi ... Dös muaß i scho sogn.« Und dann bestellte er für täglich zwei Wecken und vierzig Semmeln.

Heimkam der Maxl, und fing zu arbeiten an wie ein Wilder. Jetzt ging es an, das spürte er direkt in allen Gliedern. Jeden Tag buk er mehr Brot. Nach einem Monat bezog nur noch der Oberstleutnant Rühmair, der ganz außerhalb des Dorfes, am Seeufer, eine Villa hatte, vom Popp-Bäcker das Brot. Langsam – wenn man's so nennen will – räumte der Feind das Feld. Die Stasl kam jeden Tag vom Unterdorf heim, höchstenfalls noch zwei oder drei Semmeln und einen Zwanzig-Kreuzerwecken im Korb. Und eines Tages gab der Renkmair ihr die Botschaft mit, der Maxl sollte sich am Nachmittag beim königlichen Hofküchenverwalter vorstellen. Einen Brief hatte er mitgegeben, der Posthalterwirt, wahrscheinlich weil er fürchtete, die Stasl richte es doch nicht genau aus.

Der Maxl besann sich nicht lange. Er zog sein gutes Gewand an. Ärmlich genug sah er aus. Er bürstete und bürstete an seiner Joppe, aber was fadenscheinig ist, wird nicht besser. Er spie immer wieder auf seine Schuhe und wichste darüber, aber der Glanz wurde statt schwarz fast rostbraun. Immerhin sah er nach all diesen Vorbereitungen doch ganz passabel aus. Als er nach einer Rücksprache mit dem Renkmair das Schloßgartentor durchschritt, die Durchfahrt des Verwaltungsgebäudes hinter sich hatte und vor dem steil aufstrebenden, mächtigen Schloß stand, kam er sich vielleicht wirklich wie ein winziges Nichts vor, denn er schaute ehrfürchtig bis nach oben, wo der Himmel anging. Er schrak fast zusammen, als ihn der Hofgärtner jetzt anredete und war froh, daß ihm der freundliche Herr den richtigen Weg zur Küchenverwaltung zeigte. Sicherlich wäre er durch das Hauptportal einfach ins Schloß gegangen.

Der Herr königliche Küchenverwalter Reblinger war eine respekteinflößende, beleibte, martialische Figur. Er faßte sich kurz, aber nicht unfreundlich.

»So! ... Sie sind also der Herr Bäckermeister Farg? ... Ja, wie gesagt, Sie bekommen die Lieferung, Hauptsache ist vor allem Reinlichkeit und Pünktlichkeit!« sagte er und bestellte für jeden Tag achtzig Semmeln und Eierweckerln, zwei lange Bafesenwecken und je nach Bestellung Schwarzbrot.

»Und wöchentlich ist Abrechnung,« schloß er. Dann wurde er etwas weniger formell und erkundigte sich flüchtig über die Verhältnisse Maxls.

»Soso! ... Also eigentlich schon ein altes Geschäft?« fragte er: »Und Sie sind noch nicht verheiratet? ... Soso, Vater und Mutter leben noch? ... Soso! ... Hm! ... Na, wenn Sie tüchtig sind, hier hat so ein Geschäft eine gute Zukunft ...«

»Jawohl, jawohl, Herr – Herr – Herr Exzellenz!« stotterte der Farg-Maxl unbeholfen und wußte gar nicht recht, was er mit seinem Oberkörper anfangen sollte. Der königliche Herr Hofküchenmeister Reblinger war sehr erbaut von dieser schlichten Einfalt, lächelte gutmütig und entließ ihn mit freundlichem Handdruck.

»Renkmair!« schrie der Maxl fast jubelnd, als er beim Wirt zur Türe hineinstürzte: »Renkmair! Jetz is's nimma gfehlt um an Maxl, jetz bacht er scho für Seine Majestät selba!«

»Und wennscht a Geld brauchst, Becka-Maxl, na kimm und sog's!« sagte darauf der Wirt und schaute ihn listig an.

»Geld? ... Nana, da notig Beck braucht koan's ... Er arbat's si scho alloa raus aus'n Dreck!« gab aber der Maxl arglos zur Antwort, und dem Renkmair blieb nichts andres übrig, als malitiös zu lächeln.

Die Erfolge Maxls blieben natürlich seinen Vatersleuten nicht unbekannt, und auch der Jakl hörte es bald. Er kam nicht. Er blieb stockstumm, wie gestorben. Er saß in seiner Villa, und die Zeit schien ihm davonzulaufen. Am Monatsschluß kam der Maxl in die Hetzlinger-Villa und brachte die hundert Gulden samt Zins. Man setzte sich wieder so halbwegs versöhnt zusammen und trank Kaffee, aber es blieb doch bei einer Kälte.

Als der Maxl endlich gegangen war, hob der Jakl auf einmal den Kopf und sagte zur Annamarie: »I fang doch wieder 's Baun o! ... Jetz kunnt ma's riskiern! ... I geh wieder zon Dennerdollinger ... Der hot ja gsogt, i soit no kemma, wenn's wieder besser herschaugt ...«

Eine fast fanatische Beharrlichkeit brannte in seinen Augen. Die Annamarie wurde ein wenig blaß und fand nicht gleich das Wort. Erst nach einer Weile sagte sie aus einer schüchternen Abwehr heraus: »Jakl, mir san oite Leit ... I tats nimma ...«

Da aber fingen Jakls Augen zu funkeln an, und bissig zog er seine Wangen ein. Wütend schnellte er auf und schrie in ungewohnter Erregung: »Oit oder net! ... Wos der konn, konn i oiwei no! ... Dös mächt i doch sehng!« Und hastig ging er aus der Stube, krachend warf er die Tür zu und ging zum Dennerdollinger vor. Ohne Zögern gab ihm der Fischer die zweitausend Gulden wieder. Der Jakl kam heim und redete nichts, den ganzen Abend. Am andern Tag fuhr er mit dem Flachboot vom Kastner nach Rauschenbach zum Maurermeister Fischhaber hinüber. Mit dem besprach er sich über den Bau des Sommerhauses auf der Kastner-Lende. Schon nach einer Woche arbeiteten Maurer auf dem Grundstück. Eine seltsame Spannung herrschte seitdem zwischen den beiden Jakl-Eheleuten. Man sprach nur das allernotwendigste.

Aug' um Auge

Ja, es war schier wieder wie ehemals: Der Jakl baute wieder. Jeden Tag war er auf der Fischer-Kastner-Lende. Es trieb ihn hinum und herum, ruhelos. Hinter den Arbeitern war er her wie der Teufel. Es ging ihm viel zu langsam. Hochfahrend und aufgeregt konnte er sein, und das war der Unterschied zwischen seinem heutigen und seinem früheren Bauen: Es sah alles aus, als wirke er nicht mehr, um an ein Ziel zu kommen. Es war eher so, als zeige er noch einmal: »Seht, das kann ich noch immer.« Mit einem Wort, er baute eigentlich aus Abwehr, aus Verbitterung über den Maxl, oder auch über alles, was ihm scheinbar vorgekommen war. Denn das war ja das Fargsche, sich nicht unterkriegen zu lassen.

Der Lenz war einmal bei ihm gewesen. Es war die Rede auf den Maxl gekommen. Ja, und da hatte der alte Stellmacher gesagt: »I woaß's net, Jakl ... Er macht si! .... Wohr is's, er is a rechter Schlarifankl ... Ma kunnt scho schier sog'n, a Bazi ... Aba er hot si Kundschaftn zogn, der Popp-Beck liefert nimmer an Hof obi ... Überoi liefert der Maxl 's Brot hi, a Gschäft macht er ... Es is direkt seltsam, wia er dös z'sammbrocht hot ...«

»So? ... Is ja guat ... Na konn er ja seine oitn Vatersleit wos zuakemma lossn?« fragte der Jakl mit verhaltener Gehässigkeit und beschämte damit den Lenz fast. Die Annamarie merkte das auch und kam ihrem Schwager zu Hilfe, indem sie schüchtern sagte: »Dös g'härert si ja ... Aba sowos ziagt ma naus ... Vo der Gnad vo seine Kinder lebn, is net gor so g'schmoch (schmackhaft) ...«

»Ja no, na werd er hoit alloa a reicher Mo (Mann) und versauft sei Geld alloa! ... Wenn i iahm d'Bäckerei net gebn hätt', waar er aa nia soweit kemma,« meinte der Jakl noch verbissener. Die Annamarie und der Lenz waren eine Weile still und schauten sich flüchtig an. Der Stellmacher hatte etwas Schweres auf der Zunge, das merkte man.

»Ja – i hob koa Zeit, i muaß wieder an Bau hintri,« sagte der Jakl und erhob sich unfreundlich. Und da hob der Lenz seinen mageren Kopf.
»Jakl?« sagte er fragend.
»Ja – wos willst denn no?« fragte der Jakl ärgerlich abweisend.
»Der Maxl,« fing endlich der Stellmacher schwerfällig an: »Der Maxl is neiling bei mir hervorn gwen und hot wos daherg'redt ... Er mächt d' Bäckerei gern alloa übernehma ... Er hot g'frogt, wos'd du verlanga tatst – –?« Er brach ab. Der Jakl hatte sich mit einem Ruck herumgedreht und war blutrot im Gesicht.
»Der ...? schrie er: »Alloa! – – Wos i verlang?!«
Der Stellmacher nickte.
»Sogst iahm, wenn er mir den ganzn Hof samt'n König gebn kunnt, kriagert er's net, der Saulump! ... Solang i leb, net!« stieß er heraus und zitterte an allen Gliedern vor Wut. Und eh noch wer antworten konnte, war er draußen. Der Lenz war aufgestanden und stierte sekundenlang mit offnem Mund und großen Augen auf die zugefallne Tür, dann erst fand er die Annamarie in seinem Blickfeld wieder, und die hatte ein trübseliges Gesicht.
»Annamarie?«
»Mei, Lenz? ... Dös soit'st net gsogt hobn!« sagte sie wehmütig.
»Ja mei, i woaß's doch aa net wia er oiwei aufglegt is,« gab der Lenz bloß noch zur Antwort, nahm seinen Hut und ging. Als er in Flechting ankam, sah er den königlichen Herrn Hofküchenmeister persönlich aus der Jakl-Bäckerei heraustreten und war so verdutzt, daß er beinahe zusammenzuckte und erst nach gut fünf Augenblicken den Hut herunternahm und unbeholfen seinen starren Kopf grüßend beugte. Es war bloß gut, daß der Herr ihn gar nicht weiter beachtete.
»A Seefest is! ... Dö russisch' Kaiserin kimmt ... Und do soit er 's Brot liefern!« erzählte ihm die Resl in der Küche: »Grod needi (nötig) hot er's ...«
»Ah! Drum is der Hofkuchimoasta bei iahm gwen?« meinte der Lenz und jetzt sah man's deutlich, daß er stolz war auf den Maxl. Wie weggewischt schienen alle Riemlinger Erlebnisse.
»Dö russisch' Kaiserin kimmt? ... Ja wenn denn scho? ... Ja, konn er den sovui Brot alloa hermacha, der Maxl?« erkundigte er sich und schaute die Stasl, die Viktorl und die kleine Annamarie an und meinte dann: »Ja, do derft's iahm glei helfa ...«

»Jaja, er hot's scho gsagt ... In acht Tog kimmt's, dö russisch Kaiserin!« sagte die vorlaute Stasl: »Er treibt ja aa so umanand wia a Narrischer ...«

»Er wui si ja an Gsölln hertoa ...« warf die Stellmacherin hin.

»An Gsölln ...? – Ja trogt's denn dös aus ...?« fragte der Lenz erstaunt.

»Er werd's scho wissn müassn! ... Er werd scho 's Gschäft danoch macha!« meinte die Resl wiederum genau so trocken. Aber der Lenz war nun schon einmal in die rechte Wärme gekommen und lächelte nachdenklich in sich hinein.

»Hmhm–hm ...« brummte er topfschüttelnd: »Er hot's hoit doch verstandn ... hmhm? ... An Gsölln nimmt er si scho ...« – –

Im ganzen Dorf ging seit dem Tage eine Geschäftigkeit sondergleichen um. Man sah überall königliche Dienerschaften herumlaufen. Der Hirlinger fuhr zweimal eine Fuhre Daxen (Tannenzweige) ins Unterdorf hinunter. Die Schulkinder kamen von Auging heim und sagten immerzu den Vers auf: »Huldvollste Zarin aller Reußen – ein Willkomm wünscht dir der bescheidne, kleine Mund – was unser König fühlt, wir geben es dir kund – und Tag und Nacht woll'n wir dich preisen ...«

Man erzählte von einem gigantischen Feuerwerk auf dem Wasser und daß alle Fischer zusammenkämen. Extra ein großes Prunkfloß sei gemacht worden, worauf die Majestäten dem Fischerstechen zuschauen würden. Und die Kaiserin von Rußland, das sei eine sehr wohltätige Persönlichkeit. Ganz Flechting wolle sie an dem Tage ihrer Ankunft und ihrer Abfahrt ausspeisen, erzählte der Müller-Silvan. Der Renkmair wußte ferner zu berichten, unser König und die russische Kaiserin seien weitschichtig verwandt, eigentlich möge die Kaiserin Rußland gar nicht, ganz insgeheim sei sie hergefahren, bloß weil sie unsere Gegend so gern möge. Das sei überhaupt eine ganz seltsame Geschichte, wie man die zur Kaiserin gemacht habe ...

Aber da redet man lieber nicht weiter, schloß er vorsichtig. Kurz und gut, im Flechtinger «Ober- und Unterdorf wirbelte das kommende Ereignis – man kann schon sagen – die Hirne auf. Jeder Tag verging in größter Emsigkeit, das ganze Seegestade vom Rauschenbacher Ufer bis nach Riemling war in der Mitte der Woche mit einem Girlandenzaun geziert, und nachts sah man jetzt fast immer leuchtende, vielbeampelte Schiffe herumfahren, und Gesang drang oft noch bis zwölf Uhr aus der mondüberglänzten Fläche in die weiten Ufer hinein ...

In Riemling, der Farg-Jakl, kümmerte sich gar nichts um all dies. Es schien, als lebe er gar nicht in dieser Zeit. Er baute. Das Sommerhaus auf der Kastner-Lende wuchs.

Die Popularität des Bäcker-Maxls von Flechting aber wuchs noch schneller. Dieser Mensch, der gar nicht nach was Besonderem aussah, der absolut nichts aus sich machte und sich bei jeder Gelegenheit vor allen Leuten selber als »Notbeißer« und »Armer Schlucker« bezeichnete, der sein Licht wirklich unter den Scheffel stellte und immer gut aufgelegt war, dieser Farg hatte für den Jakl direkt was Unheimliches. War es nun List oder war es wirklich nur ein unglaubliches Glück, was ihn so außergewöhnlich schnell vorwärtsbrachte.

Zum erstenmal kannte sich der Jakl nicht mehr aus. Zum erstenmal sah er in all seinen Gedanken, in seinem Streben, überall, in allen Anfängen, Plänen und Unternehmungen einen unangreifbaren Feind. Es kann sein, daß der alte Mann durch die tausend harten Erfahrungen und Schwierigkeiten, mit denen er sein Leben lang mühselig gerungen hatte, übertrieben mißtrauisch geworden war, daß er hinter allem etwas für ihn Schädliches witterte. Vielleicht war es etwas Unerklärliches, etwas, das verbitterte Menschen meistens erfaßt, wenn sie einmal ganz im Haß festgewurzelt sind. In ein Menschen-Inwendiges läßt sich ja nie schauen. Man kann höchstens aus seinen Taten irgendeinen schiefen Schluß ziehen.

Tatsächlich – so erzählte die Viktorl der Annamarie einmal, als sie das Brot nach Riemling brachte – tatsächlich hatte der Maxl einen Gesellen genommen, und es ging alles wie immer. Das Seefest kam. Es war ungeheuerlich. Der ganze See war ein einziges Feuerfeld. Wie eine Märcheninsel strahlte das königliche Floß inmitten von gewiß fünfhundert flink herumirrenden, blinkenden, blumengezierten Booten. Die ganze Nacht spielten abwechselnd die besten Kapellen Partien aus Wagner-Opern und dann wieder wunderbare italienische Gondoliere-Lieder. Glänzend verlief das Fischerstechen, der Dennerdollinger-Knecht bekam vom König persönlich einen silbernen Becher. In Rauschenbach, auf den Riemlinger Höhen und im Flechtinger Oberdorf schossen unausgesetzt dröhnende Böller. Beim Renkmair war der Garten voll, auf einem großen Bretterbelag tanzten muntere Paare. Ein Lärm und ein Treiben herrschte bis zum ersten Morgendämmern, als ob dieser ganze Landstrich überhaupt nur dieses eine Mal zu einem riesigen Fest aufgetaucht wäre, um dann wieder in eine graue, alltägliche Wirklichkeit zurückzusinken. Und beim Renkmair saß der Farg-Maxl am Tisch der Hofleute, neben dem Wirt und riß alle hin durch seine Fidelität. – –

Während die Leute von allen Dörfern der Umgegend an den Seeufern standen und staunend den hundertfach aufschießenden, vielfarbigen Raketengarben zuschauten, während es auf allen Höhen wie bei einer Schlacht krachte und mächtig widerhallte, während draußen in der hellen Nacht Jubel, Gesang und schmetternde Musik die ganze Luft erfüllte, saß in der Hetzlinger-Villa in Riemling, in seiner Studierkammer, der Jakl wie besessen über einen Plan zu einem Sommerschloß, das auf der Hirlinger-Breite erstehen sollte, und machte die letzten Striche. Er hörte nichts, er sah nichts. Rote Flecken waren auf seinen Backen, seine Augen hatten ein seltsames Feuer. Elfhundert Gulden lagen neben dem Plan, der Rest des geliehenen Geldes vom Dennerdollinger. Der Jakl rechnete hin und her, fing immer wieder von vorne an.

Wieder krachte es in allen Windrichtungen, daß die Fenster zitterten. Er machte eine hastige Handbewegung, als schiebe er etwas Lästiges beiseite. Er sprang auf, ging auf und ab, setzte sich, stand wieder auf, lief hin und her und hockte sich wieder hin. Alles an ihm war wie jagend.

Nebenan, in der Ehekammer, stand die Annamarie traurig am Fenster und schaute in die prangende, wunderleuchtende Nacht hinaus. Sie schlief nicht. Als der erste, milchige Dämmer durch die Fenster rann, ging sie wieder wie alle Tage in die Küche hinunter, kochte Kaffee, und dann kam der Jakl.

Er war gänzlich verändert. Er setzte sich hin, trank die Tasse aus und lächelte in einem fort. Hohl, abwesend sah er auf die erschrockene Annamarie, der das Wort im Halse stecken blieb.

»Hä-hä-hä – – Jetz–jetz fang i 's Schlössl o! ...

Jetz zoag i's iahna richti, wos der Farg-Jakl für oana is ... Hä-hä-hä – – Jetz gehts auf der Hirlingerbroatn o ... Hähä-hä!« plapperte er sonderbar hellstimmig. Grauenhaft zerfahren redete er durcheinander. – –

Und dann, nachdem das Seefest längst vergessen war, so nach zwei Monaten ungefähr, ereignete sich das Schreckliche wirklich. Der Jakl ließ arbeiten wie eben gearbeitet wurde auf der Fischer-Kastner-Lende und fing das Schloßbauen auf der Hirlinger-Breite an. Vorüber war es mit all seiner bedachtsamen Berechnung. Noch etliche Male versuchte die Annamarie ihn zur Vernunft zu bringen, aber er lächelte bloß noch. Er lächelte sein zerfallenes Lächeln.

Die Annamarie preßte ihr Weinen zurück, aber sie magerte ab. Angst und Bangen zehrten an ihr. Es half alles nichts mehr, sie verlor die Kraft und den Halt, genau so wie der Jakl.

Jetzt fing etwas, das auf Lebensdauer zu halten versprochen hatte, zu wanken an, ganz langsam zerbröckelte es. Still und kaum merklich begann es, aber es war der Anfang vom Ende. –

Es war gut – der Maurermeister Fischhaber war ein rechtschaffener Mensch. Das Haus auf der Kastner-Lende wurde bis auf den Dachstock fertig. Der Fischhaber kam in die Hetzlinger-Villa zum Jakl und verlangte Geld.

»Hä–hä–hä! ... Do–do, Fischhaber, do san fünfhundert Guldn ... Der Farg-Jakl konn scho zoin ... Er zoit ois!« sagte der und legte ihm das Geld hin. Der Maurermeister sah ihn mit eigentümlichen Blicken an, sagte bloß das Allernotwendigste und ging wieder. Der Zimmerer von Rauschenbach, der Ignaz Bernlochner, kam und verlangte Geld, als der Dachstock fertig war. Auch er bekam seine hundertfünfzig Gulden. Die Annamarie zahlte ihn und legte dem Jakl die Rechnung auf den Tisch der Studierkammer.

Die Böden wurden in das Haus eingesetzt, die Tür- und Fensterstöcke. Der Schreinermeister Leuthold, der Glasermeister Gernwaggl und der Schlosser Betzloder schickten die Rechnungen. Zum Ofensetzen war kein Geld mehr da. Plötzlich hörte die Arbeit an dem fast fertigen Haus auf der Kastner-Lende auf. Es war wie ein jäher Riß mitten durch alles.

Und nach einem Monat kam auch kein Arbeiter mehr auf die Hirlinger-Breite. Die Betongrundmauern ragten ungefähr einen Meter aus der Erde und blieben so.

Der Jakl kam wieder zum Dennerdollinger.

»Jakl? ... I hob nix mehr ... I glaab, dös soitst net gmacht hobn, zwoa Häuser aufoamoi ... I konn dir mit'n beschtn Willn nix mehr gebn,« sagte der zu ihm. Der Jakl humpelte heim. In der Küche stellte er sich vor die verweinte Annamarie, linste sie verhalten-mißtrauisch an und fragte mit einem fast hämischen Lächeln: »Annamarie? ... Hobn mir wirkli koa Geld nimma? ... Wirkli?«

Häßlich war er, gemein grinste er.

»Jakl!? ... Jakl?! ... Um Gotteswilln, Jakl, wos host denn aufamoi gegn mi? ... Du woaßt doch, daß mir nix mehr hobn!« heulte die Annamarie gebrochen aus sich heraus, fiel auf die Holzbank, warf den Kopf auf den Tisch und schluchzte schrecklich.

»Hähä – i hob bloß gmoant, du hättst no oans hintn von Hetzlinger?« plapperte der Jakl tonlos und ging, ohne sich um sie zu kümmern, in die Studierkammer hinauf.

Am andern Tag war er viel gefaßter. Nach langer Zeit redete er wieder einmal warm und zärtlich und sehr lange mit seinem Weib. Alle Möglichkeiten, zu Geld zu kommen, besprach man. Lebendig wurde die Annamarie, als sie ihren Jakl in seiner ganzen Hilflosigkeit sah. Wie er anfangen wollte und dann wieder stockte, wie er wieder in einem Fluß dahinredete, wenn er auf das Schlößchen zu sprechen kam, wie er auf einmal bedrückt wurde, und wie sein Kinn zu zittern anfing! Was war er eigentlich? Ja – er war eben doch der Farg-Jakl, er war ganz einfach ein Mensch, mit dem man anders sein mußte, anders in allem, ganz anders wie mit den sonstigen Menschen.

»Jakl! ... Mei Jakl!« sagte sie auf einmal ungewohnt herzlich und ihr ganzes Mitleid lag darin. Sie faßte seinen Kopf mit beiden Händen. Ihre Augen waren naß. Da aber quietschte das Gartentürl und im Kies knirschten die Schritte. Sie drehte sich hastig herum und schaute durchs Fenster. Der Rentier Guggenheimer war es. Sie wischte sich schnell die Augen aus und war wieder ganz die alte, ging rasch an die Tür und empfing den alten Herrn mit aller Freundlichkeit. Auch Jakls Gesicht hatte sich aufgelichtet. Er nickte und stand auf.

»Bleiben Sie sitzen, Herr Farg! Sitzen bleiben!« sagte der Guggenheimer sogleich und drängte ihn auf die Bank nieder.

»Sitzen bleiben ...!« wiederholte er leger und setzte sich selber auf den hingeschobenen Stuhl. Er hatte es ganz eigentümlich wichtig.

»Ja – hm, eigentlich – ich falle ja gleich mit der Tür ins Haus, lieben Leute ... hm ... Hm, ja,« fing er alsdann doch etwas verlegen an und fragte unvermittelt, ob für das Haus auf der Kastner-Lende schon ein Reflektant da wäre.

»Obs oana kaafa will ...? ... Ob i scho oan hob? ... Nana, na, no net, Herr Guggenheimer!« antwortete der Jakl ziemlich eilsam: »Nana–na ... i hob –«

»Soso ... Ja sehn Sie, ich wollt ja schon lang kommen ... Ich wollt' nur erst abwarten, bis es fertig ist, aber jetzt hat mir mein Bekannter geschrieben, ich sollt' doch mal nachfragen, ob's noch zu haben wäre,« erzählte der Guggenheimer. Dem Jakl verschlug es buchstäblich den Atem, aber die Annamarie hatte sich viel schneller in der Gewalt und sagte: 's Kastner-Haus ist üns scho feil, Herr Guggenheimer!« Und dabei schaute sie wie warnend auf ihren Mann, so bestimmt, daß der es begriff und ihr schweigend sozusagen die Führung des Gefechtes überließ.

»Soso? ... Ja ...? ... Fertig ist's noch nicht, oder?« erkundigte sich der Guggenheimer listig, aber mit einer so gutgespielten Arglosigkeit, daß die zwei Farg-Leute ganz offen wurden. Der alte Herr verließ sehr befriedigt die Hetzlinger-Villa, nachbarlich-freundlich wie immer. Der Preis war genannt, alles war abgemacht. Guggenheimer versprach, sofort zu schreiben.

»Meinem Bekannten kommt es ja vor allem darauf an, recht bald aus der Stadt herauszukommen ... Nun und wenn's nichts anderes mehr ist, als die Öfen ...? ... Das kann er sich ja selber machen lassen ... Wir haben ja auch noch Sommer ...« sagte er vor dem Weggehen. –

Die Annamarie war keine heiße Person, diesmal aber war sie wie umgewandelt. Schier aufjubelnd rief sie dem Jakl zu: »Und jetz konnst dei Schlössl weiterbaun, Jakl! ... Und dö Leut iahna saudumm's G'red hot si aufg'härt! Koan Dennerdollinger und koan Maxl braucht ma net! ... Jakl, Herrgott, Jakl! ... Jakl!! ... Wos schaugst denn a so in oa Loch nei? ... Mir hobn doch wieda Obawassa! ... Es geht doch wieda ois auf's bescht' ...?!«

»Ja–ja–jajaja!« hastete der Jakl, wie aus einer Erstarrung erwacht, heraus und riß seine Augen auf.

»Ja!« sagte er fest und entschlossen wie früher: »Jetz geht ois wieda! Der Herrgott hot's üns guat gmoant ...!«

Es stirbt wer

Lang war der Jakl nicht mehr nach Flechting gekommen Was wollte er auch dort. Höchstenfalls konnte er sich einen Ärger über Maxls Erfolge holen. Derentwegen suchte er auch seinen Bruder Lenz nicht mehr auf. Und dann – jetzt hatte er auch keine Zeit mehr. Nach ungefähr zwei Wochen kam der Rentier Guggenheimer mit einem Herrn Romanschriftsteller Hofländer zu ihm und schaute sich das Haus auf der Fischer-Kastner-Lende an. Er bekrittelte allerhand und fand den Preis für das Objekt schon deshalb zu hoch, weil er noch ziemliche Ausgaben bis zur Beziehbarkeit errechnete.

»Tja–tja, wie gesagt, das muß ich mir schon noch schwer durch den Kopf gehen lassen, Herr Farg! ... Da kann ich Ihnen noch gar keine bindende Antwort in absehbarer Zeit geben,« hatte er gesagt, und dann war er abgefahren. Der Dennerdollinger, der ihn nach Rauschenbach hinüberruderte, erzählte dem Jakl am andern Tag, daß der Herr sich in einem fort recht hintervotzig erkundigt habe über den Neubau, über die Jakl-Leute und deren Verhältnisse. Der Guggenheimer kam in die Hetzlinger-Villa und fand es für nötig, sich zu entschuldigen, weil er zu schnelle Hoffnungen gemacht hatte, ja, als er die zwei Eheleute so verräterisch offensichtlich niedergedrückt antraf, fing er sogar zu trösten an und versprach sein möglichstes zu tun, daß der Kauf zustande komme.

Bange, entschlußlose Tage verliefen. Der Herr Romanschriftsteller Hofländer ließ nichts hören, und der Guggenheimer kam auch nicht mehr aus seinem Seewiesen-Haus. Die Farg-Viktorl, die jeden Tag nach Riemling das Brot brachte, und, wenn sie mit dem Austragen fertig war, meistens bei der Annamarie in der Küche einen Kaffee bekam, erzählte einmal, der Vater habe sich niederlegen müssen.

»Niederlegn? ... Soso ... Wos fehlt iahm denn?« wollte die Annamarie wissen. Jaja, sie erinnerte sich, schon damals, als der Stellmacher zum letztenmal dagewesen war, hatte er ihr gar nicht gefallen.

»Krank is er ... I woaß's aa net ... Vorgestern hat er gsogt, daß iahm net guat is an Mogn ... Na hot er a poor Glasl Taubeerschnaps trunka und na hot er si niederglegt ...« berichtete die Viktorl und weil sie es gerade nicht so sagte, als wie wenn dem Vater so gefährlich viel fehle, achtete die Annamarie auch nicht besonders darauf. Doch schon nach etlichen Tagen wurde es mit dem Stellmacher viel schlechter. Er wollte zwar immer wieder aufstehen, aber es ging nicht mehr. Er wehrte sich hartnäckig gegen das Doktorholen, aber weil der Hofrat Sauminger gerade bei der Raffingerin wegen ihrem wehen Fuß da war, holte ihn die Resl herunter. Der Hofrat war ein guter Doktor, aber saugrob.

»Da habt's Zeit ghabt, daß ihr mich g'holt habt, Rechamacherin ... Wenn's gut geht, reißt er's vielleicht noch durch, aber liegen bleiben wenn er nicht tut, nachher garantier ich für nichts!« sagte er nach der Untersuchung zur Resl und schrieb ihr die Medizin auf. Die kleine Kathl mußte gleich nach Rauschenbach gehen und sie auf der Apotheke holen.

Der Stellmacher schimpfte wütend auf diese ganzen Machinationen.

»Wenn oan a Schoaß an Bauch rumgeht, na hoit's ös Weiberleit an Dokta!« knurrte er die Resl an: »Dös is nix anders ois wia a bissl a Gichtn und an Mogn hob i mir mit dö warma Semmeln verdorbn, dö wo d' Stasl neiling in der Früah fürabrocht hot ... Herrgott, i woaß net, daß'ts gor so damisch seid's – –« Er mußte aufhören. Das Husten ging wieder an. Trocken und hart war es. Der Maxl stand in der Tür und sagte: »Vata ...?«

Und wie das oft ist – man sagt irgendein Wort hin, bloß so wie tausend andre, und will auch weiter nichts damit, aber sonderbar, es hat etwas im Klang, das viel mehr sagt. Unschlüssig stand der Maxl da, unverwandt sah er auf seinen Vater und der wurde auf einmal ruhiger. Das Husten legte sich, er keuchte etliche Male schwer, legte sich ermattet ins Kissen zurück und sagte: »Maxl!«

Der Maxl ging ans Bett, beugte den Kopf, die Augen der beiden verfingen sich ineinander, stumm und beredt.

»Vata? ... Schon di! ... wos der Dokta kost zoi i ... Du host lang gmua g'rackert und nia wos Guat's ghabt auf der Welt ... In Gott'snam, jetz bin doch i do!« sagte der Maxl nach einer Weile und verschluckte das andre.

Der Kranke sagte nichts mehr. Erschöpft nickte er ein ganz klein wenig. Seine Augenlider waren halb geschlossen und fielen jetzt ganz zu.

»Holt's bein Renkmair druntn an Rotwein,« sagte der Maxl zu seiner Mutter, und beide gingen leise aus der Ehekammer. –

In derselben Nacht fing der Kranke das Phantasieren an, dann, um fünf Uhr in der Frühe holte der Maxl den Pfarrer zur letzten Ölung. Unheimlich still wurde es im Farg-Haus.

Am Vormittag kamen die zwei Jakl-Leute von Riemling herein. Während die zwei Schwägerinnen in der Küche redeten, ging der Jakl zu seinem kranken Bruder hinauf. Der Lenz öffnete seine glanzlosen Augen. Schweiß stand auf seiner alten, verfurchten Stirne und auf seinen eingefallenen, gelben Backen brannten unregelmäßige rote Flecken.

»J–Jakl? ... –akl ... –aggl, bischt do ...?« plapperte er phantasierend und rührte sich nicht.

»Lenz? ... Lenz!!« hastete der Jakl überwältigt heraus und bekam nasse Augen.

»Da Ma–axl hot an Ro–otwei holn lossn ... Und na san ma spaziern ganga ... zu dir naus ...« hauchte der Kranke und bekam ein leichtlächelndes Gesicht. So blieb er.

»Lenz!? ... Lenz!« wiederholte der Jakl, aber keine Antwort kam mehr. Reglos lag der Stellmacher.

Wie zerfallen kam der Jakl in die Küche hinunter und sagte tonlos: »G'storbn is er ...« Dann brach er wie ein gefällter Baum aufs Kanapee und blieb sitzen, die ganze Zeit. Alles um ihn herum ließ er gehen, wie es ging. Erst als der Totenwagen draußen stand, und der Kragerer und der Mesner den Sarg durch die Küche und Werkstatt trugen, trottete er mit dem Trauerzug aus dem Dorf. Beim Begräbnis stand er neben der Resl und der Annamarie und starrte unausgesetzt in das schwarze Erdloch. Es sah aus, als wäre alles Leben aus ihm gewichen. Steif, gezwungen und fremd saß dann die ganze Verwandtschaft in der Leixner-Stube in Auging, er war nicht dabei. Es war ja auch wirklich alles bis zum Ekel verfahren: Durch den Tod Lenz' fiel laut Erbvertrag der Halbteil am Haus dem Maxl zu. Die Geschwister mußten bei ihrer Volljährigkeit oder Verheiratung hinausbezahlt werden. Und in der Bäckerei saß auch der Maxl fest wie noch keiner. Über kurz oder lang kam er ja doch daher, dieser hinterlistige Hund, und schlug eine Abfindungssumme vor und was blieb da übrig, wenn man mit beiden Füßen im Verderben steht, als nachgeben?

Der Herr Romanschriftsteller ließ auch nichts mehr hören. Ein Tag wie der andre haspelte sich ab, beinahe so wie ein Stück unsichtbarer Strick von einer Spule und wand sich um den Jakl, band ihn zusammen, ihn, seinen Willen, seine Pläne und Berechnungen ...

In Flechting, im Bäckerhaus ließ der Maxl die Tür wieder durchbrechen, die seinerzeit der schwarze Peter selig zugemauert hatte. Man hauste wieder zusammen. Die Stellmacher-Werkstatt blieb nicht lang. Eines Tages fing der Schmalzer-Wastl drinnen an, den Boden neu zu legen, und der Amplezer schlug die vordere Mauer durch. Einen Laden baute der Maxl.

»Ja, und do mächt er oin Teifi verkaafa nachha ... A Spezereihandlung wui er aufmacha und mir soit'n iahm an Lodn geh ...« erzählte die Viktorl der Annamarie in Riemling.

»So ...? ... Ja hot er denn sovui Geld? ... Der gibts ja aufamoi so groß?« fragte die und wieder gab die Viktorl zur Antwort: »Jaja,'s Gschäft geht guat ...«

Der Jakl hatte es gehört und ging stumm aus der Küche. Als er am frühen Nachmittag, nach langem, hartnäckigem Überlegen, den Überzieher anziehen wollte, um nach Flechting zu gehen, schrie ihm auf einmal die Annamarie hinauf, er sollte herunterkommen, der Maxl sei da und möcht ihm was.

Der Jakl glaubte nicht richtig zu hören und blieb wie vom Schlag getroffen stehen. Er warf den Überzieher weg und ging hinunter. Der Maxl hatte nicht einmal den Hut abgenommen, er stand da, als wie wenn er bloß schnell was ausrichten wollte. Dem Jakl stieg schon gleich der Groll auf. Er verlor im Nu die Farbe.

»Wos mächs't denn?« fragte er kurz.

»I müaßt' redn mit dir, Jakl ...«

»So? ... Dös konnst ja,« warf der Jakl wegwerfend hin.

»Wos verlangst für d' Bäckerei, Jakl?« fragte da der Maxl so unvermittelt, daß der Jakl gleichsam die Verblüffung vergaß.

»D' Bäckerei ...? ... So bischt deswegn kemma? ... Moanscht, 's Wassa laaft mir scho beim Mäul nei und jetz kunnt'st mir's schnell o'schwindln?« stieß dieser hämisch heraus und wollte sich schon wieder zum Gehen umdrehen.

»Jakl? ... Geh, wer werd denn jetz glei gor a so streitn!« lenkte jetzt die Annamarie ein und setzte fast ungeduldig hinzu: »I woaß's net ... Überoi vertrogt ma si, bloß bei dö Fargs, do geht's oiwei in oana Feindschaft dahi ... So red'ts hoit mitanander wia si si g'härt ...!« Sie schien wirklich ärgerlich über die Starrköpfigkeit ihres Mannes und wahrscheinlich, weil der Jakl aus ihrem Gerede etwas wie eine dringliche Warnung heraushörte, blieb er auch. Auch der Maxl bekam jetzt mehr Mut und Hoffnung.

»Es braucht's ja aa net, daß d' mir's gibst, Jakl ... Aba dös verstehst doch, daß i jetz, wo i ois übernomma hob, doch amoi ois g'regelt wissn mächt,« sagte er schon viel legerer, und dann setzte man sich in die Stube.

»Also, jetz red'!« sagte der Jakl kurz und mürrisch und hörte den Ausführungen Maxls stumm zu. Offen und warm schilderte dieser seine Lage, den Geschäftsgang, seine weiteren Absichten mit dem Farg-Haus.

»Geld, Jakl, kunnt i gmua hobn! ... A jeder tat mir's gebn ... Der Renkmair hot mir's scho so und so oft o'botn, aba i mog net! ... I brauch koan Fremdn, der wo mir nachha hintn und vorn neischaugn konn ... Und i brauch aa koa Geld net ... Es geht soweit ganz guat ... D' Bäckerei hot si gmacht ... Jetz nachha der Spezereilodn werd' aa geh ... Bis meine Schwestern und der Lenz heiratn, werd i's scho nauszoin kinna,« sagte er und meinte, sowas was der Jakl geleistet habe an der Bäckerei, das könne man nicht mit Gericht und Advokat abmachen, da sei's am besten, man würde untereinander einig. Und dies klang zwingend, das rührte vielleicht auch den Jakl, wenn er gleich mit keiner Miene was verriet. Man fühlt sowas aber meistens durch die Luft.

»Du baust jetz wieder weiter a der Hirlinger-Broatn drobn, hob i ghärt?« fragte der Maxl so zwischendurch und lugte auf den nachdenklich gewordenen Jakl. Dessen Gesicht wurde für einen Moment finster. Er sagte nichts.

»Dös is a guate Spekalation,« meinte der Maxl abermals.

»Kunnt scho sei,« erwiderte der Jakl vorsichtig.

»Ünsa Gegnd? ... Do werd no amoi a jeda reich, wenn er's gscheit o'packt,« nahm der Maxl das Wort wieder. Er schaute dabei immer wieder von Zeit zu Zeit auf den Jakl, der sich sichtlich Mühe gab, nichts von seiner harten Lage zu verraten.

Einmal passierte es, daß sich die Blicke der beiden trafen. Beim Jakl waren sie feindlich-argwöhnisch, beim Maxl undefinierbar.

»Wenn i wia du waar, Jakl? ... I tat baun, wos der Zeig hoitert,« sagte der Jüngere wieder. Die Annamarie, die es gehört hatte, während sie den Kaffee eingoß, seufzte schwer. Der Maxl überhörte es nicht. Der Jakl schwieg immer noch.

»Und wenn i's Geld oimoi (allemal) aufnehma müaßt' ... I bauert, wos i kunnt!« sagte der Maxl und jetzt wirkte seine Berechnung. Der Jakl hob das Gesicht und musterte ihn. Dann fragte er so ganz von außen herum, ob er denn überhaupt seinen Pflichtanteil am Haus sofort in bar ausbezahlen könnte.

»Seinerzeit san dir fünfhundert Guldn nausgmacht wordn ois Heiratguat, aba dös is natürli jetz lächerli ... Noch den, wos'd du a dö Bäckerei neig'steckt host, müassertst ja vui mehra kriagn und dös mächt i aa macha lossn bein Notar,« sagte der Maxl mit geschickter Arglosigkeit. Der Jakl war jetzt viel interessierter.

»Und dö fünfhundert Guldn kunnt'st mir jetz auszoin, wenn i's verlang?« fragte er.

»Dö scho,« war die Antwort.

Der Jakl warf der Annamarie einen fragenden Blick zu und die nickte unbemerkt. Eine kurze Pause entstand. Jeder ging sozusagen ins Berechnen und Überlegen über.

»Jetz i moanert, der Maxl waar doch koa Hammi net ... Er hot doch 's Gschäft a d' Höh' bracht ... Da losserts si do scho redn,« ermunterte die Annamarie den Jakl. Sie sagte es aber mehr indirekt, mehr wie eine Betrachtung für sich. Der Jakl richtete sich etwas frischer im Stuhl auf.

»Dös wui hoit aa überlegt sei! ... Dös konn i jetz net glei sogn,« sagte er nun: »I sog dir's nachha scho ...«

»Ja, so pressiert's ja aa net,« antwortete der Maxl darauf und war zufrieden. Er trank seinen Kaffee aus. Man redete wieder friedlich über allerhand Neuigkeiten, über das Wetter und dergleichen und ging auseinander.

»Na gibst mir hoit Botschaft, oder loßt di amoi sehng bei mir drinna ... Do konnst dir ja na mein neu'n Lodn aa o'schaugn,« sagte der Maxl beim Abschied und drückte dem Jakl und der Annamarie herzlich die Hand. In der besten Laune kam er im Farg-Haus in Flechting an.

Immer wieder, immer wieder ließ der Jakl einen Tag verstreichen und ging nicht zum Maxl hinein, gab keine Botschaft, obwohl sich die beiden Eheleute nach langen Unterredungen schon seit dem ersten

Tag darüber einig waren, daß man auf die Vorschläge Maxls eingehen konnte. Immer wieder wartete, hoffte und wünschte der Jakl, daß vielleicht doch der Herr Romanschriftsteller Hofländer Antwort geben würde. Es verging aber eine Woche, die zweite und die dritte und nichts dergleichen geschah. Herbst wurde es.

Endlich machte sich der Jakl eines schönen Nachmittags auf den Weg nach Flechting. Er ging langsam und blieb oft und oft zögernd stehen. Jedesmal sah es aus, als wollte er umkehren.

Der Maxl war nicht da, als er im Farg-Haus ankam. Die Stasl mußte ihn vom Renkmair holen. Unterdessen schaute der Jakl das Haus an. Eben war der Laden fertig geworden und sah sauber aus, ein großes Fenster hatte er, und eine lange Schubfachstellage stand bereits an der Wand. Leben herrschte überall, nach Brot roch es, und an allem merkte man, hier helfen die Leute zusammen. Die Viktorl, die Katl und die Stasl waren muntere Dinger geworden und hantierten geschäftig. Der Jakl ging in die Bäckerei hinter. Die Backstube war sauber aufgefegt, die Ofengrube blank, und die Mehltruhen waren voll.

Als der Maxl heimkam, schaute ihn der Jakl mit verhaltnem Respekt an und sagte: »Schö host es beinand.« Und nach ganz kurzem Hin- und Herreden fuhren die zwei nach Rauschenbach zum Notar Meilbeck hinüber. Der Maxl gab es nobel. Extra bestellte er dafür dem Raffinger seine Chaise, und in schneidigem Trab fuhr der Franzl den ganzen Weg hin und her.

Zweitausend Gulden hatte sich der Maxl zu zahlen verpflichtet, in halbjährlichen Raten von fünfhundert Gulden. Der Jakl kam heim und legte das Geld auf den Tisch. Er war nicht lustig und auch nicht traurig, und als die Annamarie meinte, jetzt könnte er ja wieder die Maurer bestellen, sagte er fast gleichgültig: »Noja, fang' ma hoit wieda o in Gottsnam ...«

Entspannt war er, aber nicht befriedigt. Er hatte nachgeben müssen, das wurmte ihn.

Die Maurer fingen nach etlichen Tagen wieder an auf der Hirlinger-Breite. Langsam, ganz allmählich, nicht mehr so wie früher, kam dem Jakl das Interesse wieder.

Und dann, an einem Vormittag einmal, kam die Annamarie zum Bauplatz und holte ihn, weil der Herr Hofländer beim Guggenheimer drunten wartete.

»Will er kaafn ...?« fragte der Jakl sie.

»Ja.«
Herrgottsakrament-sakrament-sakrament! Jetz kimmt er daher, der damisch' Hund, der damisch'!« knurrte der Jakl: »Jetz, weil i mi von Maxl ei'fanga lossn hob müassn ... Wenn nu der Teifi glei ois holert!«

Und fluchend und brummend ging er hinunter nach Riemling. Der Verkauf kam zustande. Es war sogar sehr gut, daß der Jakl ziemlich mürrisch war, und gar nicht so tat, als sei ihm das Haus auf der Kastner-Lende feil. Der Herr Hofländer hatte auf einmal gar nichts mehr auszusetzen und handelte auch nichts mehr vom Preis ab. Übrigens mußte er auch ein schwerreicher Mann sein, denn er zahlte am andern Tag, bei der Protokollierung, die ganze Summe auf einmal. Der Jakl vergaß beim Heimgehen schließlich doch seinen Ärger über die voreilige Abmachung mit dem Maxl und war an dem Abend wieder belebt, ja fast begeistert.

»Jetz is scho ois gleich!« rief er, als er mit der Annamarie ins Bett stieg: »Aba dös werd a Schlössl, daß dö ganz Gegnd schaugt ...!«

Und von da ab war er wieder ganz der alte. Es lebte überhaupt nichts mehr für ihn als der Bau, das Schloß oder, wie er oft und oft sagte, sein Meisterstück.

»Unerforschlich sind des Schicksals Wege«

Wirklich einen fast märchenhaften Aufschwung hatte die ganze Seegegend in der kürzesten Zeit erlebt. In diesem Sommer hatte der König neben seinem Privatdampfschiff noch drei größere für den allgemeinen Verkehr bauen lassen, die nun jeden Tag fahrplanmäßig den See auf- und abfuhren und an allen größeren Uferorten anlegten. Dadurch wuchs der Fremdenzustrom gewaltig an. Außer den zahlreichen hohen und höchsten Herrschaften, die sich im Laufe der Jahre allenthalben Sommersitze gebaut hatten, kamen jetzt auch Sommerfrischler und unzählige Tagesgäste. In Riemling baute ein Wirt aus München eine Restauration direkt ans Seeufer, und der Renkmair schenkte an den schönsten Nachmittagen Kaffee aus. Aus den einstmals unbeachteten, stillen Dörfern wurden belebte Orte, allen voran Flechting und Riemling, die ja direkt am Königsschloß lagen und selbstredend die meiste Anziehung ausübten.

Der Renkmair hatte wahrhaftig recht gehabt: »So ein König, das war wirklich ein Kapital.«

Und vor allem dieser König! Der war ja wie geschaffen, die Leute aus allen Himmelsgegenden herzuziehen.

Erstens einmal war er unglaublich schön: Ein Gesicht, wie aus Porzellan gegossen, wunderbar geschwungene Lippen, herrlich flaumrote Wangen und direkt faszinierende Träumeraugen, die ständig schwärmerisch in die Höhe sahen, herrlich schwarzes, wallendes Haar, von Gestalt groß und füllig, mit wahrer Heldenbrust. Und zweitens war er nicht verheiratet. Man erzählte sich die geheimnisvollsten Liebesgeschichten von ihm. Es läßt sich leicht denken, daß eine solche Majestät umschwärmt war vom Volk bis in die höchste Gesellschaft. Und drittens endlich war er ganz für das Pompöse und Prächtige eingenommen, das einem Monarchen ja stets Bewunderung und Respekt sichert. Außerdem war er eben – mit einem Wort – die meiste Zeit in

Flechting und ließ sich viel sehen und d a s erst w i e ! Er fuhr fast stets im offenen Vierspännerwagen. Er zeigte sich freigebigst dem Volke. Die Zeit wurde anders und modelte die Dörfler um. So nach und nach starben ja auch die alten Leute weg. Kurz nach dem Farg-Lenz traf es den alten Raffinger für die Ewigkeit, die Fischer-Kastnerin von Riemling traf der Schlag, und der Leixner von Auging starb. Die Leixnerin verkaufte die »Postwirtschaft« an einen Ignaz Klostermaier, einen Wirt aus der Gebirgsgegend.

Auch nach Flechting kamen verschiedene Zuzügler. Der Wagner Neuner aus dem Niederbayrischen siedelte sich an, und zum Schmied Banzer zog der Schuster Lang von über dem See drüben. Beim Bätz nahm ein Sattler Logis und richtete sich mit der Zeit, hinten im leeren Stall, eine Werkstatt ein. Handwerker fanden jetzt guten Verdienst hier.

Das größte Geschäft machte der Farg-Maxl. Er war der einzige Bäkker am Ostufer des Sees, der Popp von Rauschenbach belieferte jetzt das Westufer. Eine noch nie dagewesene Wohlhäbigkeit zog nach und nach in das alte Rechenmacher-Haus in Flechting, aber es waren eben doch ihrer fünf Geschwister und der Zwerg da und die alte Mutter. Die Stasl ging schon eine Zeitlang mit dem Maurer Pteschak, einem Böhmen, der auf dem Restaurationsbau in Riemling arbeitete, und wollte heiraten, die Kathl lernte in Rauschenbach bei der Frau Koscher die Näherei und hatte auch bereits ihren Hochzeiter, die Viktorl zerkriegte sich eines Tages mit dem Maxl und fuhr auf und davon, in die Stadt hinein. Kurz darauf schrieb sie um ihr hinausgemachtes Heiratsgut und um die zur Verehelichung nötigen Papiere. Wie das eben so geht, wo so viel Kinder sind, keiner möchte zu kurz kommen, und an dem, der das Haus übernimmt, bleibt der meiste Verdruß.

Umgebaut hatte der Maxl, dem Jakl hatte er die zweite Jahresrate ausgezahlt, und jetzt kamen die Schwestern mit ihren Forderungen.

»Ja Herrgottsakrament-sakrament! I konn doch 's Geld aa net scheißn!« schimpfte er, als er der Viktorl ihren Brief las: »I muaß hoit aa schaugn wia i's z'sammbring' …!«

»Ja no! Na hättst ös hoit glei sogn solln auf'n Notariat, daß d' net sovui zoin konnst … Du host ja oiwai no dös Mehra, dir bleibt ja doch 's Haus!« warf die Stasl hin: »I mächt aa mei Geld boi! … Glaabst, daß i ewi dei Dianstmadl mach' …!«

Jetzt ging also das an. Bei kleinen Reibereien blieb es nicht, mitunter hörte man den Maxl mordsmäßig schimpfen und fluchen, aber die Stasl und die Kathl blieben ihm auch nichts schuldig.

»Mir müassn 'naus, und du bleibst schö warm herinn!« schrie die Kathl gehässig.

»Ünser Geld muaß her, gehts wia's mog!« plärrte die Stasl noch grimmiger.

Die alte Fargin fing das Weinen an, als der Maxl einen Stoß leerer Milchweiglinge (Töpfe aus Ton) hinwarf, daß die Scherben splitternd auseinanderflogen. Die Stasl trug am andern Tag kein Brot mehr aus. Sie ging überhaupt nicht aus ihrer Kammer. Der Maxl kam zum Gesellen und meinte, ob er nicht ausnahmsweise einmal das Brot austragen wolle, aber der sagte schon gleich: »Nana, soweit loß i mi net herbei! ... Dös is koa Arbat für an Gsölln ...«

Ärgerlich und erbost über alle ging schließlich der Maxl selber nach Riemling und ins Unterdorf. Überall spöttelte man.

»Holla, Beck, san dir jetz deine Weiba untrei wordn? ... Mings (mögen) nimma jetz?!« lachte der Renkmair schon von weitem, und mit gezwungener Gleichgültigkeit erwiderte der Maxl: »Ja! ... Dö konn der Teifi no derreitn, seit's d' Hochzeiter in der Nosn hobn ...«

»Hochzeiter? ... Ja wos'd du net sogst? ... Mächtn denn dö scho heiratn?« fragte der Renkmair sofort wieder interessiert.

»Ja ... D' Stasl hot so an Bömarkn, den wo's ois's hinhängt, d' Viktorl hot a der Stadt drinn oan derwischt, und bei der Kathl kennst di überhaaps net aus!« murrte der Maxl.

»Ja–a? ... Und do mächtns jetz wahrscheinli iahna Geld glei?« erkundigte sich der Posthalter-Wirt.

»Natürli! ... Deswegn san's ja so narrisch auf mi, weil i's iahna net glei aufamoi gebn konn ... Es gibt ja nix Rabiaters ois wia a Weibsbuid!«

Der Maxl wartete geradezu, daß der Renkmair ihm wieder Geld anbieten würde, aber merkwürdigerweise, der Wirt tat diesmal gar nicht dergleichen.

»Soso? ... Hmhm! ... Mei, Maxl, do host aa nix Guats,« sagte er bloß. Noch viel mürrischer kam der Maxl heim von diesem Brotgang. In solchen Fällen passiert's ja dann meistens, daß man wegen einer Kleinigkeit oft in die sinnloseste Wut kommt. Eigentlich war es gar nicht der Mühe wert, aber weil die Backstube nicht aufgekehrt war, fing der Maxl auf einmal mit dem Gesellen einen wüsten Streit an. Es ging hin und her mit Flüchen und Benennungen, und schließlich warf der Geselle einfach kurzerhand den Besen hin und verließ das Haus.

Es war bloß gut, daß der Winter schon vor der Tür stand. Der größte Teil der Herrschaften war in die Stadt gezogen, und die Arbeit war sowieso weniger, der König war auch fort, und auf den verschiedenen Bauplätzen mußte man die Arbeit einstellen. Kälte kam, Wind, und schließlich Schnee und Frost.

Der »Bömark« von der Stasl war ein ziemlich dickfelliger und widerwärtig-aufdringlicher Konsort. Er nistete sich, nachdem man das Bauen unterbrochen, beim Farg in Flechting ein und tat, als wenn er zur Familie gehöre. Im »Juchhe« (Dachboden) droben hatte er seine Kammer. Die Stasl hatte ihn einfach einmal heimgebracht und steckte ihm alles nur so hinten und vorn hinein, Brot und Mehl, Zucker und Eier, Butter und sogar die Hemden vom verstorbenen Stellmacher. Weiber, wenn einmal in einen vernarrt sind, kennen ja keine Grenzen mehr. Was wollte der Maxl dagegen tun. Der »Bömark« hatte das körperliche Übergewicht und war als gefährlicher Messerheld bekannt. Er hingegen ein hagerer Mensch, der vom Raufen nie etwas wissen wollte.

Der Maxl schaute mit verbissener Wut diesem Treiben zu und steckte auch das Gespött der Leute am Biertisch ein, wenn es hieß, beim Beck – den seine Schwestern nehmen gleich direkt ihre Kerl' ins Haus und halten sie aus.

Da schaff' einer reinen Tisch, wenn's so liegt. Der Maxl war still und trachtete insgeheim mit aller List, die Stasl und diesen saubren Patron baldmöglichst zu einem Paar zu machen. Aber seine Schwester, die war eine, die man nicht so leicht hinters Licht führte. Da gehörten schon andre dazu, wie der Maxl. Sie rechnete vielleicht viel genauer. Sie sagte sich: Jetzt hat er keinen Verdienst, der Pteschak, da ist das Heiraten eine riskante Sache. Also hält man sich daheim mit ihm, solang es nur geht.

Hol alles der Teufel, plötzlich aber kam die Kathl daher und wurde jeden Tag dicker. Der Gendarm Rauch von Rauschenbach war hinter ihr her wie der Leibhaftige hinter der armen Seele.

Der Maxl fing zu schimpfen an, aber er bekam nur immer wieder zu hören: »Gib üns z'erscht ünsa Geld, nachha red! … Vorlaifi g'härt 's Haus grod so guat üns wia dir …«

Das ganze Dorf redete schon von der Weiberwirtschaft beim Bäkkermaxl.

Und Monat um Monat verstrich. Der Winter verging, und im Mai waren wieder die fünfhundert Gulden für den Jakl fällig. In der Hetzlinger-Villa wartete man hart darauf, das wußte der Maxl nur zu gut. Der Jakl hatte sich verrechnet mit dem Schloßbau, schwer verrechnet. Man konnte fast sagen, ungestraft baut man als kleiner Mann kein solches Schloß. Das Geld, das das Fischer-Kastner-Haus abgeworfen hatte, war weg, und das, was der Maxl bezahlt hatte, auch. Außerdem kränkelte die Annamarie schon eine Zeitlang.

Der Maxl wurde unruhig. Die Arbeit war wenig und der Verdienst erst recht. Das Haus voller Leute und voller Streit. Der Mai verging, der Juni brachte die Fremden wieder und den König. Das Geschäft fing wieder an, aber der Maxl war allein gelassen, die Stasl übernahm die Kantine auf dem Riemlinger Restaurationsbau, die Kathl ging auf Stören, der Lenz war sowieso Zimmermann in Rauschenbach, einzig und allein die alte Fargin und der Zwerg waren im Haus. Aber von denen war doch nichts zu verlangen. Alle Einigkeit im Farg-Haus war zerrissen, jedes der Geschwister schaute nur noch auf seinen eignen Vorteil und bemißtraute das andre.

Der Maxl nahm den Bätz-Anderl in die Lehre. Der trug jetzt das Brot aus. Tag und Nacht rackerten die zwei, es war wirklich eine Schinderei, und einen Gesellen trug es nicht mehr. Sparen wollte der Maxl, die Gelder aufbringen wollte er und auf einen grünen Zweig kommen.

An einem Tag, Ende Juni, kam der Jakl nach Flechting. Er sah schrecklich aus. Der Maxl erschrak förmlich. Alt und zusammengeschrumpft war er, das Gesicht zerfallen, die Augen hohl. Seine magern Hände zitterten, seine ganzen Glieder schienen eingerostet.

»I brauchert a Geld, Maxl?« sagte er völlig zermürbt und schaute auf seinen Neffen mit zurückgehaltener Scham. Benommen wie ein wartender Bettler stand er da. Der Maxl suchte alles zusammen. Nur hundertundvier Gulden konnte er ihm geben.

»I hob net mehra, Jakl! ... D' Viktorl hob i nauszoin müassn ... I konn mit dem bestn Willn net,« sagte er, und da auf einmal bekam der Jakl ein böses, hämisches Gesicht und grinste häßlich.

»Hähä! ... Aba in meiner Bäckerei hockst! ... Dö host mir o'gstohln schö langsam!« plapperte er mit verzweifeltem Hohn heraus: »Hähä! ... Recht süaß daherg'redt host auf'n Notariat, gell! ... Hähähä, so muaß ma's macha, wenn ma zu wos kemma will ... Hähä! ... Jaja, i geh scho! ... I hob ja nix mehr! I muaß ja z'friedn sei mit den Bettlgeld, dös wo'st ma gibst ... Jaja, i geh scho, hähähä–hä ...« Und wie ein krummer Teufel humpelte er zur Tür hinaus. Der Maxl blieb stehen wie gelähmt. Der Bätz-Anderl kam zur Tür herein und wußte gar nicht wie ihm war, er riß das Maul auf und fragte verblüfft: »Wos is's denn ...?«

Der Maxl ruckte wie von einem häßlichen Traum aufgeschreckt den Kopf und knirschte.

»Mach's Dampfi ... I kimm glei wieda!« sagte er hastig und ging, so wie er war, zum Renkmair hinunter. Mit dem festen Entschluß, den Wirt um Geld anzugehen, war er weggegangen, aber seltsam, als er in die weite Stube trat und den Wirt vorne am Tisch im fidelsten Gespräch mit einigen Hofstalleuten sah, als der Renkmair erst nach einer Weile an ihn herankam und ihn beiläufig grüßte, verschlug es ihm das Wort.

»Gib mir a Maß Bier, mi dürscht so,« sagte er mit Aufbietung aller Kraft in dem gleichgültigsten Ton und machte ein dummes Gesicht dabei, so dumm, daß der Renkmair fragte, ob er denn von seinen Weibsbildern davongelaufen sei, weil er nicht einmal die Joppe an hatte.

»Na ... Dös net! ... I bin bloß bein Silvan druntn gwen um a Mehl,« log der Maxl, wieder sicherer geworden, und es war ihm ganz recht, daß der Renkmair gleich wieder zu den Hofstallern vor ging und sich nicht weiter um ihn kümmerte. Er kam heim und warf sich mürrisch in die Arbeit. – –

Der Jakl war heimgekommen nach Riemling. Die Annamarie saß im großen Lehnstuhl und hatte sich einen kalten Umschlag um den Kopf gemacht und trank heißen Lindenblütentee. Unglückselig blickte sie auf ihren Mann. Der humpelte ganz nahe an sie heran und hob ihr das Geld unter die Nase.

»Hä–hä! ... Do schaug! ... Dös hot er mir hing'schmissn! ... Hähä ... Jetz konn i ja an Hofrat Sauminger kemma lossn für di ... Siehgst ös!? ... Hundertundvier Guldn sans? ... Für dös hob i iahm d' Bäckerei lossn, daß er üns jetz schö langsam und bettlmannisch oiwei a Bröckl zuakemma loßt ... Hähä!« graunzte er bösartig und setzte in aller Verbitterung hinzu: »Jaja, so macht ma's oan, wenn ma si ei-fanga loßt! Du host iahm ja so guat g'holfa seinerzeit ...« Die Annamarie seufzte schwer und sagte niedergeschlagen: »Wega meiner brauchst an Dokta net kemma lossn ...« Sie schluckte und bekam nasse Augen. Wie ausgeliefert saß sie da. Stumm und wehrlos und vergrämt. Schlagen, treten, anspucken hätte man sie können – nicht ein Ton, nicht eine abwehrende Bewegung wären von ihr gekommen.

Der Jakl schob das Geld ein. Er wußte nicht gleich, was er für ein Gesicht machen sollte. Dann ergriff ihn ein leichtes Zittern, und wie um es abzuschütteln, fing er wieder zu grinsen an und stieß in völlig haltloser, rachsüchtiger Erregung heraus: »Ha–ha! Du glaabst woi, i sollt mit den Bamperlgeld 's Schloß wieda weitabaun? ... Nana, nana! ... Dös is grod recht für'n Dokta ... I holn scho! Glei hol i 'n, glei, glei ...«

»Jakl!? ... Um Gotteswilln, Jakl!?« schrie die Annamarie mit letzter Kraft. Dick quollen die Tränen aus ihren Augen, und dann war's, als bräche jäh ihr Körper auseinander und zerfalle. Sie sank mit Kopf und Oberkörper auf ihren Schoß und fing furchtbar zu weinen an. Sie schrie zuletzt und jammerte wie noch nie. Das Grinsen auf Jakls Gesicht verlöschte. Sein Körper erstarrte, seine Züge wurden todernst und hilflos, er hob seine hageren Arme, und seine zitternden Hände streichelten unablässig über den schüttelnden Kopf Annamaries.

»Mir ho–obn koa Gliick net, Annamarie! Mi–ir hobn koa Gliick!« stotterte er grenzenlos traurig und knickte zusammen.

»Mir hobn koa Gliick!« heulte er auf wie ein verwundetes Tier und brach in einen Stuhl, daß es krachte. Es schüttelte ihn nur so hin und her. Alles Erlittene, Verschuldete, alle Enttäuschung und alle Hoffnungslosigkeit weinten grauenhaft aus ihm. –

Von da ab war er ein zerbrochener Mensch. Er ging nicht mehr aus dem Haus. Neben der kranken Annamarie hockte er tagaus, tagein, fast so wie ein Hund neben seinem langsam absterbenden Herrn.

Die Stasl kam einmal in die Hetzlinger-Villa und schaute nach.

»Krank is's! Krank ...« plapperte der Jakl auf alle ihre Fragen und glotzte verstört auf sie. Und darauf holte die Stasl den Sauminger. Der kam jetzt jede Woche zweimal zur Kranken in der Hetzlinger-Villa. – –

Während der Maxl mit dem Lehrbuben wie ein Wilder rackerte und jeden Pfennig zusammenkratzte, während überall das sommerliche Leben aufwachte, tagsüber auf dem See reges Treiben herrschte, und vornehme Leute die Dorfstraßen füllten, während auf allen Feldern gearbeitet wurde, die Sensen in der frischen Frühe leise in das Gras fuhren und die dichten Getreidehalme umlegten, schwer-ächzende, beladene Heufuhren in den Scheunen verschwanden und alles friedlich und gemächlich von einem Tag zum andern glitt – fing auf einmal draußen, in der großen Welt das Streiten der Regierungen an.

Der Renkmair erzählte es einmal dem Hirlinger und dem Farg-Maxl, daß der König von Preußen den französischen Gesandten ziemlich patzig abgewiesen habe. In Bad Ems sei es gewesen und weiß der Herrgott, die Franzosen, denen würde er »stinken,« weil in Spanien drunten ein Verwandter vom preußischen König das Land und den Thron angeboten bekommen habe.

»Noja ... Dö ganz Gschicht draht si hoit wieda amoi um Preißn ... Dö san ja sowiaso überoi dahinter ... Do kennt si der Teifi aus,« meinte der Posthalterwirt: »Und d' Franzosn, dö mächtn hoit aa wos derwischn ... Do san zwoa Hitzige z'sammkemma!«

»Owei der Hundspreiß!« brummte der Hirlinger: »Jetz hot er üns scho ganz und gor eing'sacklt und jetz fangt er mit dö Fremdn o ...«

»Sei stad! ... Dös derf ma jetz nimma sogn,« warnte der Renkmair und setzte mit deutlichem Hohn hinzu: »Mir san ja jetz Bundesstaat ...«

»Es werd koa Ruah, bis er net amoi richti Prügl kriagt,« ließ sich hingegen der Hirlinger absolut nicht einschüchtern: »Mi tats freun, wenn er von dö Franzosn amoi recht gschlogn wererd ...«

»Gschlogn? ...« sagte da der Farg-Maxl: »Der Preiß werd net gschlogn! ... Der hot vorg'sorgt und da Bismarck, dös is a ganzer G'feiter ... Den kimmt nix aus ...«

»Geh! Du mit dein Scheiß-Bismarck! ... A rechter Streithammi is er, sonst nix!« knurrte der Bürgermeister als erbitterter Feind der Preußen.

»Da Bismarck hot ganz recht g'habt, sog i! ... Sechsasechzg, dös is dö greeßt Dummheit gwen,« sagte der Bäcker-Maxl kühn.

Der Renkmair und der Hirlinger schauten ihn fragend an.

»Ünsa Keenig konn an net leidn! ... Der konn an net schmecka, dös woaß i gwiß!« sagte der Wirt.

Und gleich bekräftigte der Hirlinger: »I mächt wissn, wer den leidn konn?«

»Leidn oder net, aba sei Land hot er auf d' Höh bracht,« widersprach der Farg-Maxl.

Auf der Seestraße drunten blies der Postillon. Der Renkmair stand auf und ging in das Expeditionszimmer hinter.

»Wohr is's,« sagte der Farg-Maxl nachdenklich, als er jetzt mit dem Hirlinger allein war: »A plärrmaulerter Teifi is er, der Preiß, aba a hella Kopf ...«

Vor der Wirtschaft hielt der Postwagen, und der Schatten des Postillons huschte am Fenster vorbei. Die Pferde wieherten und scharrten, dann rollte das Gespann wieder weiter.

»Und mir san d' Rindviehcha, daß ma net bei dö Östreicher bliebn san,« meinte der Hirlinger mißvergnügt.

Da riß der Renkmair hastig die Tür auf und kam mit einer Zeitung herein.

»Do! Do schaugt's! ... Kriag is erklärt zwischn Preißn und dö Franzosn!« schrie er hastig, und alle drei lasen die fettgedruckte Nachricht. Der Farg-Maxl bekam ein sonderbares Gesicht und sagte nichts mehr.

»Haha! ... Jetz geht's scho wieda o,« meinte der Renkmair.

»Nix ois wia wieda der sell Bismarck!« brummte der Hirlinger.

»Paßt's auf! Paßt's auf Leit, ... dös trifft üns aa,« sagte der Maxl, und aller Humor schien ihm vergangen zu sein. Er griff nach seinem Maßkrug.

»Dös? ... Üns? ... Do müassert er scho direkt dappi sei, ünsa König, wenn er jetzt mit dö Preißn gang! ... Do g'härert er ja direkt gschlogn, wenn er dös tat!« rief der Bürgermeister. Aber der Maxl zahlte ohne weitere Antwort und ging. Er kam heim und arbeitete lahm diese Nacht. Sonst sang er mitunter während des Backens, diesmal war er stockstumm. – –

Schon in den nächsten Tagen surrten die seltsamsten Gerüchte durch das Dorf. Im Schloß drunten ging es aus und ein. Wagen fuhren vor, Reiter ritten aus und ein, höchste Würdenträger sah man.

»Kriag gibt's! Mir müassn oisamm mit!« schrie eines Nachts der Baurhammer-Christl, als er mit einem Rausch über den Berg vom Unterdorf heraufkam. Der Farg-Maxl zuckte zusammen und wurde blaß.

»Kriag is!« schrie der Besoffene wieder gellend in die Nacht, und etliche Fensterläden klapperten, da und dort flammten Lichter auf. – –

Gegen Ende der Woche buk der Maxl zum letztenmal.

In aller Frühe, am andern Tag ging er zum Jakl nach Riemling hinaus und brachte ihm noch einmal hundert Gulden.

»Jakl?« sagte er niedergedrückt, als er das Geld auf den Tisch legte: »Jetz hot si ois aufg'härt ... I muaß furt und konn nix mehr toa ... Der Lenz muaß aa furt, wer woaß's, ob ma wiedakemma ...«

Der Jakl nickte in einem fort zerstreut und machte sich zitterig mit der Kranken zu schaffen. Er legte ihr ein nasses Tuch auf die heiße Stirn und zog den Lehnstuhl aus. Der Maxl half ihm dabei.

»Wos fehlt denn?« fragte er, als man fertig war.

»Iwendi ... Es werd scho besser jetzt,« erwiderte der Jakl noch keuchend von der Anstrengung. Der Maxl überflog die Kranke. Gelb war ihr Gesicht, die Augen hatte sie halbgeschlossen. Um ihre magern Hände war der Rosenkranz gewunden, und ihre Lippm lispelten leise Gebete. Sie öffnete die Augen ein wenig mehr und sagte matt: »Soso, na muaßt jetz furt, Maxl? ... Na is's jetz aus mit da Bäckerei? ... Jaja, so gehts oft ...«

»Wia gehts dir denn, Annamarie?« fragte der Maxl.

»Mit mir werd's boi dahigeh, Maxl ... Pfüat di Gott,« röchelte die Kranke.

Und: »Pfüat di Gott, Annamarie! ... Es werd scho wieda vorbeigeh!« sagte der Maxl darauf mit gezwungener Gleichgültigkeit und rührte ihre Hand an. Dann ging er nach Auging hinauf, zur Abschiedsmesse für die ausziehenden Krieger der Pfarrei. Der Pfarrer Kosthammer hielt eine feierliche Predigt. Er machte es sehr schön.

»Unerforschlich sind des Schicksals Wege! Bloß unser Herrgott kennt's!« schloß er und viele weinten, besonders die Weiber.

Vor der Pfarrkirche waren gezierte Leiterwagen, über ein halbes Dutzend. Und auf denen fuhr man die Burschen nach Rauschenbach hinüber. Auf dem ganzen Weg plärrten und sangen sie. Bloß der Farg-Maxl und sein Bruder Lenz hockten ziemlich einsilbig auf dem schütternden Wagenbrett.

»Noja! Jetz is's scho wia's is, Maxl!« sagte einmal der Lenz, kurz vor Rauschenbach, aber es kam kein Gick und kein Gack aus diesem. - - - -

Zerfall

Wenn die Katz' aus dem Haus ist, regieren die Mäus',« heißt's. Im Farg-Haus in Flechting war es nicht anders, nachdem der Maxl und der Lenz ins Feld gezogen waren. Jetzt hausten die Schwestern weiter. Die Bäckerei lag still, der Popp von Rauschenbach belieferte wieder den Hof und gewann nach und nach auch das Ostufer wie ehemals, denn so feine Leute, die fragen nicht nach Gründen, sie wollen einfach ihr gewohntes Morgenbrot, ihre Semmeln und Eierweckerln.

Aber die Krämerei, die der Maxl noch so halbwegs in Schwung gebracht hatte, ging immerhin und brachte was ein. Handeln, das war der Stasl ihr Element seit jeher. Sie besann sich nicht lang, gab die Kantine, draußen in Riemling, auf, und kam mit ihrem »Bömark« ins Farg-Haus. So, und von jetzt ab war sie die Krämerin von Flechting. Anfangs ging alles recht passabel. Es war ja auch noch mitten im Sommer.

Der »Bömark« gab schon nach kurzer Zeit ebenfalls die Arbeit auf dem Riemlinger Restaurationsbau auf, blieb ganz im Farg-Haus und bald sah es so aus, als wenn er überhaupt der Herr dort wäre. Er machte wohl ab und zu eine Kiste auf, er verdünnte den Sprit im Keller oder ließ das Petroleumfaß einlaufen, kurzum was es eben so an Nebenbei-Arbeiten gab. Die meiste Zeit aber ging er faul herum, aß für zwei, wurde dick und behäbig und saß fast jeden Tag beim Renkmair oder beim Bätz und trank seine vier und fünf Maß Bier.

Er war ein ziemlich mürrischer, wortkarger Konsort mit einem Bulldoggengesicht und einem struppigen Schnurrbart. Jedermann fand es rätselhaft, wie ihn die Stasl überhaupt mögen konnte. Aber die war rein vernarrt in ihn. –

Nach einigen Wochen kam auch die Viktorl aus der Stadt wieder heim, weil ihr Mann gleichfalls ins Feld gemußt hatte. Und die Kathl brachte alsdann ihren Buben zur Welt und blieb jetzt auch ständig zu Hause. Ab und zu erschien der Kindsvater, der Gendarm Rauch von Rauschenbach, und hockte dann breit und fidel neben dem »Bömark« am Tisch beim Farg. Der alten Rechenmacherin war eine solche Wirtschaft gar nicht recht, aber es war kein Mannsbild mehr im Haus und was wollte sie gegen alles tun. Sie murrte, machte den Haushalt und betete nachts für den Maxl und den Lenz. Das ist ja ganz schön, seine Töchter gern zu haben, aber sie hatten mit ihren Hochzeitern was Fremdes ins Haus gebracht. Man war nicht mehr unter sich, das Daheimige war weg und sowas tut einem alten Menschen weh. Die Rechenmacherin ging jetzt hin und wieder zu den Jakl-Leuten nach Riemling hinaus und nicht bloß um die kranke Annamarie aufzusuchen. Die frühere Feindschaft zum Jakl hatte sich verloren. Man war alt geworden und stand schon mit einem Fuß im Grab, da hören sich diese Dinge auf. Da wächst man eher wieder zusammen. Die Fargin saß neben der Annamarie und redete mit dem Jakl. Sie jammerte. Sie lobte den Maxl.

»Aba jetz? … Da Bömark is stinkfai … Er versteht hintn und vorn nix von'n Gschäft und mächt nix, ois dö ganz Wocha guat fressn und saufa … Und na z'kriagn si d' Kathl und d' Stasl wieda … Na streit't d' Viktorl wieda … Jed's moant, es kimmt z' kurz und d' Nachbarsleit richtn oan aus an ganzn Dorf … Jetz is's nimma schö dahoam …« klagte sie. Der Jakl schaute vor sich hin, als wenn er über all das Traurige nachdenke und meinte alsdann: »Do hot ma's jetz! … Z'erscht hot ma si' seiner Lebtog plogt, daß d' Kinda amoi wos hobn, und jetz richtn si's z' Grund …«

»Ja no, der Maxl und der Lenz werd'n ja in Gottsnam wieda kemma,« erwiderte die Rechmmacherin traurig. Der Jakl sagte nichts drauf. Die Annamarie seufzte kaum hörbar: »Für üns is's am Gscheitern, mir sterbn … Lang werd's nimma hergeh …« – –

Einmal, als sie wieder von Riemling heimkam, die alte Fargin, kam ihr die Viktorl weinend und schimpfend entgegen, weil der »Bömark« ihr eine hineingehauen hatte. Der Streit war gekommen, weil sie den ganzen Tag bei der Kathl droben gesessen hatte und nicht in den Laden gehen wollte. Das ärgerte den Pteschak schon lang, daß die zwei Schwestern immer soviel beisammenhockten. Er war mißtrauisch und meinte vielleicht, da droben plane man allerhand gegen ihn. Er hatte schließlich auch nicht ganz unrecht, denn die Kathl und die Viktorl waren schlecht zu sprechen auf ihn.

»I geh nimma nei! … Aba der muaß aa naus, der Sauhammi, der

grob'!« plärrte die Viktorl und heulte von neuem auf. Beim Hirlinger standen sie im Garten und schauten fast schadenfroh zu.

»Wos is's denn?« fragte der Bürgermeister.

»Gschlogn hot er's, der Bömark!« antwortete die Fargin.

Bürgermeister und Bürgermeisterin kamen an den Gartenzaun heran.

»Dös is ja doch a Saustoi mit den Lakl!« nahm die Hirlingerin für die Viktorl Partei, und da glaubte sich der Bürgermeister an seine Pflicht erinnert.

»Dös g'härt si überhaaps net, daß der Hammi bei enk druntn flackt, wenn er nu net verheirat is!« brummte er und ging mit den zwei Weibern ins Farg-Haus hinüber. Die Stasl stand im Laden und hatte ein couragiertes Gesicht. Gleich fing der Bürgermeister zu schimpfen an, weil der Pteschak nicht zu sehen war.

»Dös is ja doch a Schand und a Spott für dö ganz' Gemeinde, wia'st es du mit dein Bömark treibst! ... Schamst di denn gor net vor dö Leit, hirnvernoglts Weibsbild, hirnvernoglt's!« schrie er drauflos: »Jetz werd's bessa! ... Der Saulakl, der dreki hockt's si rei in'n Maxl sei' Haus und tuat, ois wia wenn's iahm ghärert! ... Weibsbuida schlogn konn a jeda ... Er soit si schama, der Hammi!«

Aber als jetzt auf einmal der »Bömark« finster im Türrahmen auftauchte, wurde er blaß und verdattert. Eine heillose Angst hatte er, aber indem daß er doch Bürgermeister war und absolut nicht zeigen wollte, daß ihm der andre gewachsen war, wahrte er seine Autorität mannhaft und schaute genau so herausfordernd auf seinen Feind.

»Wooos ist?« knirschte der Pteschak unheimlich und kam an die Ladenbudl heran.

»A Lakl bischt!« schrie der Hirlinger grell, wie um sich selber Mut zu machen. Der Böhme hatte das Ladenmesser und umspannte es. Die Fargin und die Viktorl stürzten jäh aus dem Laden und schrien. Aus allen Häufern liefen die Leute herbei. Die Stasl hielt Pteschaks Arm krampfhaft, und der Bürgermeister war bis zur Ladentür zurückgewichen.

»Geh! Geh! Bürgamoasta, sunst passiert wos!« plärrte die Stasl entsetzt, als der Böhme sie jetzt an die Wand gestoßen hatte und das Messer hob. Da aber jagten auch schon der Bätz mit dem Bierschlegel und der Schmied Banzer, der Wagner Neuner und der alte Kragerer zur Tür herein. Um ein Haar hätte der Böhme den Hirlinger getroffen, wenn ihm der Banzer nicht im selben Augenblick mit dem Weichselstock eine wuchtige auf den Kopf gegeben hätte, daß gleich das Blut davonspritzte. Der Pteschak taumelte zurück an die Wand, und das Messer entfiel ihm.

»Hundling!« bellte der Bätz, schwang zwar mächtig seinen Bierschlegel, ließ aber lieber die andern schlagen. Besonders taten sich dabei der Banzer und der Hirlinger hervor. Sogar die Stasl bekam einige saftige Hiebe, weil sie immer wieder schrie: »Um Gottes willn! Um Gottes willn, loßtsn doch aus! Es derschlogts'n ja!« und bald am Hirlinger, bald am Banzer riß.

Erst als der Bätz sich ins Mittel legte, hörten die Wütenden auf und trotteten schnaubend aus dem Laden. Die Stasl weinte schrecklich und warf sich auf den blutüberströmten, starr liegenden Böhmen.

Draußen vor den zusammengelaufenen Leuten richteten sich die fünf Sieger selbstbewußt auf und schauten herum wie schlachtfelderprobte Helden.

»Der mirkt's si's an andersmoi!« schrie der Banzer und wischte seinen blutigen Weichselstock an der Hose ab.

»Der hot gmua!« sagte der Bürgermeister immer noch blaß vor Wut.

»Der greift koan Bürgamoasta mehr o!« schloß der Bätz mit seiner fetten Stimme. Die Fargin und die Viktorl schlichen sich hinten beim Haus hinein und gingen zur Kathl hinauf. Sie verriegelten gleich die Tür und blieben die ganze Nacht beieinander.

Am andern Tag kamen der Gendarm Blinzl und der Rauch von Rauschenbach herüber, ins Farg-Haus, und wollten den Pteschak verhaften. Aber er war nicht transportfähig, erzählte wenigstens der Blinzl beim Hirlinger. Im Bett lag er, und die Stasl pflegte ihn. Vom Kopf sei überhaupt nichts zu sehen, bloß die Augen, so verbunden habe sie ihn.

Hingegen diesmal war der Bürgermeister gar nicht einverstanden und auch der Kragerer, der gerade bei ihm war, erklärte sich dagegen.

»Der muaß ganz einfach raus! … Na fahr'n ma'n hoit ganz einfach 'num!« bestand der Bürgermeister und tatsächlich fuhr kurz darauf der Kragerer mit dem Leiterwagen vor das Bäckerhaus. Die zwei Gendarmen holten den Halbtotgeschlagenen heraus und weiter ging es, nach Rauschenbach hinüber. Das ganze Dorf stand beieinander und gaffte. Die Stasl ließ sich nicht blicken.

Aber der Hirlinger ging heldenhaft ins Haus und als er herunten keinen Menschen fand, kam er hinauf zur Kathl und zur Fargin und zur Viktorl.

»So!« sagte er triumphierend: »Jetz hobt's enker Haus wieder alloa! ... Der kimmt nimma, für dös is gsorgt.« –

Wenn die Fargs auch gar nicht eigentlich die Schuld an diesem Vorkommnis trugen, es erschütterte doch ihr Ansehen ganz und gar. Jede Öffentlichkeit, obs nun ein Dorf oder eine Stadt, niedere oder hohe Gesellschaft ist, hat ihre ungeschriebenen Gesetze und bringt sie von Fall zu Fall in Anwendung. Zwar hatte man mit der alten Stellmacherin Mitleid, aber es hieß doch: »Hätt' si's anders zogn, ihre Töchter, na waar der ganz' Saustoi net kemma.« Kein Mensch wollte mehr was mit den Bäckersleuten zu tun haben. Besonders unwillig war man gegen die Stasl, wenn man's auch nicht gerade heraus sagte. Das tut man ja schließlich auch nie. Aber kein Flechtinger kaufte mehr bei ihr, und die Herrschaften bezogen ja sowieso alles aus der Stadt. –

Vom Feld herein kamen die Siegesnachrichten. Jetzt hörte das Schimpfen auf die Preußen auf. Vom preußischen Kronprinzen, der die süddeutschen Heere führte, erzählte man die besten Dinge.

»A saubrer Mensch is er ... Sowos stramms gibts net leicht,« belobigte ihn der Renkmair. Und eine so legere Persönlichkeit, keinen Stolz hinten und vorn nicht, meinte er ferner.

»Ein deutscher Mann, durch und durch!« sagte die Frau Lehrer Strasser einmal mit ihrer piepsenden Stimme und bekam rote Wangen. Deutsch wurde man, ja, das stimmte. Es zeigte sich auch hier wieder, daß der Erfolg alles ausmacht. Nach Weißenburg kam Fröschweiler und Wörth. Das waren Tage, da schlug jedes Bayernherz höher. Zum erstenmal wurden Namen wie Bismarck und Moltke und König Wilhelm genau mit demselben zufriedenen Wohlgefallen ausgesprochen, wie etwa von der Tann, von Hartmann und von Orff, Generalleutnant von Stephan und Graf Pappenheim.

Besonders begeistert erzählte man sich die Geschichte vom Abgeordnetensohn Völk, der mit fünfzehn Jahren als freiwilliger bayrischer Infanterist ins Feld gezogen war. Darin sah man direkt, daß eben die Bayern doch mehr Kriegerfähigkeiten und Kampflust hatten, als alles andre in Deutschland.

Fast jede Woche zweimal erdröhnten auf den Dampfschiffen die bekannten drei Salutschüsse, welche Siege ankündigten. Man war ein Interesse für die Ereignisse. Nach den Spicherer Höhen kam Colombey, Vionville und Mars-la-Tour, St. Privat und Gravelotte. Der Renkmair hielt wahre Volksreden, wenn er so eine blutige Schlacht erklärte.

Der Farg-Maxl schrieb ihm einmal einen Brief aus Beaumont. Der Baurhammer-Christl, der Kragerer-Franzl und der Lenz hatten unterschrieben. Gleich schickte der Wirt ein Riesenpaket. So ging es dahin, und man merkte kaum, daß der Schnee schon fiel. Sogar der Kernaller steckte eine weißblaue und eine preußische Fahne zum Fenster heraus, als Sedan fiel. Es kam die Nachricht, daß der Farg-Lenz gefallen sei, und der Christl, hieß es, sei schwerverwundet.

In das dröhnende Salutschießen klang eines Tages die Totenglocke. Die Annamarie war gestorben. Das Wasser hatte sich zuletzt in den Füßen angesetzt und war bis ins Herz heraufgedrungen. Von den Sterbsakramenten hatte sie nur noch die letzte Ölung empfangen können. Schrecklich mußten ihre letzten Leiden gewesen sein. Die Dennerdollingerin, der Pfarrer Kosthammer und der Jakl mußten sie halten, so krampfhaft warf sie sich herum.

»Und wos ganz Schwaar's (schweres) muaß's aufn Herzn ghabt hobn,« erzählte die Dennerdollingerin: »An Jakl hot's z'letzt no o'gschaugt und gschrien hot's, daß oan durch und durch ganga is ... Jakl, hot's gschrien, an schwarzn Peta hob i g'holt – und gsogt hobs i ...!«

Kein Mensch verstand dies. Man munkelte bloß allerhand. Jedenfalls müsse es der Jakl verstanden haben, denn ihn habe es gerissen, wie wenn ihn der Schlag getroffen hätte. Käsebleich sei er dann stehengeblieben und geschlottert und mit den Zähnen geklappert habe er wie ein frierender Hund. – –

In das Fargsche Familiengrab legte man die Annamarie, neben dem schon zerfallenen Sarg Peters kam der ihre zu liegen.

Nach der Seelenmesse sah der Pfleger von Kansmannshausen den Jakl in den tiefverschneiten Schloßbau auf der Hirlinger-Breite gehen. Er stopelte lange zwischen dem Gemäuer herum, kam dann heraus, blieb eine Zeitlang vor der schon ziemlich hohen Vordermauer stehen und schaute immerzu himmelwärts. Schließlich watete er weiter durch Schnee und Flockentreiben und verschwand hinter dem Riemlinger Hügelrücken ... – – – –

Fängt es einmal an mit dem Unglück in einem Geschlecht, dann kommt eins zum andern.

Im Flechtinger Bäckerhaus tobte seit der Verhaftung Pteschaks ein verbissener Kampf. Der Stasl, die immer wieder das Übergewicht gewann, ging der Grimm über ihre Niederlage nicht aus dem Kopf. Hartnäckig trachtete sie nach einer für sie günstigen Lösung. Und darin war sie wie ein Mannsbild. Es focht sie nichts an. Die Geschäftsreisenden kamen mit den Rechnungen und wollten sie bezahlt haben. Sie vertröstete sie. Sie kamen wieder. Nichts war da. Alsdann kam eines Tages der Gerichtsvollzieher von Rauschenbach herüber und pfändete das Ladenmobiliar. Die Stasl brach nicht um. Das reinste Fischblut hatte sie. Die Lamentationen, all die Drohungen, das Briefschreiben ihrer Schwestern an den Maxl ins Feld, die kleinen und großen Reibereien und Gehässigkeiten überging sie mit einer kalten Entschlossenheit. Sie achtete nicht einmal sonderlich darauf, wenn der Maxl ihr vorwurfsvolle Briefe schrieb. Beim Essen einmal warf sie in das feindselige Schweigen: »Es konn ja gor net anderst geh, wenn'ds mir ös in oan furt Prügl zwisch'n d' Haxen werfts!« Und dabei schaute sie weder die Viktorl, noch die Kathl an.

Sie stand zäh gegen ihre Schwestern, gegen den Maxl und nicht zuletzt gegen das ganze Dorf. Es trieb sie wohl auch ihre Verliebtheit an. Unter allen Umständen wollte sie mit dem Pteschak Heirat machen und ihn freibekommen. Kein Mensch sollte über sie triumphieren.

»Wos hobn ma denn scho vo den ganzn Haus, wenn mir nachha doch geh kinna, wenn da Maxl hoamkimmt und heirat't?« fuhr sie ihre alte Mutter einmal an, als diese zu jammern anfing, weil die Stasl dem Juden Schlesinger die einzige Kuh im Stall verkauft hatte.

Die Kathl verdiente wenigstens mit der Näherei ihren Lebensunterhalt halbwegs, aber die Viktorl, die alte Fargin und der Zwerg waren ganz auf die Stasl angewiesen. Kartoffel gab es wieder beim Farg, Kartoffel jeden Tag. Es war bloß gut, daß der Maxl noch kurz vor dem Ins-Feld-Rücken drei Klafter Holz vom Kragerer gekauft hatte. Da gab es wenigstens eine warme Stube. Das war aber auch alles. –

Vergrämt saß die alte Fargin neben dem murmelnden Zwerg auf dem Kanapee in der Stube, weinte und betete. Bislang hatte sie die Stallarbeit gemacht, jetzt war auch nichts mehr zu tun. Jeden Tag schrumpfte sie mehr zusammen, und dann legte sie sich nieder, die alte Fargin. Sie war eigentlich gar nicht krank, sie verlangte keinen Doktor und keine Pflege. Sie lag bloß da und wartete aufs Sterben.

Die Viktorl und die Stasl fanden im Hof drunten Arbeit als Putzerinnen. In der Frühe gingen sie weg und nachts kamen sie wieder. Die Kathl ging auf Stör.

Totenstill war untertags das ganze Haus. Die Holzwürmer nagten in den morschen Balken. Nur der Zwerg schlurfte mitunter die Stiege herauf, kam in die Kammer der Kranken, hockte sich ans Bett und brummte seine unverständlichen Worte vor sich hin. Die meiste Zeit aber hielt er sich drunten in der Stube auf und machte aus Flecken Puppen ...

An einem solchen Tag hörte die Fargin einmal die Haustür zuschlagen und Tritte. Dann ging die Stubentür. Die Kranke lauschte angestrengt, aber sie war zu schwach, um aufzustehen.

Drunten ging wer durch alle Räume, dann humpelte es die Stiege herauf und der Zwerg rief: »J–j–jakl!« Die alte Fargin hob ihren Oberkörper und schaute dem Eintretenden unsagbar schmerzlich ins Gesicht.

»Jakl!?« brachte sie nur heraus und legte sich wieder zurück. Nicht laut und verzweifelt weinte sie. Es schüttelte sie kein Schluchzen. Sie zitterte nur mit dem Kinn und hatte nasse Augen, wie eben ein Mensch, der alles um sich vergehen sieht und selber vergeht.

»Mir san verdarbn, Jakl! ... Verdarbn!« seufzte sie ermattet. Der Jakl stand da, er hatte einen leblosen Blick.

»Da – da Maxl hot ma gschriebn, i sollt nochschaugn,« brachte er schließlich heraus, hob sein abgestorbenes Gesicht und glotzte auf die Wand.

»Ois is weg ... ois!« brümmelte die Fargin wieder: »D' Kuah hot d' Stasl verkaaft und da Grichtsvollziahger is do'gwen ...«

»I hob's scho gsehng,« brummte der Jakl stumpf, drehte sich um und ging. Wieder schlug die Haustür ins Schloß und still war es.

Etliche Male noch besuchte der Jakl solcherart das Farg-Haus. Jedesmal tappte er durch die unteren Räume, schaute in den leeren Laden, in den ausgestorbenen Stall, in die Backstube und ging wieder. Nicht einmal zur Kranken kam er hinauf. Der Zwerg plapperte einmal abends etwas von seinem Besuch, und als Jakl am andern Tag wieder kam, war jede Tür verriegelt. Ohne weiteres ging er wieder nach Riemling zurück. –

Der Winter warf dicken Schnee vom Himmel herab, und das ganze Dorf war wie eingemummt. Der See war zugefroren, und jede Nacht krachte das Eis langhingezogen und drohend. Etliche Tage nach Neujahr war es, als man von Rauschenbach herüber ein mächtiges Böllerschießen vernahm. Es mußte wieder eine große Schlacht geschlagen worden sein.

Nach ungefähr einer Woche bekamen die drei Fargschwestern die Nachricht, daß der Maxl bei Orleans gefallen sei. Sie standen alle drei in der Stube und schauten einander wortlos an. Dann fingen die Viktorl und die Kathl zu weinen an und brachten der kranken Fargin die Nachricht.

Die Alte richtete sich nicht einmal auf im Bett. Vielleicht war sie nicht mehr imstande. Ihr Gesicht wurde nur noch trübseliger, und langsam brachen Tränen aus ihren Augen. Sie hatte ihre zerwuzelten Hände gefaltet und seufzte schwer aus sich heraus: »Der derf froh sei ... Is ja a so ois aus! ... Der Herr gib iahm die ewige Ruah ...«

Auch die zwei weinenden Schwestern hatten die Hände gefaltet, und laut und tonlos fing jetzt die Kathl an: »Vata unsa, der du bist im Himmel ...«

Drunten briet sich die Stasl ihre Kartoffel. — — —

Der Anfang vom Ende

So geht das eben mit dem Krieg. Wie es ist, so ist es. In solchen Zeiten ist alles ins Ungefähre gerückt und es bleibt nichts andres übrig, als zu trachten, wie man mit den unerwarteten Niederschlägen am besten fertig wird.

Die Bäcker-Stasl, als älteste auf dem Anwesen, verlor den Kopf nicht. Im Gegenteil – sie wurde durch den Tod Maxls nur lebendiger. Auch für sie war die Sache traurig. Jeder Mensch hat schließlich ein Herz, der Unterschied ist bloß der, daß es der eine bei jeder Gelegenheit zeigt, der andre nicht. Und das ist auch wahr, daß zwei eigne Köpfe im letzten Innersten sich stets feindlich sind, weil jeder seinen Weg als den richtigen ansieht. Der Maxl hatte leicht schreiben können: »Der Pteschak gehört nicht in unser Haus und ihr müßt zusammenhelfen, sonst geht das ganze Anwesen zugrunde. Ich kann doch nicht dabeisein, liebe Stasl, aber du bist doch auch kein Kind nicht mehr.«

Wo war denn da ein Zusammenhalt, wenn eins hinum und das andre herum zog im Haus? Wenn jeder bloß schaute, für sich das Beste zu ergattern? –

»Das mit dem Bömark ist ein Saustall! Du sollst dich schämen!« hieß es ein andres Mal in einem solchen Brief.

»Saustall hin, Saustall her!« hatte darauf die Stasl geantwortet: »Was geht denn das das Dorf an? Ich hab kein lediges Kind wie die Kathl, die Sau! Was wär's denn alsdann gewesen, wenn ich nicht heimgekommen wäre, wiest du hast fortmüssen? Wenn kein Mensch mehr was kauft, wo soll ich denn da ein Geschäft machen und für alles aufkommen. Alles geht immer auf mich hinaus. Gib mir mein Geld, dann geh ich. Der Pteschak ist ein ordentlicher Mensch, wenns ihn gleich eingesperrt haben. Wenn man dich anpackt, schlagst du auch zu ...«

Das war jetzt vorbei. Der Erschossene konnte keinen Brief mehr schreiben. –

Die drei Fargschwestern bekamen eine Vorladung vom kgl. Notar

Meilbeck in Rauschenbach. Es wurde ihnen eröffnet, daß sie nunmehr die rechtmäßigen Erben der Gesamthinterlassenschaft Maxls seien, da eine andre letztwillige Verfügung desselben nicht vorliege. Für Austrag ihrer Mutter und Pflege des Zwerges hätten sie aufzukommen.

Das war ihnen natürlich recht, aber als sie bei dieser Gelegenheit auch erfuhren, wie der Maxl sich dem Jakl gegenüber verpflichtet hatte; nachdem der Notar sie fragte, wie sie es mit den noch zu zahlenden tausend Gulden an den letzteren halten wollten, da bekamen sie lange Gesichter. Darauf waren sie am allerwenigsten gefaßt, noch dazu, weil sie bis jetzt gar nichts gewußt hatten davon.

Der Notar mußte noch einmal fragen, so verdattert waren die drei. Die Stasl fand als erste zu sich zurück und gewann die Courage wieder.

»Hja! Hm,« räusperte sie sich: »Herr Notar, dös is doch an Maxl sei Sach' gwen?«

»Gewesen? ... Das Anwesen mit allen Lasten übernehmen aber jetzt doch Sie!« sagte auf das hin der Meilbeck ziemlich scharf und trocken. Und das weckte auch die Kathl und die Viktorl auf. Sie hoben ihre Trauergesichter und blickten nach dem Herrn. Ein kurzes Schweigen entstand. Man sah es deutlich, jede der drei Schwestern wollte der anderen was sagen. Unruhig und unentschlossen saßen sie nebeneinander.

»Tja! ... Warten kann ich nicht! ... Dann muß der Jakob Farg auch her!« schnitt der gestrenge Notar das Besinnen ab und klappte kurzerhand den Aktendeckel zu. Der Schreiber legte seinen Federkiel weg. So, wie wenn er sagen wollte: Macht, daß ihr weiterkommt! schaute der Meilbeck die drei Schwestern an, und die gingen wie zurechtgewiesene Schulkinder aus dem Amtszimmer.

Auf dem Heimweg, untereinander, ja, da hatte jede wieder ein großes Maul. Bissig, wie vertriebene Spatzen, belferten sie einander an.

»Na müaßt' ma einfach verkaafa ... Jede kriagt ihr Geld und aus is's mit dera Streiterei!« schrie die Stasl zuletzt.

»Straßenmensch! ... Mit dein Bömark host d' üns oisamm z' Grund' gricht!« plärrte die Kathl und gausterte kampflustig herum wie ein Bigockel (Truthahn).

»Saumensch!« überschrie sie die Stasl und ging auf sie los. Im Nu waren sie sich in den Haaren. Die Viktorl lief schreiend davon. Weit weg, am Waldrand blieb sie stehen und schaute schlotternd zu. Im hohen Schnee balgten sich die zwei Raufenden. Ihre Hüte flogen in weitem Bogen über die Straße, von ihren Kleidern hingen die Fetzen, blutige Kratzer hatte jede im Gesicht, der Schnee spritzte um sie und ihr kläffendes Geschrei zerschnitt die kalte Winterluft. Direkt nach Mord und Totschlag sah es aus. Die Viktorl rannte nach Hause, heulte wie ein Kind und sperrte sich in die Kathlkammer ein.

Die Kathl kam zuerst heim und glücklicherweise hatte sie niemand gesehen, nicht einmal die Bätzin, der doch sonst nie etwas entging. Sie sah zum Fürchten aus. Kaum war sie in der Kammer droben, fing sie auch schon mit der Viktorl zu streiten an, weil sie ihr nicht geholfen hatte. Aber wenn einer still ist und nichts angibt, dann hört sich das Streiten bald auf. Schließlich, als ihr Schimpfen nicht wirkte, legte sich die Kathl auch ins Bett zu ihrem Kinde.

Der Stasl ging es schlechter mit dem Heimkommen. Sie lief dem alten Kragerer in den Weg und dummerweise sah sie auch noch die Schmalzerin hinten zur Bäckerei hineinlaufen.

»Jetz ...? ... Wos is denn jetzt do passiert? ... Dö schaugt ja aus wia der helliacht Teifi!« stieß der Kragerer heraus und blieb vor dem Bätzgarten stehen.

»Beim Notar san's drentn gwen heunt, d' Bäckaweiba,« rief die Schmalzerin und blinzelte schadenfroh.

»Hm–hm! Sowos Schiachs ha! ... Sowos Greußligs!« ergänzte der alte Bauer begreifend: »Jetz raafa's an Maxl sei' Sach' aus? ... Wia sie si nu net schaama ...!«

Und das war auch die Meinung des ganzen Dorfes. Man kümmerte sich zwar nichts um das, was die Fargs trieben, aber man brummte darüber. Maxls Andenken blieb.

»Der wenn aufsteh tat und hoamkemma waar, der hätt ausgraamt mit dera Bagasch!« sagte der Renkmair oft und oft und »Selig hob'n ünser Herrgott« schloß er jedesmal und schaute dabei auf seine zwei heiratsfähigen Töchter, gleichsam als ob er sich es genau vorstellen wolle, wie sich beispielsweise die Ursula neben dem Maxl ausnehme. Die Jahre hatten ihn auch nicht jung gelassen, den Herrschaftenwirt, und der Maxl, das wäre doch eine gute Partie gewesen. Ein rechtschaffener Mensch, ein heller Kopf und ein ganzes Mannsbild, kein ungehobelter Kerl, wie die Bauernsöhne weit und breit.

»Jaja, so is's oimoi ... So geht's jed'smoi,« meinte dann der Müller-Silvan gewöhnlich: »Unkraut bleibt, aba dö Richtign müassn gwiß a's Gros beißn ...«

Der Renkmair schnaufte tief. Nachdenklich schwieg er.

»Dö oit Fargin kunnt aa nix Besser's toa, ois sterbn,« meinte der Hirlinger nach einer Weile wieder und einige nickten.

»Wos is's denn eigentli mit'n Jakl? ... Vo den härt ma ja gor nix mehr?« fragte der Renkmair.

»Der, glaab i, fangt gor 's Spinna o, seit er koa Geld nimma hot,« erzählte der Hirlinger: »Der Dennerdollinger hot neiling verzoit (erzählt), daß er an ganzn Tog a der Stubn drinn hockt und schreibt ... Ma woaß übahaaps net, wia a lebt ...«

»Soso ... Jaja, mit lautern Spekuliern und mit lautern Bau'n werd' er hoit dappi wordn sei,« brummte der Banzer ...

Die Kathl und die Stasl konnten sich eine Zeitlang nicht mehr sehen lassen. Die Stasl verlor dadurch auch ihren Posten bei der Schloßverwaltung. Bloß die Viktorl hatte noch ihre Arbeit.

Dann sahen die Bürgermeisterleute einmal die Stasl tief am Nachmittag nach Riemling hinausgehen. Rasch stapfte sie durch den Schnee und so eingemummt war sie in ihr Umschlagtuch, daß man nichts von ihr sah, als die Nase. Es war schon Nacht, als sie zurückkam. Fuchsteufelswild schaute sie drein. Zu der Viktorl sagte sie kurz und schroff: »Sog's ihr ... Morgn müaß' ma wieda zon Notar num.« Sie meinte die Kathl. Die Viktorl nickte und richtete es droben in der »Nahderstube« – wie man Kathls Kammer hieß – aus. Einzeln gingen am andern Tag die Fargschwestern nach Rauschenbach, das heißt, die Stasl ging allein, die Kathl und die Viktorl miteinander. Komisch sah es aus, die zwei wateten stumm bis zum Marktflecken hinüber ungefähr zwei Wurfweiten voraus, die Stasl hinterdrein.

In der Meilbeckschen Amtsstube trafen sie den Jakl und hockten sich neben ihn. Nicht einmal einen Gruß wechselte man.

Der Notar war in der schlechtesten Laune und verlas das Protokoll ungeduldig schnell.

»Als erste Hypothek bleibt das Guthaben des Rentners Jakob Farg, welches selbiger laut Protokoll vom 20. September 1868 von Max Farg, lediger Bäckermeister in Flechting, gefallen im Felde am 3. Januar bei Orleans I. Jahres, noch innehat, auf dem Anwesen und ist der Zinsfuß nach besagtem Protokoll beizubehalten,« las er. Er lugte über seine Brillengläser auf die drei Schwestern.

»Einverstanden?« fragte er schroff.

»Ja!« sagte die Stasl kalt und die andern nickten. Der Jakl rührte sich nicht. Stocksteif saß er da und bohrte seine Augen ins Leere.
Nach der Verlesung unterschrieben die drei Geschwister und gingen. Als der Jakl aus dem Amtsgebäude kam, traf er die Stasl, die anscheinend auf ihn gewartet hatte. Schiefäugig schaute er sie von der Seite an und verzog boshaft sein Maul.
»So...! Jetz schaug no, daß'ds ös rauswirtschaft's, mei Geld!« warf er höhnisch hin und humpelte weiter. Der Stasl war der Haß in den Kopf gestiegen und genau so hämisch schrie sie ihm nach: »Jaja, dös kriagscht boi!« Resolut spazierte sie an ihm vorbei, und von hinten sah man ihr an, daß sie einen Entschluß im Hirn hatte. Der Jakl lächelte verbissen in sich hinein und brummte halblaut: »Jaja, wart nu! ... Wart nu, Schix, verreckte!« Das war schon schier wie eine Kriegserklärung. – – –
Der Februar hatte schon angefangen. Paris sei genommen, erzählte man. »Und Friedn werd'!« äußerte sich der Renkmair: »Da Franzos' loßt jetz scho d' Zuchthäusler aus, aba Prügl hot er überoi kriagt ... A Revalution is aa wieda do drent ... Dö kinna ja koa Ruah gebn, dö Hundling! ... Härn net auf, wenns glei scho nix mehr z' Fressn hobn ...«
Und je ärger sie es trieben, berichtete er ferner, desto weniger gebe man dem Napoleon auf der Wilhelmshöhe zu fressen. Die Kaiserin sei überhaupt ein ganz ein niederträchtiges Mensch, die sei einfach mit einem andern durchgegangen. Die anzüglichsten Geschichten erzählte man von dieser »mannsbildernarrischen Eugenie«.
Im Farg-Haus ereignete sich kein eigentlicher Streit zwischen den Geschwistern mehr, vielleicht zwang die Hitzköpfe auch das langsame Absterben ihrer Mutter zur Ruhe. Jetzt hatte auch kein Mensch mehr Zeit für die Vorgänge im Bäckerhaus und als endlich nach Maria Lichtmeß die alte Fargin starb, sagte man bloß: »Dö werd' froh sei, daß sie's überstandn hot! ... Hobn ja sowiaso g'wart, dö drei Weiber! ... Bei der Stasl hot ma's ja direkt kennt ...«
Man ging der Verstorbenen zur Leiche, wie es sich gehörte. Man schloß sie auch ins Gebet ein, aber weiter ging einen die ganze Farg-Geschichte nichts mehr an. Vom neuen deutschen Kaiser redete man, vom einigen deutschen Reich und vom kommenden Frieden. In Renkmairs Zeitung war das Bild des Kaisers. Man schaute es interessiert an und machte so seine Bemerkungen.

»An scheena Bart hot er! ... A strammer Mensch is er und an ehrlichs Gschaug!« lobte sogar der Kragerer diese würdige Monarchengestalt.

»Do glaab i's freili, daß ünsa König glei Ja gsogt hot, wia ma den vorgschlogn hot ... Dös siehcht ja doch a Kind, daß dös a richtiga Mensch is,« meinte hinwiederum der Schmied Banzer.

Und während so die Tage und die Wochen langsam verliefen, einigten sich die drei Fargschwestern mehr und mehr. Man sah die Stasl einmal mit dem Zwerg in das Dampfschiff steigen. Sie fuhr in die Stadt. Es war nicht weiter aufgefallen. Erst als sie ohne Zwerg wieder heimkam, sickerte langsam durch, daß sie ihn in ein Spital eingekauft hätten. Man interessierte sich weniger für die Tatsache selber, als vielmehr dafür, wo sie das Geld dazu hergenommen hätten, die drei. Genaues erfuhr man nicht. Der Hirlinger und der Banzer waren einige Male wegen dem Pteschak vernommen worden in Rauschenbach drüben. Auch der Bätz und der alte Kragerer bekamen einmal eine Vorladung. Zu einer eigentlichen Verhandlung kam es nicht, und das beunruhigte die Gemüter. Man mutmaßte hin und her und das lenkte die Aufmerksamkeit wieder auf die Fargs. Mit wachsendem Argwohn verfolgte man alles, was um das Bäckerhaus herum vorging.

»Wos is'n jetz dös ... Da Jud Schlesinger kimmt jetz gor a weni oft? ... Do, moan' i, geht glei gor a Handlschaft,« wußte der Hirlinger einmal zu vermelden. Dann sah der Kragerer öfters einen Herrn aus- und eingehen beim Farg, anscheinend einen Geschäftsreisenden von früher her, als die Kramerei noch ging.

»Jaja ... verkaafa werdn's hoit wolln ... Dös werd's sei,« sagte der Renkmair und schloß: »Es is koa Schod, wenn dö gehnga ... Eher heunt wia morgn ...«

»Dö ...? ... Geh? ... Wo wollns denn hi'geh?« warf der Müller-Silvan hin: »Werd's ös scho sehng ... Dö verkaafa und logiern si' wo ei und z'letzt kriag'n ma's no auf d' Gemeinde aa ...«

Das rief sogleich hellste Entrüstung hervor.

»Zu mir kemma's net rei! Zoins (zahlen) wos ming!« verbat sich der Kragerer.

»Und zu mir erst recht net!« der Bätz ebenso.

Und so ging es weiter.

Die Schmalzerin sah den Jakl einige Male kurz nach dem Gebetläuten ums Bäckerhaus herumstreichen wie einen Dieb.

»Jakl?« redete sie ihn einmal an. Er zuckte zusammen und verzerrte sein Gesicht zu einem seltsamen Lächeln.

»Mogst aa nimma nei'geh, gell, zu dö saubern Weiba?« sagte die Schmalzerin, und auf das hin murmelte der Jakl eigentümlich: »Dös hot amoi ois üns g'härt!«

»Enk?« fragte die Schmalzerin verwundert: »Ja, wia dös? ... Hobns verkaaft? ... Hobns scho oan derwischt, der wo's nimmt?« Sie wollte näher an den Jakl herangehen, der aber humpelte gleich wieder ein Stück weg und rief aus der Dunkelheit: »Verkaafa? ... Soso, verkaafa teahna's?«

»Jaja, ma härt oiwei sowos!« gab ihm die Schmalzerin zurück und schaute scharf nach ihm. Sonderbar war es, es lief ihr kalt über den Rücken, und sie wußte gar nicht warum. Kein Jakl gab mehr an. Er mußte davongegangen sein.

Die Schmalzerin war sonst eine Person, die nichts für sich behalten konnte. Wie ein Wasserfall ging ihr das Maul sonst. Weiß Gott warum, aber diesmal sagte sie niemandem was von ihrer Begegnung mit dem Jakl. Vielleicht zwang sie ein unbestimmtes Gefühl von etwas nicht ganz Geheurem dazu, daß sie schwieg.

War's denn nicht fast unheimlich: Der alte Jakl so um eine ungewohnte Zeit in der Tenne, in der Holzhütte und um den Stall beim Farg herumspionierend? –

Sie wollte lieber nichts gesehen haben, die Schmalzerin. –

Die Bosheit Gottes

F rostkalt hatte der März angefangen. Der wenige Schnee krustete sich an den Feldrainen. Winde setzten ein, und Regen fiel mitunter. Immer hatte es geheißen: »Frieden ist,« aber kein Soldat kam heim. Die Leute kannten sich nicht aus. Als die Botschaft ins Dorf zog, der deutsche Kaiser sei bereits aus dem Felde in die Heimat abgereist, fragte man hin und her, ob denn nun in Gottes Namen der Krieg aus sei oder nicht, und gab sich nur so halbwegs zufrieden mit den Erklärungen Renkmairs, der in einem fort was daherredete von »Vorverhandlungen,« von einer »Okkupationsarmee,« und daß so ein Friedensschluß nicht so einfach ginge wie eine advokatische Protokollierung.

Viel mehr glaubte man dem Brief vom Schmalzer-Hans, in dem es hieß: »Wir wissen gar nichts, und bis wir kommen, das geht noch lang her. Die ganze Zeit gibt es nichts wie Alarmbereitschaft und Wachbrennen.«

»Ös müaßt's mi recht versteh' ... Dös geht net bei'ran solchern Kriag, daß ma einfach hoamziagt, wenn der Feind g'schlogn is ... Do hoaßt's oiwei no aufpassn, daß er si net wieder aufmandelt und auf amoi wieda hinterrucks o'greift. ... Drum werd ma hoit d' Soidatn no z' Paris lossn,« belehrte der Posthalterwirt seine Dorfgäste, und man wartete also. – – –

Beim Konrektor Kernaller hatte man schon lang keinen Rauch mehr aufsteigen sehen. Die preußische und die bayrische Fahne hingen immer noch aus den zwei Fenstern im ersten Stock. Wind und Schnee und Regen hatten die Stricke mürbe gemacht, mit denen die Fensterflügel und die Fahnenstangen zusammengebunden waren. Eines Tages rissen sie, und krachend glitten die Fahnen herab auf den Gemüsegarten. Die eine brach ab, die andere blieb schief lehnen. Kein Kernaller kam zum Vorschein. Am ersten Tag nicht, am zweiten und am dritten erst recht nicht. Das machte die Nachbarsleute stutzig. Der

Hirlinger, der Wagner Neuner und der Bätz nahmen sich ein Herz, schritten mannhaft durchs Vorgärtl und klopften an die Konrektorstüre. Niemand gab an. Sie schrien und klopften stärker. Nichts. Der Hirlinger lugte durch die verhängten Fenster, sah aber nichts Rechtes. Der Wagner Neuner ging ums Haus herum, fand aber alles verschlossen und entdeckte auch weiter nichts. Die drei Männer blieben unschlüssig stehen. Die Leute waren zusammengelaufen und standen neugierig am Gartenzaun der Konrektors-Villa. Der Lehrer Strasser schrie dem Bürgermeister krächzend zu: »Da ist was passiert! Da muß aufgebrochen werden!«

»Er ist gestorben!« sekundierte seine Frau mit ihrer süßlichen Stimme.

»Durchbrechen!« wiederholte der Lehrer Strasser dringlicher.

»Ja Herrgott, mir kinna doch net einfach ei'brecha!« verwies ihn der Hirlinger, weil er sich noch immer mit dem Wagner Neuner und dem Bätz besann.

»Das ist kein Einbruch! Das ist Pflicht!« hörte der Strasser nicht auf, und gleich kam ihm seine Frau wieder zu Hilfe: »Jawohl, das ist Christenpflicht!«

»Noja! Nochschaugn müass' ma scho,« sagte der Hirlinger zum Bätz, ohne auf die Lehrersprüche zu hören. Und darauf holte der Wagner Neuner zwei Hacken und einen großen Hammer, und die drei schlugen die Türe ein. Rasch stürzten sie in den dunklen, muffigriechenden Gang, und die andern Leute drängten nach.

In der Stube, vom Lehnstuhl herabgeglitten, zusammengeknickt und erstarrt, fand man den toten Kernaller. Der Schlag mußte ihn getroffen haben. Gräßlich sah er aus. Noch wüster war alles um ihn herum. Es stank stechend nach Moder, die Fenster waren dicht verhängt, so daß alles im Halbdunkel lag. Motten flogen scharenweise aus den paar Töpfen auf dem Herd. Ein bis zum Rand gefülltes Nachthaferl stand unterm Tisch, und etliche leere Schnapsflaschen lagen auf dem Boden herum, vollgeschriebene Blätter und Tabakasche. Auf dem großen Tisch stand ein halbausgetrunkenes Schnapsglas; das Tintenzeug und ein ganzer Stoß Hefte, Papier, beschrieben und bemalt, lagen darauf. Der Bätz schlug die Vorhänge zurück und machte die Fenster auf. Der Lehrer Strasser machte sich mit den Schriften zu schaffen. Der Bürgermeister und der Neuner legten die Leiche auf das Kanapee.

»Da! Da schaut doch!« seufzte die Lehrer Strasserin und hob ein schwarz-rot-gold bemaltes Blatt, auf dem in großen Lettern zu lesen war: »1848 bis 1870 oder des Deutschen Michels Dummheit in neuem Lichte von Ignaz Kern – –« Soweit war die Aufschrift gemalt, hinter dem »n« war ein großer Tintenklecks, aus dem ein dicker Strich herausragte, so ungefähr, als sei der Schreiber an dieser Stelle ausgeglitten.

Forschend und mit immer böserem Gesicht überlas der Strasser ein Heft nach dem andern, schüttelte in einem fort den Kopf und krächzte dann wieder: »Das – das war ein Hochverräter! Staatsgefährlich! Staa–atsgefährlich!« Glotzend umstanden ihn die Dörfler.

»Das muß der Gendarmerie übergeben werden!« sagte jetzt die Lehrerin empört und machte eine strenge Mime. Und stumm trottete die ganze Schar aus der Stube und aus dem Haus.

»Den hat Gott selbst gestraft! Schändlich! Schändlich so was!« stieß der Lehrer Strasser beim Auseinandergehen heraus.

Als die Leute jetzt aufschauten, sahen sie vor dem Farg-Haus eine fremde Kutsche stehen. Der Gaul war an die große Esche gebunden und scharrte ungeduldig.

»Hm? ... Wos is denn jetzt dös? ...« fragte der Hirlinger den Neuner verwundert: »Wos g'schiehcht denn jetzt do ...?«

Der Bätz schielte ihn vielsagend an und erwiderte halblaut: »Holla! ... Dös werd' da Käufa sei.«

»Siehcht ganz a so aus!« bekräftigte der Neuner beiläufig. Und richtig, jetzt kamen auch schon die drei Fargschwestern mit dem Jud' Schlesinger und einem dicken Herrn heraus und stiegen schnell in den Wagen. Alles blieb verblüfft stehen und gaffte dem scharf anfahrenden Gefährt nach.

Ja, es war so, die Fargschwestern hatten an den Häuserspekulanten Gortenhofer aus München ihr Anwesen verkauft. Die Viktorl erzählte es der Schmalzerin ganz insgeheim.

»Ois is scho g'macht, und zoit hot er aa glei ... Jetzt hot a jede ihr Geld,« sagte sie. Der Schlesinger habe den Kauf vermittelt, sie gehe wieder in die Stadt, weil ihr Mann bald komme, die Kathl ziehe nach Rauschenbach hinüber, und die Stasl heirate den Pteschak, erzählte sie geschwätzig.

»An Bömark? ... Ja, wo is 'n der?« erkundigte sich die Schmalzerin neugierig.

»Der is scho lang a da Stodt drinn ... Sie mächtn ja aa weggeh, d'

Stasl und er, wenn's verheirat san ... Ganz weit weg, ins Amerika nei!« stund die Viktorl ihr Antwort.
»A's Amerika nei? ... Jajaja, z–z–z! ... Jaja, wo'st du net sogst! ... So weit weg! Jaja, bis a's Amerika nei, ha, ha, ha!« verwunderte sich die Schmalzerin in einem fort.
Es passierte aber noch etwas viel Merkwürdigeres in den nächsten Tagen. Gerade als man den Kernaller auf dem Leiterwagen nach Auging hinauffuhr, kam der Pteschak breitspurig und herausfordernd auf der Dorfstraße dahergeschritten und verschwand im Farg-Haus. Das wirkte wie ein Signal für den Hirlinger. Er rannte zum Kragerer hinüber, holte den Wagner Neuner und alle drei gingen zum Bätz. In hellster Erregung waren sie.
»Der muaß sofort wieda naus!« verlangte der Hirlinger stürmisch, aber als der Wirt ein vielwisserisches, überlegenes Gesicht schnitt und alsdann erzählte, was er von der Schmalzerin wußte, beruhigte man sich wieder.
»Na geht's ja a so ausanand! ... Na is ja gleich,« beruhigte der Bätz: »Am Gscheitern is, ma loßt si auf nix mehr ei mit dera Bagasch.« Der Bürgermeister schnaubte buchstäblich wie erlöst auf. Da sprang der Neuner auf einmal ans Fenster und rief: »Do! Do schaugts!«
Alle vier Mannsbilder blickten auf die Straße. Die Stasl und der Pteschak gingen aus dem Dorf, nach Riemling. Wie schadenfroh sie herumschauten, die zwei! Das hatte allerhand zu bedeuten.
»Herrgott! Herrgott, wenn'n nu der Teifi glei auf der Stell holert, den Saulump, den elendign!« stieß der Hirlinger ingrimmig heraus: »Wennst'n nu glei ganz derschlogn hättst domois, den Huarnbömark, den misrablinga!«
Und: »Ja, dös Gscheiter waar's gwen!« stimmte ihm der Kragerer bei.
Sie gingen zurück zum Tisch und tranken ihr Bier; wirklich verstimmt waren sie. –

— — — — — — — — — —

Der Jakl, der wie gewöhnlich in der Stube über seinen Schreibereien saß, schrak auf, als er das Gartentürl quietschen und dann ins Schloß fallen hörte. Er riß hastig die Tischschublade auf und wischte das Papier hinein. Als er jetzt die Stasl und den Pteschak am Fenster vorbeigehen sah, wich alles Blut aus seinem Gesicht. Mit einem jähen Ruck erhob er sich und stieß die Schublade zu.

Es klopfte an die Haustür. Er stand unschlüssig und besann sich. Es klopfte stärker. Niemand gab an. Die Stasl kam ans Fenster, beugte sich nieder und schaute in die Stube. Säulenstarr stand der Jakl noch immer in ihrer Mitte und glotzte auf das plötzlich verlegen werdende Gesicht im Fensterglas.

»Jakl!« rief es draußen. Er rührte sich nicht.

»Jakl?« wiederholte die Stasl erschauernd und setzte schnell hinzu: »Mach auf! Mir mächt'n dir bloß dei Geld bringa ...«

Das schreckte den Jakl auf. Er bekam funkelnde Augen und nickte.

»Ja! Glei!« schrie er, und die Stasl atmete auf. So hatte sie sich ihren Triumph nicht vorgestellt. Aus dem Fenster verschwand ihr Gesicht. Sie ging zum Pteschak an die Tür.

Der Jakl bückte sich hastig nach der Hacke, die hinter dem Ofen lehnte. Er umspannte den glatten Stiel. Eine Sekunde besann er sich, und als er jetzt draußen wieder ein Geräusch hörte, zuckte er zusammen und ließ die Hacke aus. Sie fiel zurück und rutschte auf den Boden. Mit einem Satz rannte er durch die Stubentür und ließ die zwei herein. Er sagte gar nichts. Er schaute die Stasl und den Pteschak nicht an. Auch die waren betreten, wie es schien. Sie gingen durch die Küche, in die Stube und blieben stumm stehen, bis der Jakl nachkam.

Die Stasl machte ihren Strickbeutel auf und holte das Geld heraus, legte es nacheinander auf den Tisch und sagte in einer Art verlegener Gleichgültigkeit, die darauf schließen ließ, daß ihr alles höchst peinlich sei: »Do host dei Geld ... Mir hobn verkaaft ... I mächt' net, daß d' z'kurz kimmscht ...« Das Schnaufen war ihr fast vergangen über die Stille, die sie umgab. Der Jakl stand am andern Tischende, und sie war bedacht darauf, ihm nicht Aug' in Aug' zu begegnen. Sie machte sich immer wieder mit dem Geld zu schaffen, breitete es aus, überprüfte es und sagte schließlich wieder: »An Zins hob'n mir aa glei ausg'rechnat ... Der is aa dabei ... Rechnat nochmoi noch und wenn's net stimmt, na kimm amoi nei oda gib üns Botschaft ...« Man merkte es deutlich, sie hätte am liebsten ewig so fortgeredet, nur um nicht die Bedrückung über sich Herr werden zu lassen.

»So? ...« sagte aber jetzt mit einem Male der Jakl, ohne den Blick vom Gelde wegzuwenden: »Hundert Gulden konnschst wieda mitnehma ... Dö hot mir der Maxl, voreh er in'n Kriag furt is, geb'n ...« Und weil sie nicht gleich wußte, was sie tun sollte, wiederholte er mit einer eigentümlichen Kälte: »Ziags nu o! ... Nimms nu weg! I brauch's net ... Aba ös ...!« Die Stasl hob den Kopf. Ob sie wollte oder nicht, sie mußte ihm in die Augen schauen, dem Jakl. Und von dem kam ein Blick, der kam vom Teufel selber, so haßtief und unmenschlich war er.

Der Pteschak, der die ganze Zeit wortlos dagestanden hatte, räusperte sich jetzt, und die Stasl war heilfroh darüber. Sie strich ohne weitere Erwiderung die hundert Gulden ein. Wie von einer Furcht ergriffen, tappte sie schnell und ungeschickt am Jakl vorbei, hinaus in die Küche, schob den Haustürriegel zurück, riß auf, und der Pteschak folgte. Sie lief schon fast aus dem Hetzlinger-Garten. Der Bömark kam gar nicht nach.

»Wooos ii–is?« fragte er mürrisch auf der Straße und machte sein finster-dummes Gesicht dabei.

»Froh bin i, daß's rum is, konn i dir sogn!« erwiderte die Stasl und holte endlich freier Atem. Der Pteschak antwortete nichts darauf. Eine Strecke Weges gingen sie schweigend nebeneinander.

Dann sagte die Stasl mit ihrer gewöhnlichen Stimme wieder: »Mit dera Glegnheit san ma schnell zu hundert Guldn kemma ... Do sogn mir fei der Kathl und der Viktorl nix ...« Und wie ein Weib, das ihrem Mann was Gutes angetan hat, und dafür belobigt werden will, lächelte sie ihren Hochzeiter an.

Auch der verzog ein wenig sein bärtiges Maul, nickte und machte: »Mhm!«

In derselben Nacht wachte die Stasl auf und roch ein Brandeln (Brandgeruch). Da aber der Wind draußen heftig fegte, glaubte sie, es komme vom zurückgeschlagenen Herdrauch, weil man ja das Feuer am Abend stets stehen und verglimmen ließ. Der Kamin war auch nicht mehr ganz dicht. Mitunter quoll, gerade bei einem solchen Windwetter, der Rauch aus den Fugen.

Schlaftrunken drehte sich die Stasl auf die andre Seite und schlief wieder weiter. Die Eschenäste vor dem Fenster schlugen aufeinander, die lockeren Läden an der Mauer ächzten. Ein zerrissenes Hundegebell kam vom Hirlinger drüben. Auf einmal kam von oben ein mächtiger Bumbser. Der Pteschak war aus dem Bett gesprungen, und jetzt schreckte ein Schreien in der Kathlkammer die Schlafende auf. Der Pteschak rumpelte die Stiege herunter, und die Viktorl plärrte aus Leibeskräften. Auch vom Bätz herüber und von der Straße herauf drangen Stimmen. Die Stasl griff hastig nach ihrem Geld unter dem Kopfkissen und schnellte aus dem Bett. Wie von rasch aufeinanderfolgenden Blitzstrahlen durchzuckt leuchtete die Nacht auf. Die Kammertür flog krachend auf.

»Um Gotteswilln, 's Haus brennt!« schrien die Viktorl und die Kathl zugleich und rannten über die Stiege hinunter. Die Stasl packte ihre Kleider und wollte auf und davon. Der Pteschak wuchtete in die Kammer.

»Packs Geld! Rrrausss! Wirrr verbrenn'n!« brüllte er.

»I hobs scho!« hastete die Stasl heraus und lief durch den dicken Qualm. Glücklich kam sie aus dem Haus. Der Pteschak schlug mit einem Stuhl das Fenster durch und warf alles, was ihm in die Hände kam, in aller Eile auf die Straße hinunter. Jammern, Kreischen, Schreien, Krachen und Windfegen umtobten ihn. Auch er sauste aus dem Haus. Drunten, zwischen den lärmenden, wild durcheinanderlaufenden Leuten standen die Viktorl und die Kathl im Hemd und schluchzten furchtbar. Die Hirlingerin hatte das Kind auf dem Arm, in einem Umschlagtuch. Die Stasl war im Rock und lief wie eine leibhaftige Hexe hin und her, warf die Arme und schrie in einem fort über alles hinweg: »Dös is der Jakl gwen! Der Jakl ...! Der is's gwen!« Rachsüchtig, gell, über allen Lärm hinweg schrie sie es. Immer wieder, immer schriller. Zum Fürchten war sie.

Vom Dorf, die Feuerwehr, und die vom Schloß richteten nichts aus. Aus drei Stellen, durch das Schindeldach der Tenne, aus der Holzhütte und aus der Bäckerei schlugen die hochzüngelnden Flammen, und der Wind warf sie immer wilder und mächtiger in das zerbröckelnde Gemäuer. Brandfetzen flogen in den dunklen Himmel auf und landeten verlöschend in den Nachbarsgärten, prasselnd krachten die Balken, die Spritzen zischten, auf einmal wankte der Dachstock und begrub mit einem dumpfen ungeheuren Knall das zerfallene Haus. Es war, als käme vom Himmel herab ein langhinrollender Widerhall ...

Die Kathl und die Viktorl schliefen beim Bätz. Die Stasl mit ihrem Bömark wollte niemand nächtigen lassen. Schließlich gab ihnen doch der Wagner Neuner Unterschlupf. Schon in aller Frühe sah man die zwei aus dem Dorf gehen, nach Rauschenbach hinüber. Die Stasl ließ nicht nach, bis der Rauch und der Blinzl nach Riemling gingen, um den Jakl zu verhaften. Sie fanden ihn erhängt am Stiegengeländer in der Hetzlinger-Villa. In der Stube, auf dem Tisch, lag ein Brief an den Pfarrer Kosthammer in Auging, und an den Notar Meilbeck in Rauschenbach ebenfalls einer. Schwer versiegelt war jeder. Daneben lagen noch immer, so wie sie die Stasl hingezählt hatte, die neunhundertunddreißig Gulden.

Der Pfarrer Kosthammer, dem sie samt Hetzlinger-Villa und dem Schloßbau auf der Hirlinger-Breite zugeschrieben waren, verwendete sie nicht für kirchliche Zwecke. Er verteilte sie gleichmäßig unter die Fargschwestern. Die hatten noch eine recht zuwidere Sache mit dem Herrn Gortenhofer aus München mitzumachen. Der Spekulant strengte einen Prozeß gegen sie an und wollte den Kauf absolut rückgängig machen, aber weil aus dem Testament Jakls unzweideutig hervorging, daß er das Haus angezündet hatte und hauptsächlich durch die Courage der Stasl endete alles nach einigem Hin und Her zugunsten der drei Geschwister.

Die zogen alle aus Flechting weg. Die Viktorl wieder in die Stadt. Ihr Mann kam glücklich vom Krieg heim. Die Kathl nahm anfangs Logis bei der Koscherin in Rauschenbach und ging dann auch in die Stadt. Die Stasl endlich heiratete ihren Pteschak kurz nach dem Einzug der Truppen und tatsächlich wanderten beide nach Amerika aus. Man hat nie mehr etwas gehört von ihr.

Der Jakl kam nicht ins Fargsche Familiengrab. Trotz aller seiner Stiftungen wurde er nicht einmal kirchlich begraben. An der Gottesackermauer, dort wo man auch den Kernaller, den Hochverräter und Freigeist, eingescharrt hatte, liegt er.

Vom Erlös aus dem Schloßbau, den ein Herr Doktor Hungerer viel später von der Pfarrei erwarb und fertigstellen ließ, wurden laut letztwilliger Verfügung des inzwischen auch längst verstorbenen Pfarrers vierzehn Kreuzwegstationen errichtet. Sie stehen heute noch am Rand des schmalen Gehwegs, der von Riemling nach Auging führt.

Die Hetzlinger-Villa ist seitdem Pfarrgut. Jeden Sommer erholt sich dort ein ruhebedürftiger geistlicher Würdenträger.

Der letzte Schnörkel

Menschen sterben, Geschlechter vergehen – ein Dorf bleibt. Flechting? –
Es ist dort einmal etwas Rätselhaftes mit einer Hoheit passiert. Seitdem wurde das Schloß nicht mehr bezogen, steht leer und ist eigentlich nur noch eine Art Museum. Man kann es gegen Eintrittsgebühr besichtigen. Das zieht natürlich genau so wie ehemals die Besucher an.

Flechting ist dadurch ein vielbesuchter, berühmter Fremdenort geworden. Alles ist anders, ganz anders jetzt. Die Häuser sind größtenteils von Grund auf umgebaut und haben ein gelecktes Gesicht. Nichts spricht mehr von der Vergangenheit aus ihnen.

Die Dörfler selber – mein Gott, nichts geht spurlos an den Menschen vorüber! Die jetzigen Flechtinger sind keine Bauern mehr, wenn auch noch mancher einen kleinen Viehstand hat und etwas Landwirtschaft betreibt. Jeder ist reich geworden durch die Grundstücksverkäufe, und es kamen da Söhne und heirateten »Städtische«. Der eine hat den und der andre den Beruf erlernt, war in der Welt draußen und betreibt ihn nun daheim. Gerade das, was sich einstmals nie halten konnte, ist heute groß und mächtig im Dorf, die Handwerker und Geschäftsleute nämlich, die kleinen Krämer und alles, was vom Fremdenverkehr lebt.

Beim Renkmair – selig hab ihn Gott! – heißt man's jetzt »Schloß-Hotel« und am Seeufer steht wirklich ein erstklassiges Grand-Hotel. Ausländer sind dort Sommer für Sommer. Die Bätzwirtschaft nennt sich auch »Sommer-Restauration«. Einer Münchner Brauerei gehört sie.

Seltsam ist bloß, daß dieses gewiß ertragreiche Dorf keinen Bäcker mehr hat. In Auging hat sich einer ansässig gemacht und beliefert die ganze Gegend.

Von der ehemaligen Farg-Bäckerei steht kein Stein mehr. Ein elegantes Kaffeehaus erhebt sich dort, mit einer angeschlossenen Weindiele. Auto-Garagen gibt es auch dabei. Tag und Nacht ist Betrieb. Bei Musik und Eis oder Schlagsahne, an den weißgedeckten Tischen, plaudert die vornehme Sommergesellschaft. Ein Herr Hanns Neppersberger, früherer Oberkellner, hat in der Inflationszeit den Grund erworben und sofort bauen lassen. Die Spekulation war eine äußerst günstige. Er schließt nach der Fremdensaison und geht jedes Jahr nach St. Moritz oder an die Riviera.

Leicht hat man heute in Flechting sein Fortkommen. Es braucht gar kein eigentliches Anfangen mehr. Man übernimmt jetzt, man erwirbt und steht auch schon mitten im besten Verdienst. Es ist ja auch eine ganz andre Zeit!

Früher hieß es: Kämpfen. Heute heißt es: Handel. – –

Mein Gott! Aufstehen wenn sie wieder würden, der schwarze Peter, der Maxl und der Jakl, aufstehen vom Grabe!

Sie würden weinen über all diese Vergänglichkeit.

Wo bleibst du denn, du großer Geist der kleinen Ahnen! – – –

Nachwort

Im Jahr 1925 brachte die »Münchener Post« in den Ausgaben vom 23./24. Mai bis zum 3. August die 61 Folgen von Oskar Maria Grafs Roman »Die Chronik von Flechting«. Die werktäglich erscheinende, umfängliche Zeitung der Münchner SPD mit ihren Beilagen »Der freie Gewerkschafter«, »Frauenwelt«, »Für den Heimgarten« und anderen brachte am Fuß der jeweils zweiten Seite unter dem Strich den Vorabdruck, auf den die Redaktion wohl besonders stolz war: Sie wies gleich zweimal auf die Erstveröffentlichung hin, auf der Titelseite der Ausgabe vom 23./24. Mai und noch einmal mit gesperrtem Autornamen in einer einleitenden Notiz.

Die Fortsetzungen standen neben politischen Beiträgen, die detailliert von den Tagesereignissen der Weimarer Republik, oft von »Adolf, dem Braunauer« berichteten und wiederholt gegen die konservativen »Münchner Neuesten Nachrichten« polemisierten. Die Fortsetzungen von Grafs ausgreifendem historischen Roman waren also dank der rundum gedruckten Nachrichten in brandaktuelle Zusammenhänge eingebettet; die ersten Leser nahmen den Text vor dem Hintergrund der Krisenzeit wahr.

Ein Kapitel (»Kriegslärm«, S. 100–106) hatte der Dichter schon 1924, also ein Jahr vor der Buchausgabe des Romans, in sein »Bayrisches Lesebücherl« als Eröffnung der Erzählreihe »Öffentliche Anlässe« drucken lassen: Es steht dort mit neun anders lautenden Einleitungszeilen unter dem Titel »Anno 1866. (Aus ›Die Chronik von Flechting‹)«.

Die Buchausgabe von Grafs »Chronik« wurde ab September 1925 rezensiert.

Damit liegt der Schluss nahe, dass sie also wohl zur Herbstmesse erschien und nicht vor Abschluss der Fortsetzungen zu kaufen war.

Die zweite Auflage des Buchs erschien erst 50 Jahre später: 1975 eröffnete sie die vom Süddeutschen Verlag begonnenen »Gesammelten

Werke in Einzelausgaben«. Im Nachwort zu diesem Band feierte Hans F. Nöhbauer den »großen, eindrucksvollen Roman« als eine »Neuentdeckung«. Die Taschenbuchausgabe auf der Grundlage dieser Edition erschien 1979 im Deutschen Taschenbuch Verlag.

In der »Oskar Maria Graf Werkausgabe« für die Mitglieder der Büchergilde Gutenberg (1982-1994) fehlte die »Chronik von Flechting« ebenso wie in der zu Grafs 100. Geburtstag vom List-Verlag veranstalteten Centenar-Edition, die die Büchergilden-Ausgabe übernahm.

Danach liegt nun die dritte Auflage des für Grafs Gesamtwerk wichtigen Textes vor. Am Erstdruck kritisch überprüft, bringt diese neue Ausgabe erstmals den in der Buchausgabe bisher nicht erschienenen Vorspann, mit dem der Verfasser den Zeitungsvorabdruck einleitete; er lautet:

Der Starnbergersee und Die Chronik von Flechting

Wir beginnen in dieser Nummer mit dem Abdruck der neuesten Erzählung von Oskar Maria Graf: Die Chronik von Flechting, die hiermit zum erstenmal veröffentlicht wird. Unsere Leser kennen den Autor, seinen derben Humor, seine drastisch-plastische Darstellungskunst, die auch diesem Dorfroman vom Starnberger See das Gepräge gibt. Aber das neue Werk des Dichters zeugt auch von der zunehmenden künstlerischen Reife unseres Landsmanns, der unseren Lesern im folgenden selbst einiges über sein Werk sagt.

Eine knappe Stunde Bahnfahrt von München aus, und man ist an jenem vielbesuchten See, der durch die bekannte König-Ludwig-Tragödie berühmt ist. Man hat über diesen größten Fall der Gegenwart alles Vorhergegangene und Nachgekommene vergessen, ja, wer den Wandel der Menschen auf diesem Landstrich mit eigenen Augen erlebt hat, der muß füglich sagen, wie mein seliger Vater zu sagen pflegte: »Nix Besseres hätt' überhaaps net passiern kinna, ois dass der König an ünsern See rauskemma is ... Noch rächtn is's mit iahm erscht o'ganga mit'n Aufschwung ... Ehvor is's der lebendi König gwen, der wo d'Leut herzogn hot, und nach is's der tod' König gwen, der wo dö Fremdn brocht hot ... I sog amoi sovui, a so a See wia der ünser is Gold wert und gor wenn a so a hocher Herr mitn eigna Kärpa drina dersuffa is ...«

Man mag diese vielleicht nicht sehr zarte Erklärung hinnehmen wie man will, sie trifft das Richtige. Sie sagt derb, unversteckt und mit eigentümlicher Sachlichkeit, wie der kleine Mann die großen Ereignisse betrachtet und was für Nutzanwendungen er daraus zieht. Jemand, der sozusagen sorglos in ein sorgloses Leben hineingeboren wird, der kann sich leicht ein Ideal gestatten, derjenige aber, der mit der Not des Tages schwer kämpfen muß, kennt schlechterdings nichts als sein Interesse. Er wird stets das als »gut« anerkennen, was ihm nützt, alles Schädliche aber »schlecht« heißen.

Gewißlich erzählen alte Chroniken, eingehende Forschungsergebnisse und inhaltsreiche Fremdenführerbücher von der Würmseegegend viel Interessantes. Man hat Pfahlbauten festgestellt, später gab es römische Siedlungen, in der Reismühle, zwischen Mühltal und Gauting, ist, nach der Überlieferung, sogar Karl der Große geboren und hat dort anno 778 n. Chr. residiert. Um den See herum entstanden mit der Zeit fruchtbringende Klöster. Dann beginnt eine regere Ansiedlung, und im 12. und 13. Jahrhundert lesen wir von Rittergeschlechtern, die hier ihre Schlösser bauen. Da tauchen Namen der v. Aheim, der Starnberger, der Fendt, der Pirlinger, Söckinger, Pöckinger und Tutzinger usw. auf, und schließlich residieren hier die bayrischen Herzöge und Kurfürsten. Eine glanzvolle Zeit muß es gewesen sein. Man erfährt von einer umfangreichen Lustflotte Herzog Albrechts V. und von einer noch prunkvolleren des Kurfürsten Ferdinand Maria. Und sehr früh wissen Urkunden von Künstlern zu berichten, die am Ufer des schönen Sees gelebt haben.

Man könnte noch recht viel historisch Interessantes aufzählen. Es muß aber zugestanden werden, daß alles, was sich in jener Gegend vor dem rühmlichen Königsselbstmord zugetragen hat, heut niemanden mehr interessiert. Es ist irgendwie verstaubt und antiquiert. Für das Volk, das dort lebt, und erst recht für den Fremden, der dorthin kommt. Ich habe beispielsweise noch nie einen Sommerfrischler oder Ausflügler angetroffen, der mich etwas nach prähistorischen Stellen oder nach der Entstehung eines Dorfes fragte. Hingegen wollte noch jeder wissen, wie es denn nun eigentlich mit dem König Ludwig war, wie er lebte, was er baute und wie er starb. Es hat mich oft beschäftigt, warum gerade solch ein eigentümliches Interesse für diesen Fall vorherrschend war, und es hat mich vielfach belustigt, daß jeder Fremde fast voraussetzte, jeder Berger, ob er nun zehn Jahre oder ein Greis war, müsste die Tragödie mit eigenen Augen gesehen haben.

Und es ist wirklich wahr, dieser rätselhafte Monarch hat indirekt – wenn man's so sagen will – aus den ruhigen Bauerndörfern und Uferflecken um den See herum die belebtesten, teuersten Fremdenorte gemacht. Sein dortiges Leben und besonders sein »Ins-Wasser-Gehen« sind zu einer Ursache geworden, die ihm selber sicher unerwünscht gewesen sein würde, deren Wirkung aber nicht nur das Gesicht jener stillen Gegend völlig und äußerst rasch veränderte, sondern auch die Menschen dort anders, ganz anders machte. Die Idylle schwand, die Bäuerlichkeit wich. Es wurde laut, mit der Zeit entstanden neue Villen, die das Seeufer verstellen, komfortable Hotels. Und der Fremdenverkehr regiert sozusagen. Warum auch nicht, man lebt davon! In einer Zeitungsschilderung des Starnberger Sees las ich vor etlichen Jahren jenen bemerkenswert treffenden Satz: »Man ist eigentlich nicht auf dem Land, am See – man ist im höchsten Fall bei den Leuten zu Gast«.

Wer die Dörfer besucht, sieht geleckte Häuser. Es ist alles zurechtgemacht, wie auf einem Präsentierteller. Die Wichtigkeit, mit der die sogenannten Verschönerungsvereine agieren, geben [sic!] ein oft drastisches Bild von der instinktiven Profitgier einstmals bäuerlicher Leute. Es ist schön zu leben im Sommer über dem See – aber man muß Geld haben. Es ist so gar nicht mehr bauernmäßig in den Häusern, wo man Vieh hat und Äcker bearbeitet, es riecht alles ein wenig nach »Pension«. In vielen der größeren Seeorte bewegt sich heute die eleganteste Welt. Die Großzügigkeit lässt also nichts zu wünschen übrig und jedermann, der dort seßhaft ist, hat sich gewiegt hineingefunden.

Eine solche Entwicklung in ihren ersten Anfängen in der Chronik von Flechting unhistorisch und allgemeingültig darzustellen, war mir Zielrichtung. Nicht jene ungewöhnlichen historischen Vorkommnisse, die man überall nachlesen kann und die allmählich zum geschäftlich förderlichen Kult geworden sind, waren wesentlich. Wichtig, so dünkt mich, zur Lebendigmachung des Kulturgeschichtlichen ist immer die Herausstellung des Kleinsten, des scheinbar Alltäglichsten, des ganz und gar Gewöhnlichen.

Man kann ein Volk nicht schildern, indem man die Taten seiner Regenten erzählt, man muß es schon selber handeln lassen. Der Bürgermeister ist nicht das Dorf und ein einzelner nur Teil eines Ganzen. Ich wollte nicht aberzählen, was sich in jener Gegend geschichtlich Merkwürdiges und scheinbar Großes zugetragen hat, dies war mir höchstenfalls Beiwerk. Ich versuchte, einen Menschenschlag darzustellen, wie er war und geworden ist, und maßgebend für die Auffassung meiner Menschen jenen großen Ereignissen gegenüber war mir buchstäblich nur die eingangs erwähnte Bemerkung meines Vaters.

Eine knappe Stunde Bahnfahrt von München aus und man ist an jenem vielbesuchten See, der heute nichts mehr ist – als berühmt, komfortabel und elegant: Ein Stück von seiner Geschichte versuchte ich durch meine frei erfundene Erzählung wiederzugeben. Freilich – diese Überzeugung leitete mich – Geschichte wird nie gemacht von jenen, die man in unsern lieben Schulbüchern vorteilhaft erwähnt, sondern immer von den Ungenannten und Ungezählten, die schlechterdings ein Volk und wohl auch die Menschheit ausmachen.

Dieser – dem Zeitungsabdruck vorangestellten – explizit formulierten Geschichtsauffassung entspricht der Schluss des Romans mit der Anrufung des »großen Geistes der kleinen Ahnen«, der auf das einst viel gelesene, heute kaum noch erinnerte, sechsbändige kulturgeschichtliche Werk Gustav Freytags »Die Ahnen« (1872–1881) zurückverweist: Oskar Maria Graf verzichtet nicht auf die Repräsentativität der eigenen Familie, er zeigt nur auf, wie es zugewanderten Leuten geht, wie schnell geschichtliche Vorgänge nicht nur deren Generationen-reihe abbrechen lassen, sondern auch Alteingesessene verändern.

Außerdem antizipiert er in gewisser Weise eine erst in jüngerer Zeit betonte Perspektive der Geschichtsbetrachtung – den Schwenk von der Ereignisgeschichte zur Geschichte »von unten«. Auch die Mentalitätsgeschichte scheint schon angebahnt.

Für seine erzählerischen Intentionen hat er sich dabei familiärer und ortsgeschichtlicher Traditionen bedient. Die »frei erfundene« Geschichte ist, nach Auskunft des lokal- und geschichtskundigen Literatur-Topografen Dirk Heißerer an die »Ortsgeschichte Flechting = Berg und die Familiengeschichte der Fargs (der Name Graf rückwärts gelesen) nur angelehnt«[1]. Rauschenbach ist als Starnberg, Riemling als Leoni und Auging als Aufkirchen durch die lokalen Bezüge untereinander und zum See erkennbar. Während der Beginn der Familiengeschichte in Flechting/Berg ziemlich genau mit dem auf den 15. März 1831 datierten Katastereintrag über den Erwerb des Bäckeranwesens zusammenfällt, gelten für Heißerer die Abenthum-Geschichte und der Untergang des Hauses als »offenbar freie Erfindungen Grafs«. Weitere, besonders entscheidende Erfindungen bietet das Ende der Familie: Während sein Vater Max Graf erst 1876 die Bäckerei eröffnete und zu hoher Blüte brachte, lässt Graf in der »Chronik« den Max Farg bei Orleans im 70er Krieg fallen; trotzdem schreibt der »Chronik«-Erzähler dieser Figur eben jene Baulust, Energie und Bismarck-Verehrung zu, die in der unverschlüsselten, wenn auch erst 1857 einsetzenden Familiengeschichte eben Grafs Vater kennzeichnen: in seinem Hauptwerk »Das Leben meiner Mutter« (in englischer Übersetzung 1940; deutsch 1946). Zu diesem gibt es eine ganze Reihe von Korrespondenzen, wie sie bei einem so stark in einer Region verankerten Erzähler denn auch zu erwarten sind: Der Schmalzerhans, dem Graf auch eine eigene Geschichte als Titelfigur widmete, kommt darin vor, ebenso der Viehjud Schlesinger, der Zwerg und eine Reihe von Namen – die Topografie nun allerdings mit den realen Ortsnamen – tauchen auf. Das heißt die »Chronik« ist das Entrée zum epischen Universum des Erzählers Graf.

Thematisch am nächsten steht ihr die Erzählung »Kaslmeier oder von einem, der nicht umzubringen ist« aus den »Kalender-Geschichten I. Geschichten vom Land«(1929); in dem neu konzipierten Band

---

[1] Vgl. Dirk Heißerer, Wellen, Wind und Dorfbanditen. Literarische Erkundungen am Starnberger See. Kreuzlingen/München 1995, S. 60-95.

»Kalendergeschichten« von 1975 ging sie, nicht zu ihrem Vorteil stark verändert, als »Der unüberwindliche Kaslmeier« ein. In dieser Erzählung kommt auch eine Familie Farg vor, die ziemlich genau den nach Grafs Flucht 1911 in Berg verbliebenen Angehörigen entspricht; sie spielt in »Himmelberg«.

Zu Anfang des zweiten Kapitels von »Kaslmeier oder von einem, der nicht umzubringen ist« reflektiert der Erzähler die Voraussetzungen der Flechtinger Geschichte; die Passage, die Graf nicht mehr in die überarbeitete »Kaslmeier«-Fassung aufnahm, liest sich wie eine abstrakte Inhaltsangabe des Romans:

> Ein Dorf, solange es nicht durch besondere Umstände als Ganzes von außen her eine Einnahmequelle erschlossen bekommt, bleibt eine gute Gemeinschaft [...]. Fängt aber beispielsweise der Fremdenverkehr an, zeigt sich auf irgendeine Weise, daß mit bisher unbeachteten Dingen ein Geschäft zu machen ist, dann spukt es. Der einfache Landmensch wird sofort zum Händler, er verändert sich und wird ein widerwärtiges Gemisch von Städter und Ländler, er entwickelt sich zum gierigen, muffigen Provinzler. [...] Jener böse, kleine Krämergeist, dessen Ausgangspunkt die zänkische Raffgier ist, zieht ins Dorf ein und zerstört die einstige Gemeinschaft. Aber das ist schließlich auf der ganzen Welt so. Im Großen nicht anders als im Kleinen. Meinetwegen also kann man Himmelberg als sinnfälliges Beispiel dafür nehmen.[2]

Wenige Jahre nach Abfassung der »Chronik« wird also das, was darin wiederholt als das »Fargsche« bezeichnet wurde, zum allgemeinen Kennzeichen dörflicher Entwicklung. Die Hintergründe von Abenthum und auch vom Schwarzen Peter bleiben nicht mehr individuell-mysteriös, sie werden ins Motivgefüge eingebaut, um die allgemeine Geldgier darzustellen. Die so unharmonische Farg-Familie steht damit vor einem weiten Horizont der von Graf präzise wahrgenommenen Veränderungen der ländlichen Umgebung seiner Heimat. Dass die Natur, die Landschaft und das Wetter in diesem Dorfroman zwar jeweils markant-knapp beschrieben werden, aber eine nur marginale Rolle spielen, kann man mit diesem Hintergrund erklären – auch dass die ursprünglich angestrebte Heimat für die Familie – »aba 's Gschlacht hat vo jetz o doch wenigstens a Hoamat!« (S. 59) – verloren geht: »das Daheimige war weg« (S. 147) heißt es einmal.

---

[2] Oskar Maria Graf, Kalendergeschichten. Erstes Buch. Geschichten vom Land. München 1929 S. 264f.

Das Zitat aus der »Kaslmeier«-Geschichte liefert noch eine weitere gattungsspezifische Perspektive für die Interpretation der »Chronik«: Graf verwendet den Begriff ›Provinz‹ nicht mit der üblichen pauschalen Geringschätzung des Städters, er verbindet damit einen spezifischen, sozialgeschichtlich wie regional definierten Zustand. Wenn er sich sieben Jahre später als unorientierter »Provinzschriftsteller«[3] ausgibt, so ist das nicht identifikatorisch, sondern eher als Ironiesignal gemeint: Er versteht sich als Chronist eines historischen Stadiums ländlich-bayrischer Geschichte.

Seine Anknüpfung an die Heimatliteratur mit ihrer regionalen Eingrenzung der Stoffe und der dialektalen Sprache rückt ihn nur scheinbar in die Tradition der Heimatliteratur. Viel eher ist er ein Anti-Provinzler, ein Kritiker ›tümelnder‹ Heimatkunst, die unter dem Mythos von der ›heilen Welt‹ die entsolidarisierenden Zustände im Dorf bewusst ausblendete.

Später, in »Unruhe um einen Friedfertigen« (1947), einem weiteren Hauptwerk, bahnt Graf durch parallele soziale Vorgänge die Nazifizierung der Dörfler an. Mit der »Chronik« antizipierte er also spätere Entwicklungen.

Neben dieser impliziten Gattungskritik spricht die sprachliche Gestaltung der »Chronik« für die künstlerische Qualität des frühen Graf-Werks: Die Prägnanz seiner Formulierungen, immer wieder auch an seine expressionistischen Anfänge erinnernd, bringt zum Beispiel die sonst so verklärten Bezüge zwischen bayrischem Volk und Monarchie in zwei schlagenden Sätzen auf den einfachsten Nenner. Es handelt sich um das Problem des Umsatzes in der Bäckerei, und der Erzähler resümiert: »Kein König und kein Hof und kein weiterer Nutzen!« (vgl. S. 64) oder »So ein König, das war wirklich ein Kapital!« (vgl. S. 136). Weil der Leser wiederholt auf derart apodiktische Sätze stößt, erübrigt sich eine Aufzählung.

Auf eine Lesefrucht – Zeugnis für Grafs oft provozierend originelle Formulierungen – sei zum Schluss verwiesen: Die Überschrift des vorletzten Kapitels, »Die Bosheit Gottes«, ersetzte der Abdruck in der »Münchner Post« durch drei Gedankenstriche, und die sonst sorgfältigen Setzer und Korrektoren einer großen, lesenswerten

---

[3] Vgl. sein »Notizbuch des Provinzschriftstellers Oskar Maria Graf 1932«, Neuauflage 2002 in der *edition monacensia* des Allitera Verlages.

Graf-Monografie gaben diese drei Wörter als »Die Botschaft Gottes«[4] wieder.

Der Blick dieses bairischen Erzählers ›vom Lande‹ auf die dörflichen Zusammenhänge überforderte lange Zeit die Wahrnehmung seiner Leser.

Editorische Notiz

»Die Chronik von Flechting. Ein Dorfroman« erschien erstmals 1925 im Drei Masken Verlag München. Unsere Ausgabe gibt die ursprüngliche Fraktur in Antiqua-Schrift wieder. Sie übernimmt die Übersetzungen aus dem Dialekt und folgt in Orthografie wie auch Interpunktion der Erstausgabe selbst bei Inkonsequenzen in der Schreibung des Dialekts wie zum Beispiel bei unterschiedlich gesetzten Elisionen oder dem Wechsel von »gnua« zu »gmua« (letztere Schreibung ist bei Schmeller und andernorts nachgewiesen).

Offensichtliche Druckfehler wurden stillschweigend korrigiert; gestische Signale wie Eigenwilligkeiten der Interpunktion und Sperrungen, die für das mündliche Erzählen wichtig sind, wurden konsequent beibehalten.

U.D.

---

[4] Vgl. Gerhard Bauer, Gefangenschaft und Lebenslust. Oskar Maria Graf in seiner Zeit. München 1987. S. 170. – Die Neuauflage im Taschenbuch: Gerhard Bauer, Oskar Maria Graf. Ein rücksichtslos gelebtes Leben. München 1994, S. 170, korrigiert den Druckfehler.